Oona Crate – Das dunkle Geheimnis des Orakels

Shawn T. Odyssey

Oona Crate

Das dunkle Geheimnis des Orakels

Aus dem Amerikanischen
von Inge Wehrmann

Thienemann

Für Claire, Audrey und Jacob.
Und Moonbucket …
die mich zu den Geschichten inspiriert hat.

Prolog

Am 6. März 1852 hielt der Historiker Arthur Blackstone vor der historischen Gesellschaft in New York City die folgende Rede:

»Wie der Stundenzeiger einer Uhr zieht die Dark Street unablässig ihre Kreise durch die Drift, den Raum zwischen den zwei Welten. Am nördlichen Ende der Straße trifft man auf das gewaltige Portal mit den berühmten eisernen Toren, die sich jede Nacht um Punkt zwölf für eine Minute zur Stadt New York hin öffnen. Am entgegengesetzten Ende der Straße befindet sich die ebenso riesige gläserne Pforte, der Eingang zum Land der Feen, der seit Hunderten von Menschenjahren verschlossen blieb und den einzigen Schutzwall bildet, der die Feenkönigin und ihre unzähligen Feenkrieger davon abhält, uns alle zu töten; die gläsernen Tore … und der Zauberer.«

Im Juni 1853 erschien Blackstones Buch *Die letzte Feenstraße: Die unvollständige Geschichte der Dark Street*, von dem weniger als hundert Exemplare verkauft wurden. Zum Leidwesen von Mr Blackstones New Yorker Verlag nahm niemand das Buch besonders ernst.

Blackstones Kollegen mokierten sich über die Vorstellung, dass ein derart fantastischer Ort wie die Dark Street überhaupt existieren könnte: ein Ort mit Kerzenbäumen und Uhren, die Witze erzählten, ganz zu schweigen von einem *Museum für magische Geschichte* und einem Friedhof, auf dem jede Nacht die

Geister zum Leben erwachten. Die Vorstellung einer magischen Welt in unmittelbarer Nähe zu New York – wo ein Zauberer in einem verwunschenen Haus in der Mitte der Straße wohnte – schien den ernsthaften Wissenschaftlern des 19. Jahrhunderts geradezu lächerlich. Und obwohl Blackstone behauptete, dass die Straße in erster Linie von Durchschnittsmenschen ohne jegliche magische Fähigkeiten bewohnt wurde, schienen seine Thesen zu weit hergeholt, um glaubhaft zu sein. In Akademikerkreisen war das Buch schnell vergessen und nur einige wenige Dichter und Künstler würden es in Erinnerung behalten. Diese betrachteten das Buch ihrerseits in erster Linie als Ausgeburt einer hyperaktiven Vorstellungskraft.

In der Dark Street dagegen wurde das Buch ein über viele Jahre gefeierter Bestseller.

Kapitel 1

DAS FEST

Sonntag, 19. August 1877

»Gleich wird der Beginn des morgigen Wettstreits verkündet«, sagte der Zauberer und deutete mit seinem faltigen Zeigefinger auf das andere Ende des Festgeländes.

Ein kleiner Mann mit Zylinderhut erklomm langsam die Stufen der provisorischen Bühne, hinter der sich ein seltsam geformter Turm erhob. Teils rund, teils viereckig, ragte er wie ein missgestalteter Schatten über dem Zentrum des

Oswald Parks auf. Die Pyramide an der Turmspitze war durch die hoch über dem Park schwebenden Dunstwolken kaum auszumachen. Neben der Bühne schimmerten symmetrisch angeordnete Tische im Lampenlicht, jeder voll besetzt mit vornehm gekleideten Festgästen.

Höfliches Gemurmel erfüllte die Abendluft, und die dreizehnjährige Oona Crate lehnte sich gedankenverloren zurück und verschränkte die Arme vor der Brust. Sie achtete kaum auf die Worte ihres Onkels noch auf den Mann, der die Stufen erklomm.

Oona sann darüber nach, dass sie unter all den Gästen bestimmt die Einzige war, die sich unbehaglich fühlte, weil die Feierlichkeiten im Oswald Park stattfanden. Benannt nach Oswald dem Großen, dem mächtigsten der längst verstorbenen Magier des Altertums, war der riesige Park der Schauplatz der über drei Jahre zurückliegenden Tragödie, jenes Unfalls, bei dem Oonas Mutter und ihre kleine Schwester ums Leben gekommen waren und Oona mit der traurigen Gewissheit zurückgelassen hatten, dass es ihr eigener fehlgeleiteter Zauber war, durch den ihre beiden liebsten Menschen getötet wurden. Seit diesem Tag war der Park für sie ein gefürchteter Ort. Ein Ort, den es um jeden Preis zu meiden galt.

Doch drei Monate zuvor war etwas Unglaubliches geschehen …

Nach der Aufklärung ihres schwierigsten Falls – jenes rätselhaften Mysteriums, das mit dem Verschwinden ihres Onkels, des Zauberers, einhergegangen war – hatte Oona im Überschwang ihres Triumphes beschlossen, sich ihren Ängsten zu stellen und den alljährlichen Dark-Street-Mitternachtsmaskenball zu besuchen. Dies war das erste Mal, dass sie seit jenem verhängnisvollen Tag, als ihre Magie außer Kontrolle geraten war, einen Fuß auf den grasbewachsenen Boden des Parks setzte. Es war auch das erste Mal, dass Oona mit einem Jungen tanzte.

Der Abend des Tanzfestes war märchenhaft, der Junge charmant und gut aussehend, und später auf dem Heimweg hatte sie geglaubt, sie hätte ihre Gewissensbisse, den Tod ihrer Mutter und Schwester verschuldet zu haben, ein für alle Mal überwunden. Drei Monate später wurde ihr jedoch schmerzlich bewusst, dass sie sich gründlich geirrt hatte.

Heute Abend war Oonas zweiter Besuch im Park seit dem Unfall, und leider gab es keinen Tanz und keinen Jungen, um sie von ihren Grübeleien abzulenken.

Bilder der Tragödie schwirrten ihr durch den Kopf wie lästige Fliegen: die Funken aus ihrem improvisierten Zauberstab, die Wunderlichter, die in den Baum fuhren und ihn zu Boden stürzen ließen, ihre eigenen panischen Schreie, als sie von der Wucht des Aufpralls durch die Luft geschleudert wurde, während Mutter und Flora unter den gewaltigen Baumstamm gerieten und zermalmt wurden.

Sie setzte alles daran, die Gedanken zu verdrängen, indem sie sich auf den baldigen Beginn des Magierturm-Wettstreits konzentrierte, doch selbst Oonas Vorfreude auf das spannende Ereignis konnte die schwere Bürde nicht vollständig von ihrem Herzen nehmen. Sie schüttelte den Kopf und suchte nach irgendetwas Handfestem, das ihr Interesse weckte.

Ich will Fakten!, dachte sie und richtete die Aufmerksamkeit auf ihre Umgebung.

Die Tische waren mit feinstem Kristallglas und Porzellan

eingedeckt, Essen und Getränke von höchster Qualität. Oona hatte schon öfter an Zusammenkünften der besseren Gesellschaft teilgenommen – ihr Onkel liebte Festivitäten über alles – doch seit dem drei Monate zurückliegenden Maskenball hatte sie nicht mehr so viele wohlhabende Dark-Street-Bewohner an einem Ort gesehen.

Sie zupfte an den Ärmeln ihres hochgeschlossenen, grauweißen Kleides herum, das eleganter wirkte als ihre übliche Garderobe. Es war nicht annähernd so extravagant wie die Kleider, die von den Mädchen der *Akademie für feine junge Ladys* bevorzugt wurden, noch funkelte ihr Schmuck so prächtig wie die hochmodischen Ketten und Armreifen der vornehmen jungen Damen, doch Oona ahnte, dass sie nicht allein aufgrund ihrer schlichten Kleidung die Blicke der anderen Gäste auf sich zog. Schließlich war sie als jüngster Zauberlehrling seit über hundert Jahren so etwas wie eine Berühmtheit in der Straße. Außerdem wusste so ziemlich jeder, dass sie eine natürliche Magierin war und zu den seltensten und mächtigsten Magiern gehörte, die es gab.

Wie Oona selbst herausgefunden hatte, verdankte sie ihre gewaltigen magischen Kräfte dem Feenblut, das in ihren Adern floss. Jeder wusste vom Unfalltod ihrer Mutter und Schwester, und Gerüchte über ihre unglaublichen magischen Fähigkeiten, von denen die meisten schlicht und einfach erlogen waren, gingen von Haus zu Haus.

Dem neuesten Gerede zufolge sollte Oona ihren Onkel in eine Kröte verwandelt haben, nachdem er sie ermahnt habe, sich die Zähne zu putzen. Einfach absurd.

Erstens, dachte sie, *musste Onkel Alexander mich noch nie ans*

Zähneputzen erinnern, weil man nur so verhindern kann, dass einem die Zähne im Kiefer verfaulen. Folglich brauchte Oona diesbezüglich keine Ermahnungen. *Und zweitens mochte Onkel Alexander zwar tatsächlich in eine Kröte verwandelt worden sein, aber das lag fast drei Monate zurück, und es war nicht meine Schuld!*

Dies entsprach ebenfalls der Wahrheit. Es war der Anwalt ihres Onkels, Mr Ravensmith, der in Komplizenschaft mit dem notorischsten Meisterverbrecher der Dark Street, Red Martin, die abscheuliche Tat begangen hatte.

Und drittens, dachte sie, *benutze ich niemals Magie, wenn ich es irgendwie vermeiden kann.* Trotz ihrer kürzlichen Rückkehr ins Amt des Zauberlehrlings betrachtete Oona die Magie im Grunde ihres Herzens als eine äußerst unberechenbare Sache.

Und wenn all dies noch nicht Grund genug für die argwöhnischen Blicke war, blieb noch der Umstand, dass Oona als Einzige mit einem Raben auf der Schulter am Tisch saß, wobei es sich noch dazu um ein sprechendes Exemplar handelte. Aber was diesen Punkt anging, kümmerte es Oona nicht, was die Leute dachten. Deacon war nicht nur ihr treuester Gefährte, sondern gleichzeitig auch ein unerschöpflicher Quell jederzeit abrufbarer Fakten und äußerst nützlicher Informationen.

»Willkommen, willkommen, willkommen!«, rief der Mann auf der Bühne. Das Geschwätz der Gäste verebbte und alle Augen richteten sich auf den untersetzten Mann im vorderen Bühnenbereich. Er trug einen eng sitzenden Anzug und einen Zylinderhut, der fast ebenso groß war wie er selbst. Mit seinen kleinen Augen nahm er die gut betuchten Zuschauer in Augenschein. »Willkommen beim Magierturm. Ich bin Nathaniel Tempest, der Architekt des Turms.«

Tosender Applaus brauste auf, doch Oona klatschte nicht mit.

»Ich weiß nicht, ob ich darauf so stolz wäre«, flüsterte sie Deacon zu.

Der Turm schwankte bedenklich in der leichten Brise und erweckte den Eindruck, er könne jeden Moment umstürzen. Der mittlere Abschnitt neigte sich nach Süden und erhob sich fast zehn Meter schräg nach oben, bevor er sich zum Ausgleich abrupt nordwärts reckte. Eine wackelige Treppe wand sich spiralförmig um die Außenwände, auf Höhe des sechsten Stockwerks trat eine Ausbuchtung aus dem Bauwerk hervor und erinnerte an eine Schlange, die ein Ei verschluckt hatte. Das Geräusch knarrender Holzbalken war in der ganzen Straße bis hin zu den Eisentoren zu hören.

»Sieh dir nur dieses unmögliche Monstrum an«, flüsterte Oona.

Deacon hüstelte belustigt, während der Zauberer die beiden mit einem tadelnden Seitenblick bedachte. Der traditionelle Kapuzenmantel verlieh ihm eine Respekt einflößende Ausstrahlung, wie es sich für den obersten Herrn über alle magischen Aktivitäten der Dark Street geziemte. Oona betrachtete ihn nachdenklich. Trotz der Tatsache, dass der Zauberer und sie selbst die einzigen noch lebenden Magier der Straße waren, wurde das Amt in der Gemeinde hoch geachtet, und Oona wusste, dass es eines Tages auf sie übergehen würde.

»Alle fünf Jahre«, fuhr der Mann mit dem Zylinder fort, »wird ein neuer Turm errichtet und ein neuer Wettstreit wird ausgerufen, ein Wettstreit, der auf eine jahrhundertelange Tradition zurückblicken kann. Jeder, der mutig genug ist, einzutreten«, sagte der Mann und deutete mit ausladender Geste auf die angelehnte Tür am Fuße des Turmes, »bekommt die Chance, die Aufgaben des erstes Tages zu lösen … aber nur die ersten vier Kandidaten, die die Prüfungen bestehen, kommen weiter und dürfen sich den Aufgaben des zweiten Tages stellen. Danach werden jeden Tag jeweils zwei weitere Prüfungen erfolgen: eine, bei der die geistigen Fähigkeiten getestet werden, und eine, bei der es um physische Kräfte geht. Am Ende des Tages scheidet derjenige aus, der am schlechtesten abgeschnitten hat, bis nur noch zwei Kandidaten übrig sind. Am vierten und letzten Tag des Wettstreits haben beide Finalisten in der Spitze des Turms die Chance, die abschließende Prüfung in Angriff zu nehmen. Diese letzte Aufgabe ist so schwierig, dass sie in der gesamten Geschichte des Wettkampfs noch kein einziges Mal gelöst wurde.«

Die Menge blieb stumm. Alle legten den Kopf in den Nacken und starrten zu der pyramidenförmigen Turmspitze hinauf. Vor dem dunklen Nachthimmel kaum auszumachen, schwankte sie Furcht einflößend hin und her. Der Anblick erinnerte Oona an den *Goblin Tower* – der Turm, der über dem Dark-Street-Friedhof aufragte und in dessen Spitze sie ihren Onkel aus seiner Gefangenschaft befreit hatte – bis auf die Tatsache, dass der Magierturm aussah, als würde er jeden Moment vor ihren Augen einstürzen, während der *Goblin Tower* schon fast ein halbes Jahrtausend lang auf dem Friedhof stand.

»Der Wettstreit beginnt morgen um Punkt zwölf Uhr mittags!«, rief der Mann. »Ich kenne als Einziger die Geheimnisse und die Herausforderungen, die sich im Inneren des Turms verbergen.« Er hielt eine lederne Mappe hoch. »Nur ich habe die

Pläne und die Lösungen der Rätsel, die auf jene wenigen Tapferen warten.«

Wieder ertönte eine Runde Applaus durch den Park und diesmal klatschte Oona mit. In der Tat war sie es, die von allen versammelten Festgästen am enthusiastischsten applaudierte. Endlich lag eine Herausforderung vor ihr, die sie mit offenen Armen begrüßte. Obwohl sie es nur ungern zugab, war die Arbeit der Detektei, die sie eröffnet hatte, nur sehr schleppend vorangekommen. In den vergangenen drei Monaten hatten sich nur zwei Fälle ergeben, wobei es beim ersten um eine verschwundene Nagelfeile gegangen war und beim zweiten um ein sechsjähriges Mädchen, das Oona beauftragt hatte, konkrete Hinweise auf die wahre Existenz des Osterhasen zu sammeln. Beides äußerst peinliche Angelegenheiten.

Doch jetzt wartete endlich eine würdige Herausforderung auf sie. Der berühmte Magierturm-Wettstreit.

»Und nun wünsche ich Ihnen noch viel Vergnügen beim restlichen Teil der Feier«, versuchte der Architekt, den Applaus zu übertönen, bevor er von der Bühne stieg, um sich zu den Festgästen zu gesellen.

Der Zauberer nahm Oona ins Visier. »Gehe ich recht in der Annahme, dass du vorhast, bei dem Spektakel zu partizipieren?«

»In der Tat, Onkel«, erwiderte Oona. »Und ich werde nicht nur partizipieren, sondern gewinnen.«

»Und welchen Sinn soll das haben?«, fragte Deacon, der noch immer auf ihrer Schulter hockte.

Oona schüttelte den Kopf. »Der Sinn, mein liebster Deacon, ist es, Sieger zu werden. Das Rätsel zu lösen. Das Mysterium zu ergründen. Das reicht doch als Sinn, findest du nicht auch?«

»Nun ja, ich denke, ich kann dich während der vier Tage des Wettstreits von deinen Lehrlingspflichten entbinden«, meinte der Zauberer. »Ich bitte einfach Samuligan, für dich einzuspringen.«

Oona grinste zustimmend. Samuligan, der Feendiener des Pendulum Hauses, würde dieser Aufgabe mehr als gewachsen sein.

Der Zauberer schaute zum Nachbartisch hinüber, wobei sein Gesicht aus der Kapuze hervorlugte und den Blick auf seine Knollennase und den langen grauen Bart freigab. Oona drehte sich ebenfalls um, da eine laute Stimme ihre Aufmerksamkeit erregte. Die Stimme gehörte Sir Baltimore Rutherford, einem der bekanntesten Vertreter der Dark-Street-Oberschicht. Der gut aussehende Mittfünfziger mit den buschigen Koteletten und dichten Brauen wedelte mit einer qualmenden Zigarre herum und lachte aus vollem Herzen über seinen eigenen Witz. Seine Tischgenossen hingen wie gebannt an seinen Lippen.

»Wie ich schon sagte«, dröhnte Sir Baltimore, »als ich ein Junge war, ein paar Jährchen älter als mein Sohn Roderick jetzt ist – wo ist Roderick übrigens schon wieder? Wahrscheinlich mit seiner neuen Freundin unterwegs. Man ahnt ja nicht, wie viele Mädchen sich nach diesem Jungen verzehren. Aber als ich etwa in seinem Alter war, habe ich ebenfalls am Turmwettstreit teilgenommen und es bis zur Spitze geschafft. Bis nur noch zwei von uns übrig waren: meine Wenigkeit und Bradford Crate.«

Bei der Erwähnung ihres Vaters wurde es Oona schwer ums Herz. Sie wusste natürlich, dass ihr Vater – der frühere Chefinspektor der Dark-Street-Polizei – beim Turmwettstreit dabei gewesen war, aber sie hatte diese Information nicht von ihm selbst erhalten, und wenn doch, dann war sie zu jung gewesen, um sich daran zu erinnern. So oder so stammte ihr Wissen über die Jugendabenteuer ihres Vaters beim Turmwettstreit aus Berichten, die sie in alten Zeitungen und Büchern nachgelesen hatte. Der Gedanke stimmte sie traurig. Darüber hinaus gab es so vieles, das sie nicht über ihren Vater wusste und höchstwahrscheinlich niemals erfahren würde; dafür hatte vor fast drei Jahren die Kugel aus dem Revolver eines Diebes gesorgt. Die Ermordung ihres Vaters und der grausame Unfalltod ihrer Mutter und ihrer kleinen Schwester nur wenige Monate später waren für Oona wie ein schreckliches Erdbeben gewesen, das ihre Welt bis in die Grundfesten erschüttert hatte. »Bradford war der Klügere von uns beiden«, fuhr Sir Baltimore fort. »Aber ich hatte den Vorteil meines hervorragenden Gedächtnisses. Liegt in der Familie, müssen Sie wissen. Ich kann mich an jeden einzelnen Witz erinnern, den mir irgendwer irgendwann erzählt hat.«

»Oh, das ist wunderbar. Ich wünschte, ich könnte mich auch an Witze erinnern«, sagte eine verdrießlich dreinblickende Dame an Sir Baltimores Tisch. »Aber leider gehen sie bei mir immer ins eine Ohr rein und zum anderen wieder raus.«

»Nun, wie gesagt, es liegt in der Familie«, wiederholte Sir Baltimore und drehte sich plötzlich um. »Wo wir gerade über vererbte Eigenschaften sprechen. Wenn ich mich nicht irre, sitzt dort drüben die junge Miss Crate höchstpersönlich.« Er lächelte freundlich. »Ich habe gerade von der Zeit gesprochen, als Ihr Vater und ich uns beim Turmwettstreit ein Kopf-an-Kopf-Rennen geliefert haben. Ich war fünfzehn und er, glaube ich, ein paar Jährchen älter. Die Aufgabe des dritten Tages war eine Art Labyrinth, in dem –«

»Daddy!«, fiel eine hohe, schrille Stimme Sir Baltimore ins Wort.

»Ja, mein Spätzchen?«, sagte Sir Baltimore und wandte sich dem kleinen Mädchen an seiner Seite zu. Sie konnte nicht viel älter als sieben sein und Oona wusste, dass ihr Name Penelope Rutherford war.

»Daddy, lies mir jetzt endlich meine Geschichte vor!«, befahl Penelope und hielt ihrem Vater ein Buch unter die Nase.

»Ich erzähle gerade meine eigene Geschichte, Penny«, erwiderte Sir Baltimore.

»Nein!«, rief das Mädchen. »Du sollst eine aus *meinem* Buch lesen. Aus meinem Lieblingsbuch.«

Sir Baltimore seufzte. »Aber möchtest du denn nicht hören, wie dein Daddy sein hervorragendes Gedächtnis dazu genutzt hat, den Ausgang aus dem Turmlabyrinth zu finden?«

»Nein!«, schrie Penelope. »Ich will die Geschichte über Boon Boon, den menschenfressenden Sittich hören!«

Sir Baltimore verdrehte die Augen, bevor er sich wieder an Oona wandte. »Nun, wie dem auch sei. Am Ende hat mich Ihr Vater aus dem Labyrinth herausgehauen. Ich werde wohl nie erfahren, wie er das geschafft hat.«

»Mein jüngerer Bruder war eben ein unglaublich cleverer Bursche«, erklärte der Zauberer.

»Ja, Alexander, Bradford war sehr klug«, erwiderte Sir Baltimore mit leicht zusammengekniffenen Augen.

»Sind Sie etwa immer noch neidisch, Baltimore?«, fragte der Zauberer.

»Keineswegs. Am Abend vor der letzten Aufgabe bin ich krank geworden und deshalb konnte ich nicht klar denken.

Sonst hätte ich beim letzten Rätsel garantiert nicht falsch geantwortet. Bradford wusste natürlich die richtige Antwort. Aber beim letzten Geschicklichkeitstest hat er versagt, denn wie sämtliche Kandidaten vor ihm war er nicht in der Lage, die magisch versiegelte Kassette zu öffnen. Das dürfen Sie nicht vergessen, Alexander.« Sir Baltimore drückte seine Zigarre auf dem Teller aus, riss seiner Tochter das Märchenbuch aus der Hand und erhob sich. »Komm, Penny. Wir suchen uns ein ruhigeres Plätzchen zum Lesen.«

Die beiden stolzierten davon, doch statt den Randbereich des Parks aufzusuchen, steuerte Sir Baltimore den von Gästen umringten Tisch des Architekten an.

»Das war aber ziemlich unfreundlich, Onkel«, sagte Oona, überrascht von der Unterstellung, Sir Baltimore sei neidisch auf ihren Vater gewesen.

Der Zauberer lächelte. »Das mag schon sein. Aber damals waren die beiden Rivalen – Baltimore Rutherford und dein Vater. Das war vor der Zeit, als Baltimore nach England getürmt ist und es irgendwie geschafft hat, sich zum Ritter erheben zu lassen, wodurch er dann *Sir* Baltimore wurde.«

»Laut *Dark-Street-Who's-Who*«, meldete Deacon sich zu Wort, »erwarb Baltimore Rutherford seinen Ritterschlag bei einem Kartenspiel gegen den Earl von Dudley.«

Oona schenkte dem Raben ein anerkennendes Grinsen. Sie hatte Deacon zum elften Geburtstag geschenkt bekommen, und der wundersame Zaubervogel konnte nicht nur sprechen, sondern verfügte auch über ein allumfassendes Gedächtnis, das nicht nur die gesamte *Encyclopedia Arcanna* und das komplette *Oxford English Dictionary* umfasste, sondern auch diverse andere hilfreiche Bände, die Oona bei ihrer Detektivarbeit sehr von Nutzen waren, darunter das *Dark-Street-Who's-Who* mit Erläuterungen über praktisch alle lebenden und verstorbenen Bewohner der Dark Street.

»So ist es«, erwiderte der Zauberer. »Neben ihrem außerordentlichen Gedächtnis sind die Rutherfords bekannt für ihren außerordentlichen Hang zum Glücksspiel.«

»Wie meinst du das?«, fragte Oona.

»Es wird erzählt«, erklärte Deacon mit gedämpfter Stimme, »dass Sir Baltimore sich derart bei Red Martin verschuldet hat, dass er gezwungen war, ihm seinen Familienbesitz als Bezahlung zu überschreiben. Eine gewaltige Demütigung für eine derart angesehene Familie. Lady Rutherford, seine Frau, ist so beschämt, dass sie sich kaum noch in der Öffentlichkeit zeigen mag. Die Rutherfords wohnen zwar noch in ihrem Haus, aber jetzt zahlen sie Miete an Red Martins *Nightshade-Korporation*.«

Als der Name Red Martin genannt wurde, biss Oona die Zähne zusammen. Der oberste Chef der Dark-Street-Unterwelt hielt sich derzeit versteckt, da er beim Anschlag auf den Zauberer seine Finger im Spiel gehabt hatte, und seit Oona wusste, dass Red Martin auch für den Tod ihres Vaters verantwortlich war, hätte sie den Schurken am liebsten hinter Gittern gesehen, zusammen mit dem verachtenswerten Mr Ravensmith. Doch Red Martin war zur Gerichtsverhandlung nicht erschienen, und viele glaubten, er würde sich ganz in der Nähe versteckt halten und weiterhin die kriminellen Machenschaften der Straße steuern.

Doch nach Oonas Informationen waren die meisten Leute anderer Meinung. Sie wusste, dass Red Martin einen Weg durch die gläsernen Tore gefunden hatte – das gewaltige kristallene Portal am südlichen Ende der Dark Street, das über fünfhundert Jahre lang durch einen Zauber verschlossen war – und dass er seit Jahrhunderten alle möglichen magischen Dinge über die Feengrenze schmuggelte. Eines davon war die Turlock-Wurzel, eine Zauberknolle, mit der sich Red Martin das Gesicht einrieb, um nicht zu altern. Daraus schloss Oona, dass Red Martin sich aller Wahrscheinlichkeit nach im Feenland versteckt hielt.

Während Oona den Blick über die Festgäste schweifen ließ, beschleunigte sich ihr Puls ein wenig, als sie ein Gesicht in der Menge wiedererkannte: das tätowierte Gesicht von Adler Iree, dem Jungen, mit dem sie den alljährlichen Dark-Street-Mitternachtsmaskenball besucht hatte. Da seine Familie für eine Weile nach New York City gereist war, hatte sie Adler seit der Ballnacht nicht mehr gesehen. Er saß am entgegengesetzten Ende der Bühne und steckte seine hübsche Nase in ein Buch. Sie war überaus erfreut, ihn zu sehen.

Mit seinen dreizehn Jahren war Adler der jüngste Rechtsstudent an der juristischen Magier-Allianz, doch trotz seiner kurzen Studienzeit prangten auf seinen Wangen bereits die runenartigen Tätowierungen der Allianz, von denen jede den erfolgreichen Abschluss eines Studienabschnitts markierte. Wie gewöhnlich trug er seinen schäbigen Umhang und den abgewetzten Zylinderhut. Obwohl er keine Notiz von ihr zu nehmen schien, schlug ihr Herz bei seinem Anblick schneller.

Unter dem mit Laternen behangenen Laubdach durchquerte sie den Park und wurde mit jedem Schritt nervöser. Drei Monate waren vergangen, seit sie Adler zum letzten Mal gesehen hatte. Würde er immer noch mit ihr sprechen wollen, oder hatte er sie schon vergessen? *Sie* hatte ihn keineswegs vergessen. Sie sah sein ernstes Gesicht noch genau vor sich und dachte daran, wie er beim Walzertanzen vor lauter Konzentration die Augen zusammengekniffen hatte, wodurch seine Tätowierungen gekräuselt wurden. Sie konnte sich auch noch an den Schmerz erinnern, als er ihr zum wiederholten Mal auf den Fuß getreten war. Der Gedanke daran war jedoch nicht unangenehm und sie musste zugeben, dass sie genauso viel Schuld an den falschen Schritten hatte wie er.

Mittlerweile waren die meisten Festgäste auf den Beinen. Oona schlüpfte an leeren Tischen vorbei und schlängelte sich behände durch das dichte Gewusel aus Gehröcken und ausladenden Rüschenkleidern. Sie machte sich einen Spaß daraus, sich den Weg durch die Menge zu bahnen, ohne jemanden zu berühren. Doch plötzlich kam ihr etwas Merkwürdiges in die Quere. Erschrocken wich sie zurück und schaute hastig in alle Richtungen, nur um festzustellen, dass sie mit einem wandernden Lumpenhaufen zusammengestoßen war. Von seinem Platz auf Oonas Schulter aus quittierte Deacon die unerwartete Rempelei mit empörtem Gekrächze.

»Bitte ergebenst um Entschuldigung«, stammelte der Lumpenhaufen und Oona erschrak mehr über die unerwartete Stimme als über den heftigen Rempler. Und dann wurde ihr klar, dass es sich nicht um einen Lumpenhaufen, sondern um eine alte Frau handelte, die von Kopf bis Fuß in Stofffetzen gehüllt war. Zwischen all den vornehm gekleideten Gästen wirkte sie vollkommen fehl am Platze.

»Bitte, bitte verzeiht mir«, flehte die Frau mit brüchiger Stimme. Der scharfe Minzgeruch konnte ihren übel riechenden

Atem kaum überdecken, und Oona trat einen Schritt zurück, um dem durchdringenden Gestank auszuweichen. Währenddessen redete die Frau weiter mit ihrem starken ausländischen Akzent auf sie ein. »Ich bin Madame Romania aus Rumänien, und ich bin hergekommen, vornehmen Gästen Zukunft vorauszusagen.«

»Oh, eine Wahrsagerin«, rief Oona und konnte ihre Skepsis kaum verhehlen.

»Möchtet Ihr etwas erfahren über Zukunft, junge Dame?«, fragte Madame Romania aus Rumänien. »Mein Wagen steht gleich da drüben, und ich kann beantworten viele, viele Fragen.«

Oona schüttelte abwehrend den Kopf. Ihrer Meinung nach gab es nur eine einzige Frage, die beantwortet werden musste, und zwar, wie man einen derartig abstoßenden Mundgeruch kurieren konnte.

»Nein, vielen Dank«, sagte Oona. »Ich suche nur gerade jemanden, aber danke für Ihre –«

In diesem Moment schnellte die Hand der Frau wie eine Schlange hervor und packte Oonas Handgelenk mit eisernem Griff. Oona schnappte erschrocken nach Luft und bekam es plötzlich mit der Angst.

»Ihr seid nicht verantwortlich für die Bürde, die Ihr tragt!«, flüsterte Madame Romania aus Rumänien mit eindringlicher Stimme.

»Lasst sie sofort los!«, befahl Deacon und plusterte sich auf, jederzeit bereit anzugreifen.

Doch die Worte der Frau ließen Oona erstarren. Sie blinzelte überrascht und starrte ihr in die Augen – das einzige Körperteil der Wahrsagerin, das sie sehen konnte. Darauf löste Madame

Romania aus Rumänien ihren Griff und zog ihre Hand zurück, um sie im Gewirr der vielfarbigen Lumpen verschwinden zu lassen.

»Bitte ergebenst um Verzeihung«, säuselte sie. »Ich wollte junge Dame nicht ängstigen. Aber Madame Romania aus Rumänien sieht alles.«

Oona rieb sich das Handgelenk und musterte die Frau mit skeptischem Blick. »Was meinen Sie damit, dass ich nicht verantwortlich bin für die Bürde, die ich trage?« Doch Oona hatte das Gefühl, genau zu wissen, wovon die alte Roma-Frau sprach. Die lachenden Gesichter ihrer Mutter und ihrer kleinen Schwester erschienen vor ihrem inneren Auge.

Die Alte zuckte die Achseln. »Madame Romania aus Rumänien ist nicht sicher, was sie meint. Wir müssten zurate ziehen die Kristallschale, um Dinge klarer zu sehen.«

»Die Kristallschale?«, fragte Oona entgeistert.

»Ja«, beharrte die Frau und rückte ein wenig näher. »Das Kristallschalen-Orakel kann Euch zeigen alle Antworten, die Ihr sucht.« Sie deutete auf einen Wagen – einen großen kastenförmigen Wohnwagen –, der beim äußersten Ende der Bühne stand. An den Wagenfenstern hingen kleine Glöckchen, die in der abendlichen Brise klingelten. »Ich habe die Schale da drinnen, wo sie sicher ist. Ihr dürft hereinkommen, wenn Ihr wollt, wissen viele Antworten.«

Damit machte die Frau abrupt auf dem Absatz kehrt und trottete in Richtung Wohnwagen.

Oona zögerte, und während sie der Wahrsagerin nachschaute, fühlte sie, wie ihr jemand auf die Schulter tippte. Sie drehte sich um und sah Isadora Iree – Adler Irees Zwillingsschwester –

im geisterhaften Lampenlicht stehen. Das hübsche Mädchen war nur ein paar Monate älter als Oona. Jetzt grinste sie und ihre riesigen, wunderschönen blauen Augen reflektierten das Flackerlicht der Laternen. Neben Isadora stand der hübscheste Junge, den Oona jemals gesehen hatte. Mit seinen kurzen, gepflegten blonden Haaren, den hohen Wangenknochen und der kräftigen Kinnpartie passte er hervorragend zu Isadora, und zusammen boten die beiden einen beeindruckenden Anblick.

»Liebste Oona«, flötete Isadora, als wären sie die besten Freundinnen, »wie schön Sie zu sehen.«

Isadora trug ein hübsches blau-weiß gemustertes Kleid mit einem extravaganten pinkfarbenen Schal. Oona hatte keine Ahnung, wieso Isadora plötzlich so nett zu ihr war. Da die beiden sich nie sonderlich gut verstanden hatten, schwante Oona bei Isadoras Freundlichkeit nichts Gutes.

»Hallo, Isadora«, sagte Oona misstrauisch. »Sie sehen zauberhaft aus.«

Isadora unterzog Oonas Erscheinungsbild einer schnellen Musterung, ohne das Kompliment zu erwidern. Stattdessen deutete sie auf den gut gekleideten Jungen.

»Das ist mein KAVALIER«, erklärte sie derart nachdrücklich, dass Oona fast zurückgewichen wäre.

Der Junge schenkte Oona ein Lächeln, bei dem seine perfekten weißen Zähne zum Vorschein kamen. »Roderick Rutherford«, sagte er und streckte ihr die Hand entgegen.

Isadora machte ein Gesicht, als wolle sie Roderick auf die Finger hauen, schaffte es aber irgendwie, sich zurückzuhalten. Oona ergriff Rodericks Hand und schüttelte sie.

»Sir Baltimores Sohn«, konstatierte Deacon.

»In der Tat«, erwiderte Roderick.

»Habe ich erwähnt, dass er mein KAVALIER ist?«, fragte Isadora.

Nur mit Mühe konnte Oona ein Lächeln unterdrücken. »Ich glaube, Sie haben darauf hingewiesen, Isadora. Ihr zwei gebt ein hübsches Pärchen ab.«

Darauf folgte eine unbehagliche Pause, in der die beiden offensichtlich versuchten, eine möglichst vorteilhafte Pose einzunehmen. Plötzlich entdeckte Oona einen Schlammspritzer an der Schulter von Rodericks elegantem Jackett. Sie blinzelte ein paarmal, um sich zu vergewissern, und bemerkte dabei, dass der ganze Jackenärmel klatschnass war. Roderick folgte ihrem Blick, schien jedoch beim Anblick des Flecks nicht überrascht.

»Ach, das da«, sagte er und deutete in die Richtung, wo der Wohnwagen stand. »Isadora wäre fast in eine Pfütze getreten. Es ist sehr matschig da drüben.«

Oona schüttelte den Kopf. »Aber wie ist der Schlamm auf Ihre Schulter gelangt?«

»Mein KAVALIER wollte mir ersparen, um die Pfütze herumzugehen«, erklärte Isadora. »Also hat mein KAVALIER seine Jacke darübergelegt, damit mein Rocksaum nicht schlammig wird.« Sie drückte Rodericks Arm und sah aus wie ein Kind, das ein neues teures Spielzeug geschenkt bekommen hat. »Ist mein KAVALIER nicht wunderbar?«

»Ritterlichkeit!«, sagte Roderick, als würde er eine ungestellte Frage beantworten. »Ritterlichkeit und Galanterie sind das A und O! Wie die Ritter von König Arthur. Keine Tat ist zu gering, keine Aufgabe zu schwer für meine Lady. Sie braucht nur zu fragen, und ich werde Stadtmauern erklimmen, gegen Meeresungeheuer kämpfen, Drachen töten oder Plätzchen backen. Ich bin ein moderner Galant.«

Deacon erschauerte. »Eine Person kann kein Galant sein! Galant ist ein Adjektiv. Das korrekte Nomen lautet ›Galan‹, aber dieses Wort wird heutzutage kaum noch verwendet.«

Roderick nahm keine Notiz von diesem Hinweis. »Ritterlichkeit! Ritterlichkeit! Ritterlichkeit!«, tönte er, bevor er ganz verzückt von sich selbst verstummte.

Oona wusste nicht, was sie dazu sagen sollte. Schließlich deutete sie auf eine Frau, die ganz in der Nähe mit dem Rücken zu ihnen stand. Ihr Kleid war eine Woge aus eleganten Blau- und Lavendeltönen.

»Ist das nicht Ihre Mutter, Isadora?«, fragte Oona. »Ich glaube, ich habe das Kleid erst letzte Woche im Schaufenster ihres Ladens gesehen.«

Isadoras Mundwinkel zogen sich nach unten. »Das ist weder meine Mutter, noch ihr Kleid. Es ist eine Kopie … ein billiger Abklatsch.«

Isadora wirbelte herum und deutete auf die Gruppe bei der Bühne. Dort, neben dem Architekten, stand die richtige Madame Iree, eine matronenhafte Frau mit ausladendem Busen, bei der es sich um die exklusivste Schneiderin der gesamten Dark Street handelte. Madame Irees Kleid sah dem Kleid der anderen Dame zum Verwechseln ähnlich.

Oona wollte sich gerade bei Isadora und Roderick entschuldigen, um Madame Romania aus Rumänien zu folgen, als die Stimmen am Tisch des Architekten lauter wurden.

»Mein Kleid!«, rief Madame Iree. »Sie haben mir Suppe über mein Kleid geschüttet!«

Zu ihrem großen Erstaunen sah Oona den Architekten und Madame Iree übereinander am Boden liegen. Der verblüfft aussehende Architekt versuchte, sich mit einer Hand abzustützen, während er mit der anderen Hand einen leeren Suppenteller festhielt.

»Es tut mir so leid, Madame. Bitte entschuldigen Sie meine Ungeschicklichkeit«, sagte der Architekt. Mittlerweile griffen einige der Umstehenden beherzt zu und halfen den beiden wieder auf die Beine.

»Reden Sie doch keinen Unsinn!«, brummte ein dicker Mann, den Oona wiedererkannte. Es handelte sich um Mr Bop, den leitenden Untersekretär der juristischen Magier-Allianz. »Ich habe alles mit angesehen, und *sie* war diejenige, die Ihnen den Ellbogen in die Seite gerammt hat.«

Der Architekt schien verwirrt. »Nun … ich weiß nicht, was passiert ist, aber ich möchte Sie herzlich bitten, meine Entschuldigung anzunehmen, Madame.«

»Jetzt bleibt mir nichts anderes übrig, als nach Haus zu fahren und mich umzuziehen!«, blökte Madame Iree vor ihrem dramatischen Abgang durch den Park.

»Arme Mutter«, sagte Isadora. »Können Sie sich etwas Schrecklicheres vorstellen, als einen Teller Suppe aufs Kleid geschüttet zu bekommen?«

»Ich kann mir unzählige Dinge vorstellen, die weitaus schlimmer sind als –«, hob Deacon an, wurde jedoch von Oona unterbrochen.

»Es war nett, mit Ihnen zu plaudern, Isadora«, log Oona. »Und es hat mich sehr gefreut, Ihre Bekanntschaft zu machen, Mr Rutherford. Wenn Sie mich bitte entschuldigen würden.«

»Die Freude ist ganz meinerseits«, erwiderte Roderick.

Sobald Oona sich abgewandt hatte, zog Isadora einen Schmollmund. »Vergiss nicht, dass du *mein KAVALIER* bist.«

»Wie könnte ich, Isadora, meine Angebetete. Ich wollte nur …« Rodericks Stimme verstummte, als Oona sich mit Deacon den Weg durch die Menge bahnte, wobei ihre ursprüngliche Absicht, Adler Iree zu finden, verdrängt wurde durch den plötzlichen Wunsch herauszufinden, was die Wahrsagerin ihr sonst noch mitzuteilen hatte.

Der Wohnwagen war ein kastenförmiges Gefährt, behangen mit kunstvollem Schmuck und drapierten glänzenden Stoffen. Auf einem Schild prangte die Aufschrift:

MADAME ROMANIA AUS RUMÄNIEN!
SCHICKSALSDEUTUNG, HANDLESUNGEN,
ENTHÜLLUNG VON GEHEIMNISSEN
IM INNEREN DES WAGENS!

»Ihr habt doch wohl nicht ernsthaft vor, mit dieser Wahrsagerin zu reden, oder?«, fragte Deacon. Oonas Gesicht lief rot an und sie blieb auf der Schwelle vor der Wagentür stehen.

»Sie nimmt Euch nur Euer Geld ab und erzählt Euch irgendeinen diffusen Unsinn«, fügte Deacon hinzu.

»Ich … ja, du hast sicher recht«, sagte Oona und mochte nicht zugeben, dass die Worte der alten Frau einen winzigen Hoffnungsfunken entfacht hatten, den sie längst tot geglaubt hatte. »Aber vielleicht ist es ja lustig.«

Oona erklomm eine weitere Stufe. Einer der Handzettel mit der Ankündigung des Turmwettstreits war an die Tür geheftet worden. Er lautete:

MACH EINEN HELDEN AUS DIR!
AUF DIE PLÄTZE, FERTIG, LOS!
DER ULTIMATIVE MAGIER-TURM-WETTSTREIT WARTET AUF DICH!
ZEIG ES ALLEN UND GEH IN FÜHRUNG!
IM HÄRTESTEN WETTKAMPF ALLER ZEITEN.
DER SIEGER ERHÄLT EINE GEDENKTAFEL IM MUSEUM,
AUF DER ER FÜR SEINE VERDIENSTE GEEHRT WIRD.
ER WIRD IN DIE MAGISCHE GESCHICHTE EINGEHEN.

Oona wollte nach dem Türknauf greifen, als ein plötzlicher Schrei ihre Aufmerksamkeit Richtung Bühne lenkte und ihre Hand erstarren ließ.

Es war der Architekt.

»Die Pläne!«, rief er. »Die Pläne für den Turmwettstreit sind aus meiner Aktentasche verschwunden. Ruft die Polizei!«

Oonas Puls wurde schneller und ein leichtes Lächeln trat auf ihre Lippen.

»Ein Fall«, flüsterte sie.

»In der Tat«, sagte Deacon aufgeregt.

Und schon rannte Oona auf den Tumult zu, während Deacon wie ein schattenhafter Gedanke über ihrem Kopf schwebte.

Als sie sich durch die aufgebrachte Gruppe von Menschen gezwängt hatte, schlug ihr das Herz bis zum Hals.

»Was ist passiert?«, keuchte sie.

»Wer sind Sie?«, fragte der Architekt. Der untersetzte kleine Mann war kreidebleich geworden.

»Ich bin Oona Crate. Ich habe Sie sagen hören, dass die Pläne gestohlen wurden.«

Unter den Umstehenden erhob sich gedämpftes Gemurmel.

»Ja, ja«, erwiderte der Architekt und klopfte auf seine Mappe. »Die Pläne waren hier drin. All die Geheimnisse des Turms. Wenn wir sie nicht wiederfinden, muss der Wettstreit abgesagt werden.«

Oona nahm die Menge in Augenschein und fragte sich, ob derjenige, der die Pläne gestohlen hatte, sich womöglich noch unter den Anwesenden befand. Sie sah viele vertraute Gesichter: Mr Bop, Isadora Iree und Roderick Rutherford standen in der Nähe ihres Onkels beieinander. Adler Iree hatte sich von seinem Platz erhoben, mit schief sitzendem Zylinder, die geheimnisvollen Gesichtstätowierungen vor Besorgnis gekräuselt. Die Frau mit der Kopie von Madame Irees Kleid presste sich die behandschuhten Finger an die Stirn, als würde sie gleich in Ohnmacht fallen. Sir Baltimore und Mr Glump, der Kurator des *Museums für magische Geschichte*, standen ihr zur Seite, um sie zu stützen.

Als sie die Gesichter der möglichen Verdächtigen in Augenschein nahm, hörte Oona plötzlich, wie Deacon rief: »Hier sind sie ja!«

»Wer ist hier?«, fragte Oona und drehte sich zu Deacon um, der am Rand der Menge auf dem Boden hockte. Mit dem Schnabel deutete er auf eine Reihe von Pergamentbögen.

Die Menge trat beiseite, um den Blick auf die Papiere freizugeben.

»Die Pläne«, sagte Deacon.

»Aber … warum liegen sie auf der Erde?«, fragte Oona.

»Das ist offensichtlich die Stelle, an der Sie sie fallen lassen haben!«, verkündete eine hohe, messerscharfe Stimme. Oona schloss die Augen und schüttelte den Kopf. Sie kannte die Stimme. Kannte sie nur allzu gut. Als sie sich umdrehte, sah sie Inspektor White vom Dark-Street-Polizeikommissariat herbeieilen. Außer Atem blieb er stehen und bückte sich nach den Papieren.

»Ohne Frage«, fuhr der Inspektor fort, »sind Sie es gewesen, Miss Crate, die die Pläne gestohlen hat, um sich beim Wettstreit einen Vorteil zu verschaffen.«

»Machen Sie sich nicht lächerlich«, sagte Deacon, indem er zurück auf Oonas Schulter flog. »Sie war nicht einmal in der Nähe des Architekten oder seiner Ledermappe.«

Oona stemmte die Hände in die Hüften. »Und außerdem«, fügte sie hinzu, mit einem Mal um ihre Teilnahmeberechtigung am Turmwettstreit besorgt, »hätte ich gar nicht die Zeit gehabt, die Papiere zu lesen.«

»Wer's glaubt, wird selig«, spottete der Inspektor.

»Vielleicht sind mir die Pläne ja auch versehentlich herausgefallen«, mutmaßte der Architekt.

Oona inspizierte die Mappe mit dem breiten Ledergurt und der schweren Messingschnalle und hielt die Annahme des Architekten für höchst unwahrscheinlich.

Inspektor White ging in die Knie, um einen genaueren Blick auf die Mappe zu werfen. Er untersuchte sie nur mit einer Hand, da er in der anderen noch die wiedergefundenen Pläne hielt.

»Ich glaube, Sie haben recht«, lenkte er schließlich ein, bevor er dem Architekten die Papiere zurückgab. »Die Pläne sind offensichtlich von allein aus der Tasche gefallen.« Er richtete sich wieder auf. »Sieht so aus, als wären Sie noch einmal davongekommen, Miss Crate. Aber seien Sie auf der Hut. Ich halte beim Wettstreit die Augen auf. Und schon die kleinste zwielichtige Aktivität bedeutet für Sie die sofortige Disqualifikation … ganz zu schweigen von einem ausgedehnten Aufenthalt im Polizeikerker.«

Oona fehlten die Worte. Sie war daran gewöhnt, dass der Inspektor ihr unterstellte, sie führe nichts Gutes im Schilde, oder habe diese oder jene Missetat begangen, doch die Drohung, sie vom Wettstreit auszuschließen, traf sie wie ein Keulenschlag. Statt sich auf einen Streit mit dem unfähigen Mann einzulassen, ließ sie die Angelegenheit der abhandengekommenen Turmpläne fürs Erste auf sich beruhen. Sie konnte sich zwar beim besten Willen nicht vorstellen, dass die Pläne von allein aus der Tasche gefallen waren, aber was spielte das schon für eine Rolle? Schließlich waren sie wieder aufgetaucht, und niemand hatte Schaden genommen.

»Nun, Sie sind ja glücklicherweise dazugekommen«, sagte Oona. »Wer weiß, in welchem Chaos das Ganze sonst geendet hätte.«

Der Inspektor schob seine bleichen Daumen unter den Hosenbund und wirkte äußerst zufrieden.

Langsam machte sich Oona auf den Rückweg durch den Park. Der falsche Alarm hinterließ einen Hauch von Enttäuschung. Es wäre schön gewesen, mal wieder einen richtigen Fall zu lösen.

Deacon schien ihre Gedanken zu lesen. »Vielleicht ist es besser, dass es keinen neuen Fall gegeben hat. Der Turmwettstreit wird Eure volle Aufmerksamkeit erfordern.«

»Damit hast du zweifellos recht«, erwiderte Oona. »Trotzdem ist dir doch wohl klar, dass die Pläne nicht von allein herausgefallen sind.«

Deacon nickte nachdenklich. »Stimmt, aber sie wurden wiedergefunden.«

»Ja. Dank deiner genauen Beobachtung, Deacon.«

»Das war doch nicht der Rede wert.«

Mittlerweile hatte Oona wieder den Wohnwagen erreicht. Ihr fiel auf, dass die Buchstaben auf dem Schild wie frisch gemalt aussahen, und sie hatte sogar das Gefühl, als wäre die Farbe noch zu riechen.

»Seht mal«, verkündete Deacon, »Madame Iree kehrt zurück.«

Isadoras Mutter, Madame Iree, hatte den Rückweg zum Fest angetreten und schritt durch den Park, angetan mit einer prachtvollen neuen Robe aus smaragdgrünem Seidenstoff mit weißer Spitze und einer gewaltigen Turnüre auf dem Hinterteil, die an einen Kamelhöcker erinnerte.

»Das war ein flotter Kleiderwechsel«, stellte Oona fest.

Deacon zuckte die Achseln. »Habt Ihr immer noch vor, die Dienste dieser Wahrsagerin in Anspruch zu nehmen?«

Oona starrte auf die Wohnwagentür, schüttelte jedoch den Kopf. Deacon hatte recht. Die Konsultation einer solchen Frau wäre lächerlich, aber in dem Moment, als sie sich umdrehen und gehen wollte, öffnete sich die Wagentür und Madame Romania aus Rumänien streckte ihr die Hand entgegen.

»Ah, ja. Habe ich gewusst, Ihr würdet kommen. Ja. Ich habe das zweite Gesicht. Wie meine Mutter und ihre Mutter und alle Mütter weit, weit in Vergangenheit.«

Ihre schreckliche Sprache ließ Deacon erschauern, doch er hielt den Schnabel geschlossen.

»So, kommt doch herein, bitte. Ja, kommt schon.« Die Wahrsagerin lockte mit dem knochigen Zeigefinger, der aus den Lumpen hervorlugte.

Ein starker Geruch nach Salbei und Weihrauch wehte durch die Tür, und die Glöckchen an den Wagenfenstern klingelten im Wind. Oona war hin- und hergerissen. Ihre Neugierde war überwältigend, dennoch war ihr bewusst, dass Deacons Warnungen vor Geschäften mit einer derart dubiosen Person nicht von der Hand zu weisen waren. Aber dann wurde der Drang zu erfahren, was die Frau zu sagen hatte, so übermächtig, dass sie ihm nicht widerstehen konnte. Sie holte tief Luft und folgte der Frau ins Wageninnere.

Ein Vorhang aus Perlensträngen rasselte, als Oona in einen rauchigen Raum trat. Die Wände waren mit schwarzen, violetten und goldfarbenen Tüchern aus schwerem Samt behangen. Silberne Amulette und Reisigbündel baumelten von der Decke. Um den niedrigen runden Tisch in der Mitte lagen einige dicke Sitzkissen. Madame Romania aus Rumänien verschwand durch den Schlitz eines roten Samtvorhangs und Oona hörte, wie sie dahinter rumorte.

»Bitte, setzt Euch am Tisch«, rief die Zigeunerin. »Ich hole Schüssel. Ihr dürft eine Frage stellen, und Schale gibt Euch wahre Antwort.«

Oona schreckte davor zurück, sich zu setzen. Ohne zu wissen warum, war sie nervös. Doch dann schluckte sie ihre Unruhe herunter und ließ sich auf einem der Sitzkissen nieder, während sie sich beklommen fragte, wieso sie eigentlich hier war.

Die alte Frau machte sich immer noch hinter dem Vorhang zu schaffen, der die vordere Wohnwagenhälfte von der hinteren abteilte. Wenige Sekunden später trat sie wieder durch den Vorhangschlitz und hielt eine große, schmucklose Holzkiste in den Händen.

»Hier drin schläft Schale immer«, erklärte sie. »Muss mindestens fünf Minuten ruhen vor jede Frage.«

»Oh, ich verstehe«, log Oona.

Madame Romania aus Rumänien stellte die Kiste auf den Tisch und fummelte am Verschluss herum.

»Riegel hat eigenen Kopf. Klemmt. Muss reparieren lassen. Und … ah, jetzt geht's. Jetzt wir werden hören, was Schale hat zu sagen über –« In dem Moment schnappte Madame Romania aus Rumänien erschrocken nach Luft und stieß einen derart schrillen Schrei aus, dass sich die feinen Härchen auf Oonas Unterarmen aufrichteten.

Deacon flog hoch, als Oona aufsprang. »Madame Romania, was ist denn passiert?«, fragte sie.

Die alte Frau klappte den Deckel der Kiste auf und starrte Oona mit großen Augen an. Ihre Hände zitterten und ihre Unterlippe hing herab, wodurch ihr ekelerregender, von Minze überlagerter Mundgeruch ungehindert in Oonas Gesicht strömte. Etwa zehn endlose Sekunden lang stand Madame Romania aus Rumänien so da, bevor sie schließlich schluchzend Luft holte und rief: »Das Kristallschalen-Orakel! Es ist weg! Gestohlen!«

Kapitel 2

FRÜHSTÜCK IM PENDULUM HAUS

Der Speisesaal war der längste Raum des Pendulum Hauses. Von der Eingangstür bis zur Dienstbotentür auf der anderen Seite erstreckte er sich über eine Länge von fast dreißig Metern. Auf der rechten Seite befand sich ein Wandgemälde, auf dem eine dramatische Szene aus dem Leben Oswalds des Großen dargestellt wurde. Ehrfurcht gebietend richtete er seinen Zauberstab, dessen Spitze scharlachrotes Licht verströmte, auf die gewaltigen gläsernen Tore.

Oona saß am unteren Abschnitt des langen Tisches und starrte abwesend auf ihr Frühstück. Ihr Onkel saß ihr gegenüber und studierte die Morgenausgabe des *Dark-Street-Tribune*. Die dicke Schlagzeile lautete: »Feierlicher Beginn des Turmwettstreits«. Auf dem unteren Teil der ersten Seite stand: »Straße weiterhin von verzauberten Gegenständen heimgesucht«. Der Zauberer schüttelte den Kopf. »Nach diesem Artikel gab es diese Woche zwei Fälle von Feenholzvergiftung. Schreckliches Zeug. Färbt die Haut wochenlang grün, und manchen Betroffenen sind sogar Äste gewachsen wie bei einem Baum. Was die Zeitung jedoch nicht weiß, ist, dass es in Wahrheit vier Fälle waren, mit denen ich es im vergangenen Monat zu tun hatte. Und glücklicherweise habe ich ein Gegenmittel für das Gift, doch jetzt sieht es auch noch so aus, als würde es oben im Gewandviertel Hinweise auf Würgeseide geben. Das ist eine Feenseide, von der man weiß, dass sie den Träger langsam erwürgt.« Der Zauberer schüttelte sich. »Und eines steht fest, all diese Dinge können nur von einem Ort kommen: aus dem Feenland. Garantiert hat noch kein Zauberer derart abscheuliche Dinge geschaffen. Nichtsdestotrotz werfen sie ein schlechtes Licht auf meinen Zauberladen. Die Leute bekommen immer mehr Angst vor der Magie. Zweifellos wird man mich rufen, um das Seidenproblem zu lösen. Alle Stoffe, in denen die Würgeseide verwebt wurde, müssen zerstört werden.«

Der Zauberer ließ den Blick über den Tisch schweifen, doch offensichtlich hatte ihm niemand zugehört.

Deacon hockte auf einem Kronleuchterarm, während Samuligan neben dem Tisch stand, vollkommen reglos und dünn wie ein Peitschenriemen. Durch einen fast fünfhundert Jahre zurückliegenden Zauber zu lebenslanger Dienerschaft verdammt, war er, soweit Oona wusste, das einzige lebende Feenwesen diesseits der gläsernen Tore. Die schicke Butleruniform schlotterte um seinen mageren, fast zwei Meter großen Körper. Die spitzen Ohren und die gekrümmte Nase verliehen dem Feenmann ein unverkennbar nicht menschliches Aussehen, doch sein auffallendstes Merkmal waren seine strahlenden Augen, deren eindringlicher, verschmitzter Blick häufig unter der breiten Krempe seines Cowboyhuts verborgen blieb.

»Haben die Hexen diesen Monat schon ihre Ration Turlock-Wurzeln bekommen, Samuligan?«, fragte der Zauberer.

»Jawohl«, erwiderte der Feenmann mit seiner listigen Flüsterstimme. »Vergangene Woche habe ich die Wurzeln in den Polizeikerker geliefert. Sie sind so jung geblieben wie eh und je.«

Der Zauberer nickte zufrieden. »Die Zeit, die sie für den Diebstahl absitzen müssen, ist bald abgelaufen, nicht wahr?«

»Noch zwei Wochen Haft«, antwortete Deacon. »Dann dürfen sie in den Hexenhügel zurückkehren. Das ist eine kurze Zeitspanne, wenn man bedenkt, dass die Mädchen über fünfhundert Jahre alt sind. Werdet Ihr sie weiterhin mit Turlock-Wurzeln beliefern, wenn sie wieder frei sind?«

»Ich habe es ihnen versprochen«, sagte der Zauberer. »Durch die Zeugenaussage der Hexen wurden die Geschworenen überzeugt, dass Red Martin in den Angriff auf mich verwickelt war. Dafür habe ich ihnen zugesichert, ihnen immer genug Wurzeln zukommen zu lassen, um sie am Leben zu halten … obwohl wir ihre Rationen vielleicht ein wenig einschränken sollten, damit sie auf dieselbe Weise altern wie alle anderen.«

»Wie *alle* anderen?«, fragte Samuligan.

Der Zauberer sah zu dem Feendiener auf und kicherte. »Nun ja, wie alle Menschen. Zu uns menschlichen Wesen passt Unsterblichkeit nicht so gut wie zu euch Feen, Samuligan. Was meinst du, Oona?«

Oona, die gedankenverloren den krümeligen Muffin auf ihrem Teller hin- und hergeschoben hatte, blickte auf. »Entschuldige, Onkel. Ich habe gerade nicht zugehört.«

Der Zauberer runzelte die Stirn. »Du hast dein Frühstück kaum angerührt, Oona.« Er faltete die Zeitung zusammen und legte sie neben seinen Teller. »Du solltest was essen. Du brauchst doch Kraft für den Wettkampf.«

»Ich … ich habe keinen großen Hunger«, antwortete Oona.

»Oder hast du Lust auf etwas anderes? Vielleicht würde sie lieber eine Fleischpastete essen, Samuligan.«

Samuligan nickte. »Sehr wohl, Sir«, sagte er und verzog die Lippen zu einem schiefen Lächeln. Bevor Oona protestieren konnte, stieß Samuligan einen kehligen Laut aus und statt des Muffins lag eine dampfende Fleischpastete auf ihrem Teller.

»Das war nicht nötig«, murmelte Oona und spürte, wie sie von der Magie des Feendieners eine Gänsehaut bekam. »Wie ich schon sagte, ich bin einfach nicht hungrig.«

Der Zauberer sog den Duft der Pastete ein, zuckte die Achseln und zog den Teller zu sich herüber. »Denkst du etwa immer noch an diese Roma-Frau, von der du mir gestern Abend erzählt hast?«, fragte er, indem er seine Gabel in die Kruste stach und sich einen Bissen genehmigte. Aus der Pastete stieg Dampf auf, der sein Gesicht einen Moment lang verschleierte.

Samuligan schnippte mit den Fingern, und der Dampf ähnelte plötzlich einer riesenhaften Kröte. Oona zog mahnend die

Brauen hoch und konnte über den Scherz des Feenmannes nicht lachen. Sie wusste zwar, dass es sich nur um einen seiner sonderbaren Aufmunterungsversuche handelte, aber im Moment war Oona zu sehr mit den Geschehnissen des vergangenen Abends beschäftigt, um sich von magischen Tricks unterhalten zu lassen.

Samuligan dagegen schien sich bestens über seinen eigenen Witz zu amüsieren. Der Feenmann warf den Kopf in den Nacken und brach in schallendes Gelächter aus, das die Teetasse des Zauberers explodieren und Deacon erschrocken auffliegen ließ.

»Musste das sein, Samuligan? Jetzt sieh nur, was du angerichtet hast!« Der Zauberer hatte den ganzen Tee abbekommen und in seinem Bart hingen ein paar Pastetenstückchen.

Ohne Umschweife langte Samuligan in die Tasche und zog einen Mopp heraus, um das Malheur zu beseitigen.

»Ist es das, worüber du dir den Kopf zerbrichst?«, fragte der Zauberer seine Nichte, während Samuligan seinen Bart mit dem Mopp abtupfte. »Diese Geschichte mit der verschwundenen Glaskugel?« Irritiert schob der Zauberer den Mopp beiseite.

»Es war keine Glaskugel«, sagte Oona gereizt. »Die Frau hat von einem Kristallschalen-Orakel gesprochen.«

»Sie war fast die ganze Nacht wach und hat über das Verschwinden der Schale nachgegrübelt«, erklärte Deacon und landete wieder auf dem Kronleuchter.

Oona warf ihm einen vorwurfsvollen Blick zu. Es stimmte, sie hatte kaum geschlafen und versucht, die gestrigen Geschehnisse in einen sinnvollen Zusammenhang zu bringen, aber sie hatte nicht die geringste Lust, ihrem Onkel zu erklären, was sie am Verschwinden der Kristallschale so beunruhigend fand –

nämlich Madame Romanias Behauptung, dass sie, Oona, nicht verantwortlich sei für irgendeine Bürde, die sie trug. Ein Geheimnis, das nur das Kristallschalen-Orakel enthüllen konnte.

Wenn es die Chance gab – und sei es nur der schwächste Hauch eines Hoffnungsschimmers –, dass Oona nicht für den Tod ihrer Mutter und Schwester verantwortlich war, dann musste sie es wissen, und das bedeutete, dass sie herausfinden musste, was mit der Schüssel geschehen war.

Ihr Onkel würde ihr zweifellos genau wie Deacon sagen, dass Wahrsager nichts als Betrüger seien, die den Leuten genau das sagten, was sie hören wollten, um leichtes Geld zu verdienen.

Doch Madame Romania aus Rumänien hatte kein Geld verlangt, und nach dem Verschwinden der Schale hatte Oona aufmerksam zugehört, als die Frau erklärte, dass sie unter gar keinen Umständen zur Polizei gehen würde.

»Wir Roma stehen uns nicht gut mit Polizei«, hatte Madame Romania ihr versichert, bevor sie sich lautstark in ihren Lumpenärmel geschnäuzt hatte und schluchzend in Tränen ausgebrochen war.

Angesichts dieser Umstände war Oona klar, dass niemand das Rätsel lösen würde, wenn sie es nicht tat. Und obwohl die Frau sie nicht direkt um ihre Hilfe gebeten hatte, so hatte sie Oona auch nicht gebeten, ihr *nicht* zu helfen. Und wenn Madame Romania aus Rumänien die Wahrheit sagte, dann war die Kristallschale – eine siebzehn Zentimeter tiefe und dreiunddreißig Zentimeter breite Schüssel aus geschliffenem Glas – das einzige wahrsagerische Hilfsmittel, das nicht nur die Zukunft, sondern auch die Vergangenheit zeigen konnte. Das Orakel war in der Lage, jede Frage zu beantworten, und könnte Oona genau vor Augen führen, was sich am Todestag ihrer Mutter und Schwester zugetragen hatte.

Ein Detail wollte Oona einfach nicht aus dem Kopf gehen: Madame Romanias Behauptung, dass die Wohnwagentür während ihrer Abwesenheit fest verriegelt gewesen sei. Niemand habe hineingelangen können. Doch da die Kristallschale verschwunden war, hielt Oona das für unmöglich. Sie hätte sonst was darum gegeben, den Wohnwagen nach irgendeinem Hinweis zu durchsuchen – ein Anzeichen für gewaltsames Eindringen, oder vielleicht ein loses Brett im Fußboden –, doch in ihrer Verzweiflung über das Verschwinden der Kristallschale hatte die zerlumpte Wahrsagerin Oona so schnell wie möglich aus dem Wagen befördert und sich darin eingeschlossen, ohne ihr nennenswerte Informationen zu geben.

Heute, bei Tageslicht, dachte Oona, *wäre die perfekte Möglichkeit, Nachforschungen anzustellen, wenn nur …*

Als hätte er ihre Gedanken gelesen, sagte der Zauberer: »Du solltest dir diese Kristallschale aus dem Kopf schlagen, Oona. Spar dir deine Kräfte lieber für den Wettstreit.«

Sich einen geheimnisvollen Fall aus dem Kopf schlagen? Bevor er gelöst war? *Lächerlich*. Sie hatte große Lust, ihrem Onkel genau das zu erwidern, doch stattdessen nickte sie nur und sagte: »Ja, Onkel. Ich tu mein Bestes.«

Ihre Antwort schien ihren Onkel zufriedenzustellen, der sich gerade ein weiteres Stück der dampfend heißen Pastete in den Mund schob. Deacon dagegen ließ sich nicht so leicht täuschen und schnalzte mit der Zunge, worauf Oona ihm einen warnenden Blick zuwarf, doch der verzauberte Vogel ließ sich nicht so leicht den Mund verbieten.

»Laut *Encyclopedia Arcanna*«, zitierte er, »handelt es sich bei der Wahrsagerei bestenfalls um eine kapriziöse Kunst – was darauf hinausläuft, dass das Vorhersehen der Zukunft … nun ja … unvorhersehbar ist.« Deacon hielt inne, als würde er auf eine belustigte Reaktion warten. Als diese ausblieb, räusperte er sich. »Das Kristallschalen-Orakel wird an keiner Stelle erwähnt, noch irgendein anderes Objekt mit derartigen prophetischen Kräften. Zumindest nicht in dieser Welt.«

»Eine *Cathesis-Kugel* wäre dazu in der Lage«, warf Samuligan ein.

»Ja, Samuligan«, sagte der Zauberer. »Aber die *Cathesis-Kugeln* gibt es nur im Feenland.«

Deacon flatterte auf Oonas Schulter. »Es finden sich keinerlei Aufzeichnungen darüber, dass eine *Cathesis-Kugel* jemals die Grenze zwischen den Welten überschritten hat. Und wenn doch, dann wären die Kugeln, von denen nur zehn Exemplare existierten, die jeweils nur zur Beantwortung einer einzigen Frage bestimmt waren, mittlerweile längst aufgebraucht.«

»Wird er schwierig?«, fragte Oona, um das Thema zu wechseln. »Ich meine den Wettkampf.«

Da der Zauberer sich gerade einen weiteren Happen von der Pastete gegönnt hatte, antwortete Samuligan. »Der Magierturm-Wettstreit wird schon fast genauso lange ausgetragen, wie ich den Pendulum-Hausbewohnern diene. Er findet alle fünf Jahre statt, und ich habe ihn schon an die hundertmal miterlebt. Es ist jedes Mal ein sehr unterhaltsames Spektakel …« Der Mopp, den Samuligan noch immer in der Hand hielt, verwandelte sich plötzlich in ein Schwert, dessen Spitze sich auf Deacon richtete. »Bisweilen auch mit tödlichem Ausgang.«

Deacon kreischte auf und hüpfte von Oonas Schulter auf den Tisch.

»Das ist richtig«, sagte der Zauberer. »In der Vergangenheit sind schon Teilnehmer zu Tode gekommen, aber nur weil sie sich töricht verhalten haben und die Aufgaben nicht ernst nahmen.«

Samuligan zuckte die Achseln, als sei der Tod nichts, was man fürchten müsse. Sein Schwert verwandelte sich in eine Trompete, in die er kräftig hineinblies, bevor er hinzufügte: »Aber die meisten Wettkämpfer tragen nur leichte Blessuren davon.«

Oona wusste über all dies natürlich längst Bescheid. Sie hatte sich im vergangenen Monat auf den Wettstreit vorbereitet und sich mit Deacon über frühere Aufgabenstellungen informiert.

»Stimmt es, dass die Aufgaben von einem Wettstreit zum anderen niemals die gleichen sind?«, wollte Oona wissen.

»Sie sind immer wieder neu«, bestätigte der Zauberer.

»Bis auf die letzte Aufgabe«, meldete Samuligan sich zu Wort. »Es ist immer dieselbe Aufgabe … und sie ist noch nie gelöst worden.«

»Die Rätsel-Kassette«, sagte Oona.

Samuligan und der Zauberer nickten nachdenklich. Die Kassette, die sich nicht öffnen ließ, das legendäre Objekt, das sich allen Versuchen, es zu öffnen, widersetzte. Es war ein Mysterium, das sie nur allzu gern zwischen die Finger bekommen hätte.

»Aber um die letzte Aufgabe zu erreichen, musst du die ersten drei lösen«, erklärte der Zauberer. »Und ohne Essen im Bauch wird das sehr schwierig.«

Oonas Magen meldete sich knurrend zu Wort. Der Gedanke an die ersten drei Aufgaben versetzte sie in freudige Erregung. In diesem Augenblick kam ihr eine Erinnerung in den Sinn, bei der sie sich fragte, wie sie sie jemals vergessen konnte. Es war eine wundervolle Erinnerung, ein verschwommenes Bild, wie sie an der Hand ihres Vaters im Oswald Park gestanden und die Wettkampfkandidaten im Inneren des Turms verschwinden sehen hatte.

»Eines Tages werde ich auch da hineingehen und ich werde gewinnen«, hatte sie ihren Vater wissen lassen.

Er hatte sie angelächelt und irgendetwas gesagt, an das sie sich nicht erinnern konnte. Vielleicht hatte er ihr da von seinen eigenen Abenteuern im Turm erzählt. Es ärgerte sie, dass sie einen solchen Moment vergessen hatte. Sie wünschte sich, dass sie sich an alles, was mit ihren Eltern zu tun hatte, erinnern könnte, doch seit ihrem Tod war nun schon viel Zeit vergangen und Oonas Erinnerungen verblassten mehr und mehr. Ihre Mutter war damals ebenfalls dabei gewesen und hatte neben ihrem Vater auf dem Rasen gestanden. Auch sie hatte Oona zugelächelt und etwas gesagt … Etwas wie …

Und dann kamen ihre Worte Oona wieder in den Sinn und sie schnappte nach Luft.

»Natürlich wirst du gewinnen, mein Liebling«, hatte ihre Mutter gesagt. »Ich habe allergrößtes Vertrauen in dich.«

Und jetzt, fünf Jahre später, stand Oona kurz davor, beim Wettstreit mitzumachen. Sie wünschte, ihre Eltern hätten dabei sein können. Sie hätte alles darum gegeben, sie stolz auf sich zu machen.

»Wenn ich recht drüber nachdenke«, sagte sie zu Samuligan, »hat Onkel Alexander vielleicht recht. Frühstück wäre jetzt genau das, was ich brauche. Ich hätte gern Pfannkuchen, Samuligan. Mit viel Butter und Erdbeeren!«

Kapitel 3

DER ERSTE HINWEIS

Oona konnte es kaum fassen. Die gesamte Dark Street schien als Mitstreiter oder Zuschauer am Wettkampf teilzuhaben. Von der gewaltigen Springbrunnenskulptur Oswald des Großen am Eingangstor bis zur äußersten Einfriedung wimmelte es im Park von Menschen aller Formen und Größen. Auf der anderen Seite der Ziegelmauer befand sich, wie Oona wusste, gar nichts – eine endlose Leere namens Drift, in der die Dark Street sich wie die Zeiger einer riesigen Uhr drehte und drehte und nur einmal am

Tag zur Ruhe kam, um Mitternacht, wenn die eisernen Tore am nördlichen Ende der Straße sich eine Minute lang zur Stadt New York öffneten, bevor sie sich wieder schlossen und die Zeiger weiter ihre Kreise zogen.

Mit ihren fast dreizehn Meilen Länge bot die Dark Street Tausenden von Bewohnern eine Heimat. Wenn man bedachte, dass der Wettstreit nur einmal in fünf Jahren stattfand, hatte Oona zwar mit einer Menge von Schaulustigen gerechnet, aber sie konnte sich nicht erinnern, jemals so viele der Straßenbewohner zur selben Zeit am selben Ort gesehen zu haben.

Für den Weg zu der großen Bühne am Fuß des schiefen Turms brauchte sie länger, als ihr lieb war.

Wenn sie geglaubt hatte, das Tageslicht würde dem monströsen Bauwerk einen Hauch von Schönheit verleihen, war sie einem gewaltigen Irrtum unterlegen. Oona musste den Hals verrenken, um an der Spitze des Turms die rätselhafte Pyramide zu sehen, die bedenklich unter dem bläulich-violettfarbenen Himmelszelt hin- und herschwankte. Beim Gedanken, da hinaufzusteigen, drehte sich ihr der Magen um.

Mit Deacon auf der Schulter war Oona gerade vor der Bühne angelangt, nachdem sie sich zwischen zwei übertrieben vornehm gekleideten Damen hindurchgezwängt hatte, als ihr eine schrille Mädchenstimme in den Ohren klingelte.

»Lies mir eine Geschichte aus meinem Märchenbuch vor, Daddy!«, jammerte die Stimme, und Oona spürte, wie sich Deacons Krallen fester in ihre Schultern drückten.

Sir Baltimore Rutherford lehnte sich lässig gegen den Bühnenrand, während seine kleine Tochter Penelope neben ihm auf der Kante saß. Mit ihren feuerroten zu zwei straffen Zöpfen frisierten Haaren und ihrem leuchtend blauen Kleidchen, das sich wie eine Glocke um ihren zierlichen Körper bauschte, erinnerte sie ein bisschen an eine große Stoffpuppe, die auf magische Weise zum Leben erweckt worden war. Momentan hielt sie ihrem Vater ihr Märchenbuch unter die Nase.

»Nicht jetzt, Penelope-Spätzchen«, sagte Sir Baltimore. »Der Wettstreit fängt gleich an. Wir sind doch hergekommen, um deinen Bruder anzufeuern.«

»Aber ich will die Geschichte über die bösen Streifenhörnchen und den hinterlistigen Farmer hören!«, maulte Penelope.

»Penny, ich habe dir doch gesagt«, mahnte Sir Baltimore, »wir sind hier, weil wir Roderick zusehen wollen.« Als würde er mit sich selbst sprechen, fügte er hinzu: »Und ich rate ihm, zu gewinnen … sonst …«

Doch als er Oona bemerkte, behielt Sir Baltimore den Rest seines Gedankens für sich. »Ah, Miss Crate«, rief er und tippte an seinen Hut. »Sieh mal, Penny, das ist Rodericks schärfste Konkurrentin … vorausgesetzt, sie kommt nach ihrem Vater.«

Er lachte wohlwollend, doch Oona nahm einen ernsten Unterton in seiner Stimme wahr.

»Guten Tag, Sir Baltimore«, grüßte sie höflich.

Plötzlich tauchte Roderick neben seinem Vater auf. Er hielt Isadora Iree an der Hand und wie immer sahen die beiden umwerfend aus. Und dann geriet Oonas Herzschlag ins Stolpern, denn Adler Iree trat aus der Menge und tippte an seinen Hut.

»Tut mir leid, dass ich Sie gestern Abend verpasst habe, Miss Crate«, sagte er mit seinem starken irischen Akzent.

Oona nickte und hoffte, dass ihr Lächeln den sozialen Gepflogenheiten entsprach, obwohl sie fürchtete, wir ein Honigkuchenpferd zu grinsen. Den abgewetzten alten Zylinderhut schief in die Stirn gezogen, zwinkerte er Oona schelmisch zu, in deren Bauch ein ganzer Schwarm von Schmetterlingen herumflatterte, während ihre Wangen ganz heiß wurden.

»Kennen Sie schon meinen KAVALIER?«, fragte Isadora, bevor Oona auf Adlers Entschuldigung reagieren konnte.

Oona unterdrückte ein Lächeln. »Ich glaube, Sie haben uns gestern Abend vorgestellt. Macht ihr alle beim Wettstreit mit?«

»Aber natürlich«, sagte Isadora. »Das würde ich mir um keinen Preis entgehen lassen. Ich vermute, Sie nehmen ebenfalls teil.«

Oona nickte. »Ja, das habe ich vor.«

Isadora verschränkte die Arme vor der Brust. »Natürlich sind Sie wegen all der magischen Dinge, die Sie beherrschen, im Vorteil.«

Oona schaute zu Isadora auf, die ein gutes Stück größer war als sie, obwohl sie nicht mal ein halbes Jahr älter war. An Isadoras Tonfall erkannte sie, dass sie irgendetwas im Schilde führte. »Was soll das denn heißen?«

»Ach, nichts«, sagte Isadora. Sie kniff ein Auge zusammen und musterte Oona von oben bis unten. »Ich meine nur, wenn Sie gezwungen wären, nach denselben Regeln zu spielen wie wir alle, also ohne Magie, dann würden Sie wahrscheinlich nicht mal die allerersten Aufgaben schaffen.«

»Ach, du liebe Güte. Fallt bloß nicht darauf rein«, flüsterte Deacon in Oonas Ohr. »Der Einsatz von Magie verstößt nicht gegen die Regeln. Ihr dürft jeden Vorteil nutzen, den Ihr habt.«

Doch Oona hörte nicht zu. Sie hob das Kinn und sah Isadora direkt in die Augen. »Soll das eine Herausforderung sein?«

Deacon stöhnte.

»Wenn Sie es als solche betrachten«, erwiderte Isadora.

Oona stieg das Blut in die Wangen. Sie hatte sich schon einmal von Isadora Iree herausfordern lassen, als das unerträgliche Mädchen Oona das Ultimatum gestellt hatte, Madame Irees verschwundene Kleider vor dem Mitternachtsmaskenball aufzuspüren … und am Ende war Oona aus dem Streit als Siegerin hervorgegangen. Doch das hier war etwas anderes. In diesem Fall hatte Oona den deutlichen Vorteil, all die Hindernisse, die sie im Magierturm erwarteten, mithilfe von Magie zu überwinden. Ihre magischen Fähigkeiten wären sicher hilfreich … aber es ärgerte sie, dass Isadora wohl dachte, sie würde Magie brauchen, um zu gewinnen. Da Oona ohnehin nichtmagische Lösungen den magischen vorzog, entschied sie sich gegen den Einsatz ihrer Zauberkräfte. »Na schön«, erklärte sie. »Ich werde während des gesamten Wettstreits auf jegliche Anwendung von Magie verzichten. Dann werden wir ja sehen, wer die Bessere ist.«

Isadora verzog den Mund zu einem listigen Lächeln. »Das werden wir.«

Plötzlich fühlte sich Oona, als würde sich ein schweres Bleigewicht auf ihre Schultern herabsenken, und erkannte zu spät, dass sie genau das getan hatte, was Isadora wollte.

»Achtung, Achtung!«, ertönte eine laute Stimme. »Der Wettstreit wird in wenigen Minuten beginnen. Dürfte ich Sie um Ihre Aufmerksamkeit bitten?«

»Das war unklug«, flüsterte Deacon.

»Ach, sei still«, sagte Oona und ärgerte sich über ihre eigene Dummheit.

Der Architekt stellte sich mitten auf die Bühne und sprach

in ein großes Horn, das seine Stimme um ein Vielfaches lauter machte. Die Menge verstummte. »Die ersten vier Kandidaten, die die beiden heutigen Prüfungen erfolgreich bestanden haben, werden sich den morgigen Aufgaben stellen dürfen«, erklärte er. »Ihnen allen wünsche ich viel Glück.«

Dann folgte eine Pause, in der Oona spürte, wie Deacons Krallen sich fester um ihre Schultern schlossen. Die Pause dehnte sich zu längerem Schweigen und dann schlug die Turmuhr zur vollen Stunde. »Der erste Hinweis befindet sich auf dem Plakat, das den Turmwettstreit ankündigt!«, erklärte der Architekt durch sein Horn. Darauf rückte er seinen lächerlich großen Hut zurecht und fügte hinzu: »Das ist alles.«

Er legte das Horn auf der Bühne ab, bevor er sich auf einen Stuhl fallen ließ, die Beine übereinanderschlug, eine Zeitung auseinanderfaltete und anfing zu lesen, als würde er gemütlich in seinem Wohnzimmer sitzen, statt vor den Augen Hunderter gespannter Zuschauer.

Und dann brach ein wahrer Tumult aus. Explosionsartig drängte sich die Menge in Richtung Parkausgang, Teilnehmer und Zuschauer versuchten, zu den Plakaten zu gelangen, die überall in der Straße aufgehängt worden waren.

Es musste Hunderte von Plakaten geben, dachte Oona, lauter rote Papierbögen, die den Beginn des Magierturm-Wettstreits ankündigten. Sie erinnerte sich, dass die ganze Straße damit vollgepflastert war. Sie prangten auf Schaufenstern, Hauswänden, Laternenpfählen. Wo stand noch gleich der nächste …?

Sie schaute sich um und war sicher, dass man auch im Park einige Plakate aufgehängt hatte, doch überraschenderweise war keines zu sehen.

Kein Wunder, dachte sie, *so leicht würde es der Architekt den Kandidaten nicht machen.*

»Soll ich losfliegen und Euch ein Plakat besorgen?«, bot Deacon sich an.

Oona wollte ihn schon schicken, als ihr plötzlich etwas in den Sinn kam, von dem ihre Haut vor Aufregung kribbelte.

»Der Wohnwagen!«, rief sie.

»Wie bitte?«, fragte Deacon.

Oona gab keine Antwort. Hatte sie gestern Abend nicht eines der Wettstreitplakate an der Hintertür der Wahrsagerin gesehen? Sie wirbelte herum. Der Wohnwagen stand noch immer am äußersten Ende der Bühne, was sich als recht praktisch erwies, da die Menschenmenge sich in die entgegengesetzte Richtung wälzte.

Im Eiltempo sauste Oona zum Wohnwagen und umkreiste ihn. Und da war es: das Plakat, das sie am Abend zuvor bemerkt hatte. Da es nur mit einer Heftzwecke befestigt war, konnte sie es leicht herunterreißen.

MACH EINEN HELDEN AUS DIR!
AUF DIE PLÄTZE, FERTIG, LOS!
DER ULTIMATIVE MAGIER-TURM-WETTSTREIT WARTET AUF DICH!
ZEIG ES ALLEN UND GEH IN FÜHRUNG!
IM HÄRTESTEN WETTKAMPF ALLER ZEITEN.
DER SIEGER ERHÄLT EINE GEDENKTAFEL IM MUSEUM,
AUF DER ER FÜR SEINE VERDIENSTE GEEHRT WIRD.
ER WIRD IN DIE MAGISCHE GESCHICHTE EINGEHEN.

Ansonsten war auf dem Plakat nichts weiter zu sehen als eine künstlerische Skizze des Turms.

»Seht Ihr irgendwo einen Hinweis?«, fragte Deacon.

»Ich bin auf der Suche«, antwortete Oona gereizt. Sie zog eine kleine Lupe aus der Rocktasche und inspizierte damit die Skizze. Die Lupe mit dem vergoldeten Rand und dem abgenutzten Holzgriff hatte ihrem Vater gehört – und nach den Worten ihres Onkels, war er der beste Chefinspektor gewesen, den es im Polizeipräsidium der Dark Street jemals gegeben hatte.

Diese Lupe bedeutete Oona so viel, dass sie oft das Gefühl hatte, durch die Augen ihres Vaters zu sehen, wenn sie mit ihrer Hilfe nach Indizien suchte. Manchmal war ihr, als würde er neben ihr stehen und sie zwingen, das zu erkennen, was sie tatsächlich vor sich hatte, statt das, was sie zu sehen *glaubte*.

Sie spähte durch die Lupe auf das Plakat und hatte nach wenigen Sekunden den versteckten Hinweis entdeckt.

»Aha!« Sie deutete auf eine Reihe von Zahlen, die geschickt an den Rändern der Turmzeichnung verborgen waren. »Siehst du das, Deacon? Die Zahlen.« Sobald sie sie ausgemacht hatte, brauchte sie keine Lupe mehr, um sie zu erkennen.

»Die sehe ich«, erwiderte Deacon. »Aber was haben sie zu bedeuten?«

Oona starrte auf die Zahlen. Von oben nach unten gelesen lauteten sie: 56, 4, 7, 1, 7, 3, 2, 1.

»Eine seltsame Ansammlung von Zahlen«, konstatierte Deacon.

»Inwiefern seltsam?«, fragte Oona.

»Nun ja, ich erkenne kein offenkundiges Muster«, sagte er. »Abgesehen von ›drei, zwei, eins‹ am Ende.«

»Am Ende, Deacon?«, fragte Oona. »Und wieso glaubst du, dass die Zahlenreihe von oben nach unten verläuft?«

»Nun ja, ist es nicht normalerweise so, dass man sie von oben nach unten lesen würde?«

Oona dachte kurz über seine Worte nach. Obwohl Deacons Erklärung sinnvoll klang, erschien sie ihr irgendwie zu offenkundig. Aufgrund dieses Gefühls folgte sie ihrer Intuition, eine andere logische Ordnung zu suchen, nach der die Zahlen zu lesen waren.

Einen Moment später hatte sie es. Sie wurde ganz aufgeregt und war ziemlich stolz darauf, so schnell dahintergekommen zu sein.

»Die Zahlen von oben nach unten zu lesen, wäre normal«, sagte sie. »Aber sieh dir mal an, wo sich die Zahlen befinden, Deacon. Wofür sollen sie stehen?«

Deacon legte den Kopf auf die Seite und sah genauer hin. »Ich kann Euch nicht ganz folgen. Sie sehen so aus, als wären sie ein Teil der Turmskizze.«

Oona nickte. »Ja, Deacon. Und meiner Erfahrung nach beginnen die Zahlen in einem Gebäude in der ersten Etage und nehmen mit jedem Stockwerk zu.«

»Ah, ich verstehe, was Ihr meint. Die Nummern könnten genauso gut von unten nach oben gelesen werden. 1, 2, 3, 4, 1, 7, 4, 56.«

Oona starrte zum Turm hoch. Sie konnte keinerlei Anhaltspunkte für irgendwelche Zahlen erkennen.

»Vielleicht beziehen sie sich auf die unterschiedlichen Stockwerke des Turms«, mutmaßte Deacon.

Oona erwog seine Überlegung kurz, schüttelte jedoch den

Kopf. »Nein. Der Turm ist zwar hoch, hat aber nicht annähernd sechsundfünfzig Stockwerke.«

Deacon starrte weiterhin auf den Turm, während Oona erneut die Skizze in Augenschein nahm. Sie las die Worte der Ankündigung ein weiteres Mal durch und wandte sich dann wieder den Zahlen zu. Die Antwort war irgendwo dazwischen.

Plötzlich hatte sie die Eingebung, die Sätze der Ankündigung zu zählen.

»Sieh mal, Deacon«, sagte sie und hielt das Plakat hoch. »Siehst du das? Die Ankündigung sieht aus wie ein Gedicht. Jeder Satz oder Teilsatz steht in einer eigenen Zeile.«

»Ja, das ist richtig«, stimmte Deacon ihr zu und hüpfte vor Aufregung von einem Fuß auf den anderen.

»Es gibt acht Zeilen«, stellte Oona fest und fuhr mit dem Finger über die Umrisse der Zeichnung. »Und hier haben wir acht Zahlen.«

»In der Tat«, sagte Deacon.

Oona spürte ein leichtes Kribbeln hinter den Augen, während sie die Fingerspitze die Zahlenreihe hinauf- und dann die Satzreihen wieder hinabgleiten ließ. Sie wusste, dass sie auf eine wichtige Spur gestoßen war.

»Ich wette, dass diese acht Zahlen sich auf die Wörter dieser acht Sätze beziehen«, sprach sie ihre Gedanken aus.

Deacon schüttelte nachdenklich den Kopf und erkannte den Fehler in ihrer Theorie. »Aber was ist mit der Zahl sechsundfünfzig? Keiner der Sätze hat sechsundfünfzig Wörter.«

»Das ist richtig«, räumte Oona ein, »aber ich glaube, ich habe auch dafür eine Erklärung.« Sie schob die Lupe zurück in ihre Rocktasche und zog nach einigem Gewühle einen Bleistift heraus. »Sieh mal her. Wenn wir vom Fuß des Gebäudes hinauf zur Spitze gehen, ist die erste Zahl eine Eins.«

Oona kreiste das Wort *Mach* ein, das erste Wort des ersten Satzes.

Dann umkreiste sie das zweite Wort des zweiten Satzes, also *die.*

»Mach die«, sagte Deacon.

Oona kreiste das dritte Wort im nächsten Satz ein. Der ultimative *Magier*-Turm-Wettstreit wartet auf dich!

Sie studierte noch einmal die Zahlen. 1, 2, 3, 7, 1, 7, 4, 56.

»Hier ändert sich das Lösungsmuster«, sagte sie und deutete auf die vierte Ziffer der Zahlenfolge: eine Sieben. Sie umkringelte das siebte Wort in der vierten Zeile: Zeig es allen und geh in *Führung.*

»Mach die Magier-Führung«, las Deacon die eingekreisten Wörter laut vor. »Was soll das bedeuten?«

»Ich glaube, das finden wir gleich heraus«, sagte Oona und folgte der weiteren Zahlenreihe. Schnell umkreiste sie das erste Wort in der nächsten Zeile, die da lautete: *Im* härtesten Wettkampf aller Zeiten, und das siebte Wort in: Der Sieger erhält eine Gedenktafel im *Museum* – und das vierte Wort in: In dem er *für* seine Verdienste geehrt wird.

Plötzlich erkannte Oona, dass es auch für die zweistellige Zahl eine logische Erklärung gab. »Du hattest recht, Deacon«, sagte sie und deutete mit der Bleistiftspitze auf die letzte Zeile. »Es gibt weder sechsundfünfzig Wörter noch sechsundfünfzig Buchstaben in der letzten Zeile, die lautet: ›Und wird in die magische Geschichte eingehen.‹« Sie umkreiste das fünfte und sechste Wort des Satzes. »Aber es gibt Wort Nummer fünf und

Wort Nummer sechs.« Strahlend deutete sie auf das Plakat: »Was sagst du nun, Deacon?«

»Mach die Magier-Führung im *Museum für magische Geschichte.*« Er hielt kurz inne, um den Sinn der Worte zu erfassen, bevor er ausrief: »Hervorragend kombiniert!«

»Und damit«, schlussfolgerte Oona, »kennen wir unser nächstes Ziel.«

Oona schaute sich um und bemerkte, dass sie, abgesehen von dem Architekten, der immer noch in seine Zeitung vertieft auf der Bühne saß, als Einzige im Park zurückgeblieben war. Zwischen den Bäumen erhob sich eine leichte Brise und ließ die Glöckchen des Wohnwagens erklingen.

Von Neugierde übermannt begann Oona den Wagen zu umkreisen.

»Wohin geht Ihr?«, fragte Deacon. »Das Museum liegt in entgegengesetzter Richtung.«

Obwohl Oona einen Anflug von Beklommenheit spürte, konnte sie der magischen Anziehungskraft des Wagens nicht widerstehen. Der menschenleere Park bot ihr eine perfekte Gelegenheit, ein bisschen herumzuspionieren … und herauszufinden, ob der Dieb des Kristallschalen-Orakels vielleicht irgendwelche Spuren hinterlassen hatte.

»Schon gut, Deacon«, sagte Oona. »Ich habe den ersten Hinweis garantiert schneller herausgefunden als alle anderen. Es besteht also kein Grund zur Eile.«

»Seid Euch lieber nicht zu sicher«, krächzte Deacon. »Unter Euren Gegnern sind ein paar ziemlich clevere Leute.«

Sein Tonfall war barsch und Oona wusste, dass sie es nicht besser verdiente. Sie ahnte, wie überheblich ihre Aussage geklungen hatte, doch Deacon konnte nun mal ihre wahren Beweggründe, den Dieb des Orakels zu finden, nicht nachvollziehen. Er hatte keine Vorstellung, wie schrecklich es für sie war, Mutter und Schwester zu verlieren, noch dazu mit dem quälenden Wissen, ihren Tod verschuldet zu haben.

Aber was wäre, wenn Madame Romanias Andeutungen der Wahrheit entsprachen?, fragte sie sich. Was wäre, wenn die Bürde der Schuld tatsächlich nicht auf ihren Schultern lasten würde? Oona hatte zwar keine Ahnung, wie das möglich sein sollte, aber wenn die Kristallschale es ihr zeigen könnte …

»Ich brauche nur ein paar Minuten«, versprach sie, indem sie den Boden rund um den Wohnwagen inspizierte. »Ich will nur kurz nachsehen, ob es irgendwelche Indizien gibt.«

Deacon verlagerte sein Gewicht auf ihrer Schulter. »Das ist lächerlich. Die reinste Zeitverschwendung!«

»*Zeitverschwendung?*«, schnauzte Oona ihn an und hätte sich am liebsten auf die Zunge gebissen.

»Ach du liebe Zeit«, sagte Deacon und flatterte von Oonas Schulter auf den Boden.

Schweigend suchte Oona das Erdreich ab und fragte sich schuldbewusst, wieso sie Deacon so angeblafft hatte, der immer nur das Beste für sie wollte. Da sie keinerlei Hinweise entdecken konnte, richtete sie sich schließlich auf und schüttelte enttäuscht den Kopf.

»Nichts!« Sie blies sich eine Haarsträhne aus der Stirn und warf Deacon einen entschuldigenden Blick zu. »Tut mir leid, dass ich dich so angefahren habe.«

Der Rabe stand auf den trockenen Erdkrumen bei einem der Wagenräder. Er wandte sich brüskiert von ihr ab, um ihr zu zeigen, dass sie seine Gefühle verletzt hatte. Doch nach kurzem Schweigen meldete er sich wieder zu Wort. »Nun gut. Schwamm drüber. Könnten wir unsere Aufmerksamkeit dann wieder auf … auf …« Er verstummte.

Oona runzelte die Stirn. »Deacon, was ist los?«

Der Rabe schwieg und bewegte den Kopf hin und her, als würde er etwas unter dem Wohnwagen suchen.

»Deacon?«, fragte Oona.

»Da ist eine Art Falltür«, meinte er schließlich.

Oona ging in die Hocke und spähte unter den Wagen. Und tatsächlich, sie konnte genau sehen, worauf Deacon sie hingewiesen hatte. Im Boden des Wohnwagens befand sich eine Klappluke: eine zweite Möglichkeit für jemanden, ins Innere zu gelangen. Wieso ein Wagen eine solche Luke brauchte, wusste sie nicht. Unter der Luke sah sie Spuren auf dem trockenen Boden, als wäre jemand da unten herumgekrochen.

»So sind sie also hereingekommen«, sagte Oona. »Gut beobachtet, Deacon.«

»Und seht mal da«, erwiderte Deacon und hüpfte unter die Luke. Er pikte seinen Schnabel in den trockenen Lehm und stieß auf einen glänzenden Gegenstand. Er zog ihn aus der Erde und ließ ihn in Oonas Handfläche fallen.

»Sieht so aus, als hätte der Dieb ein Beweisstück hinterlassen«, murmelte Oona überrascht. »Ein Silberring. Sieh mal, wie fein und elegant er gearbeitet ist. Mit einer herzförmigen Verzierung. Nach Form und Größe würde ich sagen, es müsste ein Damenring sein, Deacon. Ein ziemlich teures Stück.« Damit richtete sie sich auf und steckte das Beweisstück in eine ihrer praktischen Rocktaschen.

»Hervorragende Arbeit, Deacon«, sagte sie zufrieden und war froh, dass sie sich die Zeit zum Herumschnüffeln genommen hatte. Plötzlich kamen ihr alle möglichen Verdächtigen in den Sinn – sämtliche weibliche Gäste des gestrigen Festes kamen infrage, oder auch jemand, der bei der Feier gar nicht zugegen war und sich nur unbemerkt in den Park geschlichen hatte. Sie streckte Deacon die Hand entgegen und er hüpfte auf ihren Arm.

»Und jetzt, mein Freund«, erklärte sie, »lass uns gehen und den Wettstreit gewinnen.«

Kapitel 4

DIE FÜHRUNG

»Siehst du, Deacon«, sagte Oona, »es gab keinen Grund zur Eile. Außer uns ist keiner hier.«

Geschwind erklommen die beiden die Treppe, die zum Eingang des *Museums für magische Geschichte* führte, das mit seiner beeindruckenden Größe eher wie eine Festung wirkte als wie ein Museum. Auf dem Weg nach oben dachte Oona daran, wie es drei Monate zuvor eine Handvoll Mädchen geschafft hatte, in diese unbezwingbar scheinende Festung einzudringen und zwei gefährliche magische Dolche zu stehlen, von denen einer dazu benutzt worden war, den Zauberer in eine Kröte zu verwandeln.

Wie sich später herausgestellt hatte, handelte es sich bei den Mädchen um die neun verbleibenden Mitglieder der Schwesternschaft der Hexen, einem uralten Hexenzirkel. Zu ihrer großen Verwunderung fand Oona heraus, dass jedes der Mädchen fast fünfhundert Jahre alt war. Jetzt, wo Red Martin untergetaucht war, hatten die Hexen jedoch nicht länger Zugang zur Turlock-Wurzel, dem Hauptbestandteil ihrer magischen Schönheitscreme, durch die sie für immer jung blieben.

Wie Red Martin die Wurzeln aus dem Feenland schmuggeln konnte, hätte Oona allzu gern gewusst. Die gläsernen Tore hatten den Durchgang zwischen den zwei Welten seit dem Ende des Großen Feenkrieges versperrt. Mehr noch als die Frage, wie er die Tore passieren konnte, interessierte es Oona, wo Red Martin sich momentan versteckt hielt und welche neuen Verbrechen er aushecken mochte. Dass sie noch Red Martins Geständnis in den Ohren hatte, beim Tod ihres Vaters im Hintergrund die Fäden gezogen zu haben, machte das Wissen, dass er sich noch immer auf freiem Fuß befand, noch unerträglicher.

Oona zog die Museumstür auf und trat hindurch. Das Foyer bestand aus einem riesigen kreisrunden Raum mit hoher Decke. In der Mitte erhob sich ein Ring aus gewaltigen Monolithen, ein Teil des berühmten Steinkreises in England, Stonehenge.

Oona näherte sich dem uniformierten Aufseher, ein untersetzter Mann mit fleischigen Armen und kurzem Hals. Sie war erfreut, keine anderen Leute dort zu sehen. Neben dem Wärter stand ein hölzerner Ständer, auf dem ein Stift und das in Leder gebundene dicke Registrierbuch lagen.

Als Oona nach dem Stift griff, um ihren Namen oben auf der Seite einzutragen, stockte ihr der Atem, denn dort stand bereits ein Name: in einer großen, vertrauten, geschwungenen Handschrift, die fast vier Zeilen ausfüllte.

»Isadora Iree«, las Oona laut und konnte es nicht fassen. Wie war das möglich? Isadora hatte den Hinweis entdeckt und es eher zum Museum geschafft als sie? Es schien unbegreiflich. Und dennoch starrte ihr Isadoras Unterschrift ins Gesicht. Vielleicht hatte sie ihre Intelligenz unterschätzt. *Vielleicht*, dachte Oona, *habe ich meine eigene überschätzt.*

Mit einem Mal lag ihr das Frühstück schwer im Magen.

»Ich möchte zur Magier-Führung«, informierte sie den Wärter erwartungsvoll.

Der Wärter deutete mit dem Daumen auf eine hinter ihm stehende Staffelei, die ein Schild mit folgender Aufschrift präsentierte:

MAGIER-FÜHRUNG

ZEITEN

12:30 p.m.

1:00 p.m.

2:00 p.m.

4:00 p.m.

Oona schaute auf die Uhr, die hinter dem Wärter an der Wand hing.

»Es ist jetzt zwölf Uhr fünfundvierzig«, sagte Deacon. »Also werden wir wohl auf den Ein-Uhr-Termin warten müssen.«

Oona seufzte, dann schaute sie lächelnd zu dem Wärter hoch und klimperte mit Unschuldsmiene mit den Wimpern.

»Wäre es vielleicht möglich, dass wir uns der Zwölf-Uhr-Dreißig-Runde anschließen dürfen? Wir sind doch nur ein paar Minuten zu spät gekommen.«

Der Wärter schüttelte streng den Kopf. »Nein, Miss. Ich habe strenge Order. Sie müssen sich bis zur Ein-Uhr-Führung gedulden.«

Oona presste die Lippen aufeinander und spürte, wie Enttäuschung in ihr hochstieg. Warten zu müssen, erschien ihr alles andere als vernünftig. Schließlich war sie nur ein paar Minuten zu spät. Sicher hatte sie noch nicht viel von der Führung verpasst. Und die Vorstellung, dass Isadora sich schon drinnen befand, war einfach unerträglich.

»Ihr seid selbst schuld«, sagte Deacon. »Wenn wir direkt hierhergekommen wären, statt bei diesem Wohnwagen herumzutrödeln, hätten wir es zur ersten Führung geschafft.«

Oona biss sich auf die Lippe, um keine schnippische Antwort zu geben. Deacon hatte natürlich recht, aber wieso musste er es ihr unter die Nase reiben? Und dann meldete sich eine Stimme in ihrem Kopf zu Wort: *Es hilft niemandem weiter, wenn du dich quälst, Oona. Manchmal kann man nichts anderes tun als warten.*

Es war keine reale Stimme in ihrem Kopf, da es sich um eine Erinnerung handelte. Mehr als einmal hatte ihre Mutter sie in dieser Weise beschwichtigt, wenn Oonas Geduld so wie jetzt auf die Probe gestellt worden war.

Oona strich ihr Kleid glatt. »Das ist überhaupt kein Problem, Deacon«, entgegnete sie ruhig. »Isadora liegt als Einzige vor uns. Ich bin sicher, uns bleibt reichlich Zeit, sie einzuholen. Und außer ihr ist ja niemand hier.«

Sie strich eine lose Haarsträhne hinters Ohr und versuchte, einen ruhigen und gefassten Eindruck zu erwecken, obwohl in ihrem Inneren Verzweiflung aufwallte. Es entsprach zwar der Wahrheit, dass noch niemand anders im Museum erschienen war, doch eine halbe Stunde Vorsprung würde Isadora einen wertvollen Vorteil verschaffen. Während Oona nervös durch den Steinkreis ging, trat Roderick Rutherford mit dem roten Plakat in der Hand durch das Eingangsportal.

Einige Minuten später folgten ihm Adler Iree und überraschenderweise ausgerechnet Mr Bop, der unglaublich fettleibige Angestellte der juristischen Magier-Allianz, der schnaufend und prustend die letzten Stufen der Treppe erklomm.

Oonas Ungeduld wurde immer quälender. Die Zeiger der Uhr bewegten sich mit unerträglicher Langsamkeit vorwärts, als hätte sie jemand mit einem Bann belegt. Ihre Gedanken wanderten zu dem Ring, den sie unter dem Wohnwagen gefunden hatten. Der Damenring. Sie ertastete ihn in ihrer Rocktasche und fragte sich, wem er wohl gehören mochte.

»Ich war mir sicher, Sie hier zu sehen, und da sind Sie«, sagte Adler Iree mit seinem klangvollen irischen Akzent. Mit lausbübischem Grinsen lehnte er sich an einen der gewaltigen Steine. »Wie immer der breiten Masse ein gutes Stück voraus, Miss Crate.«

Oona gab sich alle Mühe nicht zu erröten. Einerlei, ob er ihr als Verdächtiger bei einem Fall oder als Wettkampfgegner ge-

genüberstand, überkam Oona in seiner Anwesenheit immer ein eigentümliches, kribbeliges Gefühl.

»Der breiten Masse mag ich voraus sein«, erwiderte Oona. »Aber nicht Ihrer Schwester.«

Adler kratzte sich nachdenklich am Kopf. »Nun ja. Ich habe ihren Namen oben auf der Registrierseite gesehen. Wobei ich mir die Frage stelle …«

»Welche Frage?«, wollte Oona wissen, obwohl sie ahnte, worauf er hinauswollte.

»Wie sie den Hinweis so schnell herausgefunden hat«, erwiderte Adler. »Die Auflösung, meine ich. Isadora ist zwar gerissen, aber sie ist nicht Isaac Newton.«

Oona lachte laut los. Sir Isaac Newton war einer ihrer Helden, ein Mann der für Wissenschaft, Fakten und logische Schlussfolgerungen stand und in der Welt der Menschen gelebt hatte. Oonas Vater hatte ein Buch über den Wissenschaftler und seine Arbeit besessen. Oona hatte es von der ersten bis zur letzten Seite gelesen und die Erkenntnisse von Sir Isaac weitaus spannender gefunden als die langweiligen Bände über die Geschichte der Magie, die sie als Lehrling ihres Onkels studieren musste. »Hatten Sie schöne Sommerferien?«, fragte Oona.

Adler zuckte mit den Schultern. »Oh, New York ist ganz nett, aber ehrlich gesagt, ziehe ich die Dark Street vor. Die Leute hier sind einfach viel … interessanter.« Ein Strahlen trat auf sein Gesicht und Oona errötete.

»Ich habe natürlich schon viel über New York gelesen«, sagte Oona und verschränkte die Hände hinter dem Rücken, um ihr plötzliches Zittern zu verbergen. »Aber ich bin noch nie da gewesen.«

Adler zog überrascht die Brauen hoch. »Sie waren noch nie in der Welt der Menschen?«

Oona schüttelte den Kopf und kam sich ziemlich dumm vor. Die eisernen Tore waren so nah und dennoch war sie trotz ihrer Neugierde noch nie hindurchgetreten. »Mein Onkel ist der Zauberer und ich bin sein Lehrling. Er meint, dass unser Platz hier ist, in der Dark Street. Schließlich ist der Zauberer dafür verantwortlich, die Welt der Menschen vor dem Angriff der Feen zu beschützen, für den Fall, dass sich die gläsernen Tore jemals wieder öffnen sollten.«

Adler machte ein nachdenkliches Gesicht. »Aber finden Sie nicht, dass Sie die Welt kennen sollten, die Sie beschützen?«

Oona nickte zustimmend. »Das klingt in der Tat ziemlich logisch.«

Adler lachte, und für einen kurzen Moment wusste Oona nicht, ob sie beschämt oder erfreut sein sollte.

»Mir gefällt es, wie Sie reden, Miss Crate«, meinte er.

Oona musste schlucken. Dieser süße Junge mochte ihre Art zu sprechen, und sie musste sich ein Lächeln verkneifen. Etwas Wunderbareres hätte er ihr nicht sagen können. Am liebsten hätte sie ihm gestanden, dass seine Art zu reden ihr ebenfalls gefiel – genau wie seine Hände, sein Gesicht und die rätselhaften Tätowierungen – doch dann behielt sie ihre Gedanken lieber für sich.

Nervös biss sie sich auf die Unterlippe und sagte schließlich: »Das war eine knifflige Aufgabe, die der Architekt sich ausgedacht hat.«

»Kann man wohl sagen«, stimmte Adler ihr zu. »Ich wäre fast nicht darauf gekommen, weil ich die Zahlen von oben nach unten gelesen habe. Deshalb bin ich auch so überrascht, dass Isadora es so schnell herausbekommen hat. Als Kind wollte ich immer so gern Rätselspiele machen, aber sie hat das immer gehasst. Hatte einfach keinen Sinn dafür.«

»Wenn man vom Teufel spricht«, verkündete Oona und deutete auf das andere Ende der Eingangshalle.

»Dann kommt er schon gerannt«, erwiderte Isadora und warf ihnen einen spöttischen Blick zu, indem sie aus einem Türbogen trat, bevor sie an Oona und Adler vorbeirauschte und eine goldene Münze hochhielt. Oona verschränkte die Arme vor der Brust und Adler schüttelte ungläubig den Kopf.

Bei der Eingangstür blieb Isadora stehen, denn dort wartete Roderick Rutherford auf sie und lächelte sie an, wobei er seine makellosen Zähne zeigte.

»Sehen Sie mal, Roderick«, erklärte Isadora und hielt ihre Münze wie eine Trophäe in die Luft. »Ich habe es als Erste geschafft.«

»Bravo«, sagte Roderick. »Aber jetzt sollten Sie sich beeilen, junge Dame. Unsere Führung fängt gleich an, und Sie haben noch den sportlichen Test vor sich. Wir könnten leicht aufholen.«

»Schaut alle her«, rief Isadora mit breitem Grinsen. »Ich liege vorn. Seht ihr?«

Sie deutete auf die Münze, deren vergoldete Oberfläche im Sonnenlicht hell aufblitzte.

»Viel Spaß bei der Führung«, sagte sie sarkastisch. »Sie dauert ewig und ist grauenhaft langweilig. Bis später!«

Damit stieß sie die Tür auf und war verschwunden, auf dem Weg zur zweiten Aufgabe des Tages. Oona hätte vor Zorn schreien können. Mit einer halben Stunde Vorsprung war es ziemlich wahrscheinlich, dass Isadora Iree die Aufgaben des Tages als Erste bewältigen würde. Wieso hatte sie auch unbedingt beim Wohnwagen herumschnüffeln müssen?

»Nun«, verkündete Adler, »lasst uns hoffen, dass die sportliche Aufgabe schwieriger sein wird als die Denkaufgabe. Meine Schwester ist nicht besonders sportlich. Vielleicht können wir die verlorene Zeit ja noch aufholen. Ah, sehen Sie nur, da kommt unser Museumsführer.«

Zwanzig Minuten später hätte Oona vor Ungeduld die Wände hochgehen können, während der Museumsführer gebetsmühlenartig seine Informationen herunterleierte.

»Auf diesem Bild wollte der Künstler darstellen, wie die Dark Street vor sechs- oder siebenhundert Jahren ausgesehen haben mag, in der Zeit, als die Magier des Altertums regierten, bevor die gläsernen Tore geschlossen wurden.« Der Museumsführer, ein gebückter, ältlicher Mann, der nach muffigem Stoff roch, deutete auf ein großes Gemälde. Es zeigte eine Szene aus einer weit zurückliegenden Vergangenheit, als Menschen und Feen noch gemeinsam in der Dark Street umhergegangen waren.

Ungeduldig ballte Oona die Fäuste, wobei sich ihre Fingernägel in die Handflächen gruben. Die Führung hatte sich im Schneckentempo durchs Museum bewegt, und Oona wurde mit jeder enervierenden Minute nervöser. Sie hatte nicht geahnt, dass zwanzig Minuten sich derart zähflüssig hinziehen konnten. Ohne Zweifel hatte Isadora Iree schon die zweite Aufgabe gelöst und sonnte sich in diesem Augenblick in ihrem Erfolg.

Der unerträglich langsame Führer stützte sich schwer auf seinen Stock und setzte seine Litanei fort. »Sicher haben Sie alle schon einmal gehört, dass die Dark Street die letzte der Feenstraßen ist und von der Welt der Menschen ins Land der Feen führt.«

Oona verdrehte die Augen und wedelte mit den Händen herum, was so viel heißen sollte wie: Ja, ja, das wissen wir längst, bitte beeilen Sie sich.

Der Museumsführer fuhr unbeirrt fort. »Die Großen Feenkriege, 1300 bis 1313, sollen begonnen haben, als die fünf größten Magier des Altertums ein historisches Buch namens *Malgoulel-Morgoth-DeMilmin* aus der königlichen Feenschatzkammer entwendeten. Mit dem Wissen, das sie sich durch dieses Buch aneigneten, vergrößerte sich ihre Macht ziemlich rapide. Doch als die Feenkönigin vom Verrat der Menschen erfuhr, folgte der Ausbruch des großen magischen Krieges. Die Magier konnten die Armeen der Feenkönigin dreizehn Jahre lang abwehren, bis zwölf der Feenstraßen geschlossen wurden, während auf der dreizehnten Straße, von da an Dark Street genannt, die gläsernen Tore entstanden. Die Magier bündelten darauf ihre Magie in einer einzigen Quelle – dem Pendulum Haus – und bestimmten dann ein einziges Individuum zum Herrscher über die Mächte des Hauses. Diese Person wurde bekannt als der erste Zauberer, dessen Aufgabe es sein sollte, die Welt der Menschen im Fall eines Feenangriffs mithilfe der magischen Kräfte des Hauses zu schützen. Wer dieser erste Zauberer war, ist eine viel diskutierte historische Frage.«

Der Museumsführer machte eine kurze Verschnaufpause, und Oona wurde vor Langeweile fast wahnsinnig. All dies waren

Informationen, die jedes fünfjährige, in der Dark Street geborene Kind rezitieren konnte. Sie stieß einen entnervten Seufzer aus.

»Geduld«, flüsterte Deacon ihr ins Ohr.

»Es handelte sich um Oswald den Großen«, fuhr der Museumsführer fort, nachdem er sich die Stirn mit einem Taschentuch abgewischt hatte, »der Mächtigste unter den Magiern des Altertums, dessen Verdienst es war, die gläsernen Tore zu schließen und beide Welten voneinander zu trennen.« Der Museumsführer deutete auf ein Gemälde zu seiner Rechten, und Oona war, als könne sie die Knochen des alten Mannes knacken hören.

»Und diese Skizze zeigt Oswalds berühmten Zauberstab, ein Werk des ebenso berühmten Malers Bernard T. Slyhand. Er hatte den Zauberstab höchstpersönlich gestohlen und Oswald dieses Gemälde sowie eine horrende Lösegeldforderung zukommen lassen.« Der alte Mann hielt seine Finger auf einen gerahmten roten Pergamentbogen unter dem Gemälde. »Oswald hat weder das Gemälde noch die Nachricht jemals erhalten. Und er selbst wurde nie mehr gesehen. Niemand weiß, was aus dem mächtigen Zauberer geworden ist, genauso wenig weiß man über den Verbleib des gestohlenen Zauberstabs. Der Legende nach soll der Stab der einzige Schlüssel für die gläsernen Tore sein.«

Oona hätte am liebsten laut geschrien. Wer interessierte sich für Bernard T. Slyhand und sein albernes Bild von Oswalds Zauberstab? Besonders wo Isadora Iree gerade dabei war, den Sieg zu erringen. Beim Blick auf ihre Mitstreiter sah sie, dass Roderick Rutherford ebenso gelangweilt wirkte wie sie, während Mr Bop, der direkt neben dem alten Museumsführer stand, dessen Worten mit gespannter Aufmerksamkeit zu lauschen schien.

Als sich Oonas und Adlers Blicke trafen, gähnte er und schenkte ihr ein unauffälliges Lächeln.

»Und damit«, erklärte der alte Mann, »sind wir am Ende der Führung. Was die Wettstreitteilnehmer angeht, so bin ich angewiesen, jedem eine von diesen Münzen auszuhändigen, die Sie mit zum Turm zu nehmen haben.«

Er langte in seine Jackentasche und zog umständlich ein paar goldene Münzen heraus, die er ihnen mit zittriger Hand entgegenhielt.

»Ich hoffe, Sie haben unsere kleine Reise durch die Geschichte genossen«, sagte er mit brüchiger Greisenstimme. »Und falls Sie weitere Fragen haben, bin ich gern bereit, sie zu beantworten –«

Doch Oona hörte sich nicht mehr an, was der alte Museumsführer noch zu sagen hatte. Sie riss ihm die Münze aus der Hand und rannte so schnell zum Ausgang, dass Deacon von ihrer Schulter sprang und hinter ihr her flatterte.

»Im Museumsgebäude ist das Laufen strengstens …«, rief der Wärter ihr nach, als sie die Tür aufstieß, bevor sie dicht gefolgt von Roderick und Adler die Eingangstreppe hinab und dann weiter in Richtung Oswald Park stürmte.

»Zieh dich warm an, Isadora«, keuchte sie.

Mit schnellen Schritten schlängelte sie sich zwischen verwirrt dreinblickenden Passanten hindurch, von denen viele rote Zettel in der Hand hielten. Obwohl ihr mittlerweile schon die Lungen brannten, rannte sie mit vollem Karacho weiter. Zu ihrer Linken erstreckte sich der scheinbar endlose, schmiedeeiserne Zaun des Parks. Oona war nie klar gewesen, wie groß der Park war. Zweimal trat sie auf ihren Rocksaum und wäre fast hingeschlagen. Am Parkeingang merkte sie, dass sie langsamer wurde, und als sie die erste Baumreihe erreichte, hatte Roderick die Führung übernommen.

»Verdammtes Kleid!«, zischte sie, obgleich sie wusste, dass sie nicht nur wegen des Kleides ins Hintertreffen geraten war, sondern weil Roderick einfach stärker und schneller war als sie.

Körperlich stärker vielleicht, dachte sie, indem sie ihm über die Rasenfläche in Richtung Turm folgte. *Aber auch geistig stärker? Das glaube ich nicht.*

Jetzt hörte sie, wie Adler Iree hinter ihr durch das trockene Laub stampfte, doch als sie sich dem Turm näherten, war sich Oona ziemlich sicher, ihn schlagen zu können. Roderick polterte als Erster die Stufen zur Bühne hinauf, wo der Architekt geduldig auf ihn wartete. Von Isadora war weit und breit nichts zu sehen.

»Hier!« Roderick klatschte seine Goldmünze in die ausgestreckte Hand des Architekten und hielt sich die Seiten.

»Ihre Aufgabe«, erklärte der Architekt, »besteht darin, eine goldene Banane aus dem Inneren des Turms zu holen und sich den Weg zu der Tür mit dem Wort ›Ausgang‹ zu bahnen. Sie dürfen den Turm jetzt betreten.« Der dickbeinige, kleine Mann hielt kurz inne, bevor er mit ziemlich breitem Grinsen hinzufügte: »Auf Ihr eigenes Risiko.«

Roderick nickte, als würde er verstehen. Er steuerte jedoch nicht augenblicklich die Tür an, sondern blieb kurz stehen, um wieder zu Atem zu kommen.

»Worauf wartest du, Roderick?«, rief eine Stimme, und als Oona mit ihrer eigenen Münze auf den Architekten zuging, ließ sie den Blick über die Zuschauermenge schweifen, die sich mittlerweile wieder vor der Bühne versammelt hatte. Die rufende Stimme gehörte zu Rodericks Vater, Sir Baltimore. Sein Gesicht war tomatenrot. »Los, Junge! Du musst das Rennen gewinnen!«

Roderick schaute sich nach seinem Vater um, während Oona dem Architekten ihre Münze überreichte und die gleichen Anweisungen wie Roderick erhielt. »Ihre Aufgabe besteht darin, eine goldene Banane aus dem Inneren des Turms zu holen und sich den Weg zu der Tür mit dem Wort ›Ausgang‹ zu bahnen. Sie dürfen den Turm jetzt betreten … auf Ihr eigenes Risiko.«

Sie bemerkte ein schadenfrohes Blitzen in den Augen des Mannes und fragte sich, worauf sie sich da eingelassen hatte. Welches verworrene Spielchen mochte der Architekt wohl hinter dieser Tür für sie bereithalten? In diesem Augenblick landete Deacon auf Oonas Schulter und schüttelte sein Gefieder, mit der Absicht, sich häuslich niederzulassen.

»Der Vogel muss hier draußen warten«, wies der Architekt Oona zurecht, bevor Adler Iree neben sie trat und ihm seine Münze aushändigte.

Während der Architekt Adler auf die gleiche Weise instruierte wie seine Vorgänger, legte Oona den Kopf auf die Seite und zuckte die Achseln. »Tut mir leid, Deacon. Sieht so aus, als wäre ich da drinnen auf mich selbst gestellt.«

Der Rabe musterte den Architekten mit grimmigem Blick und plusterte sich auf, als wolle er sagen: *Wenn ihr auch nur ein einziges Haar gekrümmt werden sollte …*

»Schon gut, Deacon. Ich komm schon klar«, sagte Oona, deren Atem sich wieder beruhigt hatte.

»Wie Ihr wünscht!« Deacon flog unter missmutigem Gekrächze auf den nächsten Ast.

»Ich hab gesagt, du sollst in die Hufe kommen, Roderick!«, rief Sir Baltimore seinem Sohn zu.

Am Ende gingen Oona, Adler und Roderick zusammen auf die Eingangstür des schiefen Turmes zu. Oona legte den Kopf in den Nacken und spähte zur Spitze des schwankenden Monstrums hinauf, während sie sich beklommen fragte, wie hoch sie an diesem Tag wohl steigen mussten und welche ausgeklügelten Hindernisse der Architekt wohl dort drinnen versteckt haben mochte.

Da ertönte ein Schrei. Er gellte durch die Turmwände, als wäre er Teil eines Albtraumes. Darauf folgten ein paar schrille Laute, die an irres Gelächter erinnerten. Oona bekam am ganzen Körper eine Gänsehaut.

Roderick schnappte erschrocken nach Luft. »Isadora!«, rief er, indem er die Tür aufriss und hineinstürmte. »Ich werde Euch retten, Mylady!«

Adler und Oona sahen ihm nach.

Oona erinnerte sich an das übereilte Versprechen, das sie Isadora gegeben hatte: *Ich werde während des gesamten Wettstreits auf jegliche Anwendung von Magie verzichten. Und dann werden wir sehen, wer die Bessere ist.*

Es war ein törichtes Zugeständnis gewesen; das hatte sie gewusst, sobald die Worte von ihren Lippen waren, doch sie sah es als ihre Pflicht an, bei ihrem Wort zu bleiben. Mit erstaunlicher Klarheit erinnerte sie sich daran, wie ihr Vater einmal zu ihr gesagt hatte: »Ein großer Mann ist nur so viel wert wie sein Wort.« Worauf Oonas Mutter erwiderte: »Und dasselbe gilt für eine große Frau.« Ihr Vater nickte zustimmend und Oona sagte: »Und für ein großes Mädchen!« Ihre Eltern lachten. »Da hast du ganz recht, liebe Oona«, hatte ihr Vater gemeint und ihr durchs Haar gewuschelt.

Vater hat es bis zur letzten Aufgabe geschafft, und er brauchte dazu keine Magie, dachte Oona. *Und ich werde auch keine brauchen.*

Damit war die Sache entschieden.

Ein weiterer Schrei hallte durch die halb geöffnete Tür. Oona bekam plötzlich einen trockenen Hals, während sie Roderick zusammen mit Adler in den Turm folgte.

Kapitel 5

IM AFFENHAUS

»Scheucht die Biester von mir runter!«, heulte Isadora.

Das Gekreische der Schimpansen gellte in Oonas Ohren. Die Menschenaffen schienen überall zu sein, keiften, gluckten und warfen Dinge umher. Oona, Roderick und Adler sausten zum nächstbesten Zufluchtsort: einem Holztisch, auf dem Bananenschalen und halb gegessene Äpfel herumlagen.

Eine überreife Tomate fiel Oona auf den Kopf, als sie unter den Tisch schlüpfte.

»Autsch!«, schrie Roderick, indem er sich neben Oona quetschte und einen kleinen harten Gegenstand aus dem Kragen pulte. »Das war ein Avocadostein«, sagte er. »Da könnten sie genauso gut mit richtigen Steinen werfen.«

»Das ist noch gar nichts«, erklärte Adler und hielt einen großen, toten Fisch in die Luft. »Das Ding ist mir direkt ins Gesicht geflogen. Ja, so war's.«

Oona fragte sich beklommen, was die Schimpansen als Nächstes durch die Gegend werfen würden.

»Wir scheinen in einer Art Affenhaus zu sein«, stellte Roderick fest.

»Was Sie nicht sagen«, entgegnete Adler sarkastisch.

»Es handelt sich um Primaten«, stellte Oona fest. »Genauer gesagt um Schimpansen. Nicht um gewöhnliche Affen. Ich habe darüber gelesen.«

»Was ist der Unterschied?«, fragte Adler.

Oona runzelte die Stirn. »Nun ja, ich bin mir nicht sicher. Aber ich glaube, Primaten sind normalerweise viel größer als gewöhnliche Affen … und stärker.«

»Und übelriechender«, sagte Adler und verzog die Nase.

Oona musste ihm zustimmen. Es roch grauenhaft.

»Wie ist Isadora da hochgekommen?«, fragte Roderick und deutete mit dem Daumen nach oben.

Oona wusste nicht recht, was er meinte, und lugte vorsichtig unter dem Tisch hervor.

Um sie herum erhoben sich die Turmwände wie ein mit zittrigen Händen erbautes Kartenhaus. Die vier Wände neigten sich in verschiedene Richtungen, reichten aber auf wundersame Weise bis zur schwindelerregend hohen Decke.

Oona und die beiden Jungen befanden sich derzeit in einer Art Küchenbereich im Erdgeschoss. In der Ecke stand ein gewaltiger Holzofen, auf dem ein ebenso gewaltiger dampfender Kessel vor sich hin brodelte.

Das Stockwerk über ihnen – das eigentlich gar kein Stockwerk war, da es keinen wirklichen Fußboden gab – bestand aus verschiedenen umherschwebenden Einrichtungsgegenständen. Oona blinzelte überrascht und traute ihren Augen kaum.

Die Möbelstücke schienen in der Luft zu hängen, ohne jegliche Stütze von unten, und ihr erster Gedanke war, dass sie mit irgendeinem Bannzauber belegt waren. Doch bei genauerem Hinschauen wurde ihr klar, dass die Möbel in Wahrheit an langen schwarzen Tauen befestigt waren, die von der hohen Decke herabhingen.

Soweit sie es erkennen konnte, gab es zwei höhere Stockwerke übereinander, mit lauter in den Stein gehauenen Stufen und Podesten, die von einem Geschoss ins andere führten.

Das erste der höheren Stockwerke bestand aus einem Sofa, einem beängstigend schwer aussehenden Flügel und einem aus roten Ziegelsteinen gemauerten Kamin mitsamt Rauchfang.

Oona schüttelte den Kopf und war ein wenig überrascht, dass im Kamin ein lustiges Feuer brannte. Glimmende Aschekrümel rieselten auf die untere Ebene, während der offene Kamin an den schwarzen Seilen sanft hin und her schwang.

Weiter oben, auf der höchsten Etage, hingen ebenfalls Möbelstücke von der Decke und schaukelten wie bizarre Pendel an ihren dünnen Stricken in der Luft: eine Petroleumlampe, ein Himmelbett, eine Kommode und eine Frisierkommode mit Spiegel. Ganz oben, nicht weit von der Deckenlampe entfernt, ragte ein klappriger Treppenflur wie ein krummer Holzfinger aus der Wand. Er führte zu einer leuchtend roten Tür, auf der Oona von ihrem drei Stockwerke tiefer liegenden Beobachtungspunkt aus das in dicken weißen Lettern geschriebene Wort AUSGANG erkennen konnte.

Bei näherer Betrachtung der Stufen und Podeste an den Wänden stellte sie fest, dass sich die Treppe vom Erdgeschoss in den ersten Stock auf der linken Seite des Raums befand, während die Treppe zur zweiten und dritten Etage auf der rechten Seite hinaufführte – ein ziemlich großes Problem, da es keinen Fußboden gab, auf dem man den Raum durchqueren konnte. Doch Oona erkannte schnell, dass dies momentan ihre kleinste Sorge war.

Die Schimpansen, die so viel Lärm machten, dass Oona sich am liebsten die Ohren zugehalten hätte, tummelten sich in den oberen Etagen. Sie schwangen an den Seilen, hingen an den Möbelkanten wie extrem behaarte Irre. Oona zählte fünf Tiere, und sie schienen überall gleichzeitig zu sein, brachten die Stricke, an denen das Klavier hing, zum Ächzen und benutzten die Polstermöbel als Trampolin.

Dort oben sah Oona, wie sich die zerzauste Isadora voller Verzweiflung am Sofa festklammerte.

»Könnte mich jetzt endlich jemand von hier oben herunterholen?«, jammerte sie.

Durch Isadoras Geschrei angelockt, stürmten nun sämtliche Affen unter vergnügtem Gekreische das Sofa und hüpften noch wilder zwischen Isadora und den Obstbergen herum.

Plötzlich fiel Oona etwas Glänzendes ins Auge: Es hing an einer dünnen Kette, die einer der Schimpansen um den Hals trug. Da das haarige Biest wie besessen auf den Sofakissen herumsprang, war es schlecht zu sehen, dennoch wirkte das glänzende Ding auf Oona wie eine goldene Sichel. Nach einem schnellen Blick auf die Kameraden des Schimpansen stellte sie fest, dass sämtliche Affen eine ähnliche Kette trugen.

Die goldenen Bananen, die wir aus dem Turm holen sollen, dachte sie.

Darüber hinaus bemerkte sie noch etwas. Wenn sie nicht gerade die Kandidaten damit bewarfen, schleuderten die Affen das Obst in den brodelnden Kessel. In diesem Augenblick versuchte einer von ihnen, ein grimmiger Bursche mit einem grauen Streifen über den Augen, Isadoras Schuh in das kochende Gebräu zu befördern, doch als er Oonas Blick bemerkte, schleuderte er den Schuh stattdessen in ihre Richtung und traf sie am Kopf.

»Verdammtes Mistvieh!«, rief Oona und rieb sich die Stirn, bevor sie wieder unter dem Tisch in Deckung ging.

»Roderick!«, schrie Isadora von oben. »Ich dachte, Sie wären mein KAVALIER!«

»Das bin ich auch, Mylady«, rief Roderick.

»Dann mach, dass du hier raufkommst, KAVALIER! Augenblicklich! Hol meinen Schuh und hol mich hier runter!«

Roderick sah blass aus. »Einen ... kleinen ... Moment, Mylady!«

»Ich geb dir gleich einen kleinen Moment, KAVALIER«, brüllte Isadora. »He, lass meine Haare los, du Teufelsbraten!«

Als Antwort folgte schrilles Schimpansengekreische.

Oona tippte beiden Jungs auf die Schulter. »Ich sage euch jetzt, was wir meiner Meinung nach tun sollten. Zuerst gehen wir die Wandtreppe hinauf ins nächste Stockwerk. Sobald wir dort sind, müssen wir von einem Möbelstück zum anderen springen, um auf die andere Seite zu kommen. Von dort gelangen wir über die zweite Treppe zum Obergeschoss, wo wir uns wieder von einem Einrichtungsgegenstand zum nächsten hangeln, bis wir den Ausgang erreichen. Die goldenen Bananen hängen an den Hälsen der Affen. Wir müssen nah genug an sie herankommen, um ihnen die Bananen abnehmen zu können.«

»Ich weiß, was zu tun ist!«, herrschte Roderick sie an. »Das brauchen *Sie* mir nicht zu sagen.«

Er kroch unter dem Tisch hervor und sauste auf die gegenüberliegende Seite des Raums, wo sich die Treppe zum ersten Stock befand. Eine Salve von Obstgeschossen prasselte auf ihn nieder, und Oona hätte sich am liebsten eine Decke über den Kopf gezogen, um sich vor dem ohrenbetäubenden Lärm der Affen zu schützen. Aber statt unter der schützenden Tischplatte zu verharren, folgte sie Roderick, in der Hoffnung, dass er das meiste abbekommen würde, wenn er voranging.

Es funktionierte … in gewisser Weise.

Drei Stufen auf einmal nehmend erklomm Roderick die Treppe, indem er Kartoffeln und Bananen abwehrte. Zum zweiten Mal wurde Oona von einer Tomate am Kopf getroffen. Sie stolperte weiter und verlor fast das Gleichgewicht, als sie spürte, wie der Saft ihr ins Haar und dann in den Nacken rann.

»Ihr widerwärtigen Viecher!«, rief sie, während ihr klar wurde, dass sie noch glimpflich davongekommen war, denn Roderick wurde zwischen den Augen von einer Rote-Bete-Kugel getroffen. Beim Aufprall zerbarst die Rübe, worauf er kurz vor Erreichen des ersten Obergeschosses gegen die Wand taumelte.

Eine Sekunde lang dachte Oona, die Knolle hätte Roderick

eine Platzwunde verpasst, doch als sie sich hinkniete, um nach ihm zu schauen, sah sie, dass es doch kein Blut war, sondern nur dunkelroter Rote-Bete-Saft, der ihm über die Nase lief.

Als sie sicher war, dass er keinen ernsthaften Schaden davongetragen hatte, ergriff Oona die Gelegenheit beim Schopf und übernahm die Führung. Das erste Podest ragte etwa zwei Meter aus der Wand, bevor es jäh endete, wodurch zwischen Podestkante und Armlehne des hängenden Sofas eine meterbreite Lücke entstand. Da sie wusste, dass sie beim geringsten Zögern die Nerven verlieren würde, sprang Oona beherzt los. Aber nicht weit genug. Ihr Fuß blieb an der Sofalehne hängen, und sie purzelte auf Isadoras Schoß, worauf Isadora erschrocken aufschrie.

Die Seile ächzten, als das Sofa wie ein Schiff im Sturm hin- und herschaukelte.

»Geht von mir runter!«, schrie Isadora, blind um sich schlagend, wobei sie sowohl auf Oona, als auch auf die beiden Affen eindrosch, die sich anschickten, Bananenschalen in ihr goldenes Haar zu flechten. Oona schob ein paar Früchte beiseite und setzte sich auf, sorgsam darauf bedacht, sich nicht zu weit vorzubeugen.

Plötzlich schwang das Sofa zur Seite, als Roderick auf dem Kissen neben ihr landete, und für einen grauenvollen Augenblick sah Oona schon die Seile reißen und das Sofa ins Erdgeschoss stürzen. Doch die Seile hielten der Belastung ächzend stand, worauf Oona die Beine anzog, um zu Isadora zu krabbeln. Doch Roderick grapschte nach ihrem Rock und zerrte sie zurück auf ihren Platz.

Oona schnaufte empört. »Wo bleibt Ihre Ritterlichkeit, Mr Rutherford?«, tadelte sie ihn.

Statt zu antworten, trampelte Roderick unhöflich über sie hinweg, bekam einen der beiden Affen am Arm zu fassen und riss ihm die goldene Banane vom Hals. Dann versuchte er, das Tier wegzuschubsen, doch der Schimpanse erwies sich als weitaus stärker als sein menschlicher Gegner. Scheinbar mühelos riss er Rodericks Arm hoch und ließ den Jungen über die Sofakante baumeln.

»RODERICK!«, schrie Isadora, während sie sich vergeblich gegen die Übergriffe des zweiten Affen wehrte. »Was tun Sie da? Befreien Sie mich gefälligst von dieser Bestie!«

»Ich fürchte, ich bin anderweitig beschäftigt, Isadora«, rief er, indem er sich verbissen an den haarigen Affenarm klammerte.

»Ohhhhhhhh!«

Ein verzweifelter Schrei entrang sich seiner Kehle, als der Affe ihn in Richtung seines auf dem Klavier hockenden Kameraden katapultierte. Roderick wurde über den Kronleuchter hinweggewirbelt, worauf der Klavieraffe ihn am Kragen packte und mit voller Wucht zurück in die Arme des Sofaaffen schleuderte. Dieses Wurfspiel wurde mehrmals wiederholt, bis es den Affen zu langweilig wurde und Roderick mit einem klangvollen *GONG!* auf dem Flügel landete.

In der Zwischenzeit hatte Adler einige Etagen tiefer Schwierigkeiten, an dem Schimpansen mit dem Streifengesicht vorbeizukommen, der sich ins Erdgeschoss geschwungen hatte und ihm den Weg zur Treppe versperrte.

»Roderick!«, gurrte Isadora. »Komm zurück und hilf mir!«

Doch Roderick hatte alle Mühe, auf dem glatten Flügeldeckel wieder auf die Beine zu kommen. Dann fiel sein Blick auf die nächsthöhere Ebene schwebender Möbelstücke und er erklärte: »Ich habe eine Idee!«

Oona zog erneut die Beine aufs Sofa und krabbelte zu Isadora. Roderick mochte zwar die Führung übernommen haben, doch sie hatte nicht vor, sie ihm zu überlassen.

»Was soll das denn jetzt werden?«, fragte Isadora.

»Isadora, warum halten Sie nicht –«, begann Oona, wurde jedoch auf grobe Weise unterbrochen, als einer der Affen sie um die Taille packte und in Richtung Klavier schleuderte. Mit fliegenden Röcken wurde sie wie ein hilfloses Blatt im Wind durch die Luft gewirbelt.

Zu ihrem Entsetzen war der Schimpanse auf dem Klavier gerade damit beschäftigt, Adler Iree mit einer Handvoll Trockenpflaumen zu bewerfen, weshalb er Oona nicht auffing, was zu einer ziemlich unsanften Landung auf dem Flügeldeckel führte. Ihr Schuh schlug klirrend auf die Tasten und eine schreckerfüllte Sekunde lang wich sämtliche Luft aus ihren Lungen, doch augenblicklich kam sie wieder hoch und konnte wieder atmen. Der Sturz hatte ihr ganz schön zugesetzt, aber wie durch ein Wunder war sie ohne größere Verletzungen davongekommen.

In diesem Augenblick sprang Roderick vom Klavier auf den hängenden Kamin, hatte sich jedoch in der Entfernung verschätzt und bekam nur den Sims zu fassen, an dem er sich festklammerte, um sich vor einem drei Meter tiefen Sturz zu bewahren. Zuerst baumelten seine Füße im Feuer, doch bald schaffte er es, sich auf den affenfreien Sims hochzuziehen. Von dort hüpfte er auf das Podest auf der anderen Seite des Raums und machte sich auf den Weg in den zweiten Stock.

»RODERICK!«, schrie Isadora. »Lass mich bloß nicht hier zurück!«

»Zügeln Sie Ihr Temperament, Mylady!«, rief Roderick ihr zu.

Oona hatte keinen sicheren Stand auf dem Klavier. Ihre Schuhe besaßen kaum Profil und glitten hoffnungslos umher. Sie hielt sich an einem der Seile fest, und wartete am Deckelrand, während der Flügel näher und näher auf den Kamin zuschwang.

Sie nahm allen Mut zusammen und stieß sich ab … aber genau wie Roderick war sie zu früh gesprungen. Zuerst fürchtete sie, mitten zwischen den lodernden Flammen zu landen, doch im letzten Moment gelang es ihr, sich am Sims festzuhalten. Sie strampelte mit den Füßen und versuchte sich hochzuziehen. Ihr Kleid schien ihr plötzlich zentnerschwer.

Plötzlich war ein Affe auf dem Sims. Sein Fell war nicht schwarz, sondern grau. Vor Vergnügen kreischend kriegte er ihren hinteren Rocksaum zu fassen und riss sie nach oben. Doch Oona schwante sogleich, dass der Schimpanse ihr nicht in erster Linie beistehen wollte, sondern sich eher darauf freute, ein hilfloses Mädchen durch die Gegend zu werfen.

Sobald er sie auf den Sims gezerrt hatte, merkten sowohl Oona als auch der Schimpanse, dass irgendetwas brannte … und eine Sekunde später *spürte* Oona, was es war. Ihr Saum war ins Feuer geraten und stand nun in Flammen.

Aus lauter Angst davor schleuderte der Schimpanse Oona von sich, jedoch nicht zurück zum Klavier, sondern in die entgegengesetzte Richtung, aber bevor sie erneut durch die Luft flog, schnappte sie nach der Banane an seinem Hals. Die dünne Kette zerriss, und Oona landete auf dem Podest, wo sie sich mehrfach überschlug und gegen die Wand prallte. Hastig setzte sie sich auf und schlug nach ihrem Rocksaum, nur um festzustellen, dass die Flammen bereits bei ihrer unsanften Landung erstickt worden waren.

»Nun«, sagte sie und seufzte erleichtert auf. »Das werde ich wohl so schnell nicht vergessen.«

»Isadora!«, war Rodericks Stimme von oben zu hören. »Halten Sie sich fest. Ich ziehe Sie rauf!«

Nachdem sie sich mühsam aufgerappelt hatte, nahm Oona die zweite Möbelebene in Augenschein. Sie sah, wie Roderick auf einer hängenden Kommode balancierte. Er hielt sich an einem Trageseil fest und schwang mit der anderen Hand den Kronleuchter in Isadoras Richtung.

Schon nach zweimal Schwingen packte Isadora zu. Sie klammerte sich mit aller Kraft fest, als der Affe auf dem Sofa versuchte, sie loszureißen. Doch bald hatte er es satt und verlegte sich darauf, mit Sofakissen auf Adler zu werfen, der gerade erst die Treppe im Erdgeschoss erreicht hatte.

Plötzlich schwang die Eingangstür des Turms nach innen auf, und Mr Bop betrat das Affenhaus, worauf das gesamte Gebäude unter seinen schweren Schritten erbebte. Eine neue Gemüse- und Obstsalve prasselte auf den Kopf des gewaltigen Mannes nieder, weshalb er sich hastig zurückzog, da ihm offensichtlich bewusst wurde, dass seine Chancen bei der sportlichen Aufgabe äußerst gering waren. In der Zwischenzeit rannte Oona bereits die Treppe zum obersten Stockwerk hinauf, wild entschlossen, die Tür auf der gegenüberliegenden Seite schneller zu erreichen als Roderick und Isadora.

Doch am Ende der Treppe hockten zwei grinsende Affen und versperrten ihr den Weg. Wie Roderick es an ihnen vorbeigeschafft hatte, war ihr ein Rätsel, aber sie sah, wie er Isadora hinauf in den zweiten Stock zerrte, während sie sich mit zugekniffenen Augen und den schuhlosen Füßen strampelnd am Kronleuchter festklammerte. Sie war schon halb oben und Oona erkannte, dass sie keine Zeit mehr zu verlieren hatte.

Das Zusammentreffen mit dem grauhaarigen Schimpansen auf dem Kaminsims noch frisch im Gedächtnis, zog sie ein Streichholz aus der Rocktasche. Die beiden Schimpansen ließen ihre langen, vor der Brust verschränkten Arme hängen und beobachteten neugierig, wie Oona das Streichholz an der Wand anriss, bevor sie erschrocken zusammenzuckten.

Sie streckte ihnen das brennende Hölzchen entgegen.

Die Schimpansen kreischten auf und wichen vor der Flamme zurück. Einer von ihnen hielt sich sogar die Hand vors Gesicht, als könne er die Gefahr abwenden, indem er die Augen davor verschloss, was Oona unter anderen Umständen vielleicht lustig gefunden hätte. Während sie an den Affen vorbeilief, erlosch das Streichholz und sie warf es ins Erdgeschoss, wo es zu einer weiteren Zutat des im Kessel vor sich hin brodelnden Gebräus wurde.

Bald hatte sie das Ende des Podests erreicht und sprang auf den Frisiertisch zu. Beim Anblick ihres Spiegelbildes war ihr erster Gedanke: *Ich sehe ja schrecklich aus.* Ihr zweiter Gedanke war jedoch: *Ich lande gleich im Spiegel.*

Und richtig, sie knallte mit voller Wucht gegen den Spiegel, der einen langen Riss bekam. Durch den Aufprall geriet der Tisch derart heftig ins Schwingen, dass Oona sich verzweifelt am Spiegel festklammern musste, während Roderick fast das Gleichgewicht verloren hätte, als der Tisch gegen die Kommode prallte, auf der er hockte.

»Wehe, du lässt mich fallen, KAVALIER!«, brüllte Isadora.

Roderick schaffte es, sie festzuhalten und eine Sekunde später konnte er sie auf die Kommode hieven. Dann setzte Oona zu einem weiteren Sprung an und gesellte sich zu den beiden. Bei ihrer Landung schwang die Kommode zur Seite, wodurch Isadora und Roderick in die Luft geschleudert wurden, bevor sie auf das gewaltige Himmelbett purzelten.

»Roderick!«, zischte Isadora und stieß ihn von sich herunter. »Das ist höchst unangebracht.«

»Wie bitte?«, fragte er verdutzt.

»Ich habe Sie immer für einen ritterlichen jungen Mann gehalten!«

Erst jetzt wurde ihm klar, dass er und Isadora im selben Bett lagen. »Aber Mylady«, stotterte er verdattert, ich versichere Ihnen, ich hatte keinerlei Absicht.«

»Wer's glaubt, wird selig«, erwiderte sie.

»Wirklich nicht«, sagte Roderick, »es war nicht meine Schuld.«

»Und wessen Schuld soll es dann gewesen sein?«, fragte sie skeptisch.

»Es war … ihre Schuld!«, rief er, als Oona ebenfalls auf dem Bett landete und über die Matratze bis zur Hängelampe auf der anderen Seite lief.

»Schnell!«, rief Roderick. »Sonst gewinnt sie noch!«

Wie ein Affe griff Oona nach der Hängelampe und schwang sich durch die Luft bis zu dem hölzernen Podest. Als sie festen

Boden unter den Füßen hatte, ließ sie die Lampe zurück zum Bett schwingen und steuerte die Ausgangstür an. Doch dort traf sie auf ein Hindernis, das ihr den Weg versperrte. Es war der heimtückische Schimpanse mit dem Streifen auf der Stirn.

»Wie bist du denn hier raufgekommen?«, fragte Oona.

Streifengesicht schoss direkt auf sie zu. Oona duckte sich und wirbelte herum, doch Streifengesicht bekam ihr Kleid zu fassen und langte in eine der Rocktaschen. Eine Sekunde später war Oona wieder frei, aber als sie sich umschaute, sah sie, dass der Affe etwas in der Hand hielt. Etwas Kleines aus blinkendem Silber.

Der Ring! Das Beweisstück, das sie unter dem Wohnwagen gefunden hatte.

Hin- und hergerissen starrte Oona auf die Tür mit dem Wort AUSGANG und dann wieder auf den Ring in der Hand des grinsenden Affen. Der Sieg befand sich in unmittelbarer Reichweite … doch das Beweisstück … der Fall …

Sie kniff die Augen zusammen.

»Gib das zurück, du kleiner Dieb!«, rief Oona und ging auf den Schimpansen zu.

Dieser überwand die Entfernung zwischen Podest und Himmelbett mit einem Satz. Oona folgte ihm auf den Fersen und wäre fast an der Bettkante abgeprallt. Um nicht in die Tiefe zu stürzen, umklammerte sie Streifengesichts Arm und konnte sich gerade so auf dem Bett halten, doch dabei fiel ihr die goldene Banane, die sie dem grauen Affen abgenommen hatte, aus der Hand, rutschte über die Matratze und landete direkt vor Isadoras Nase. Gierig grapschte diese danach und jetzt waren sie und Roderick als Einzige im Besitz von Bananen.

Doch Oona hatte keine Zeit zum Nachdenken. Sie stürzte sich auf den Schimpansen und versuchte, den Ring seinem schraubstockartigen Griff zu entreißen. Der Affe schnappte mit seinen großen Zähnen nach ihr. Und während die beiden sich auf dem Bett einen wilden Ringkampf leisteten, sah Oona etwas aufblitzen – die goldene Banane um Streifengesichts Hals.

Oona packte sie und riss an der Kette, indem sie gleichzeitig »*Ignitis!*« ausrief.

Vor dem Affengesicht tauchte eine Feuerkugel auf und im Gesicht des Schimpansen spiegelte sich nicht länger Angriffslust, sondern blankes Entsetzen. Er ließ den Ring fallen, bevor er wie von der Tarantel gestochen vom Bett sprang und sich in wilder Panik von einem Halteseil zum anderen schwang, um sich so weit wie möglich von Oona und dem schwebenden Feuerball zu entfernen.

Oona fühlte sich augenblicklich schuldig. Obwohl es keine Regel gab, nach der die Anwendung von Magie während des Wettstreits verboten war, war sie sich bewusst, dass sie Isadora gegenüber ihr Wort gebrochen hatte. Doch das Motiv ihrer Tat war der drohende Verlust eines wichtigen Beweismittels, mit dessen Hilfe sie möglicherweise das verschwundene Kristallschalen-Orakel aufspüren konnte. Somit hatte sie ihre magischen Fähigkeiten nicht dazu benutzt, sich einen unfairen Vorteil zu verschaffen, der ihr dabei helfen sollte, den Wettstreit zu gewinnen.

Sie nahm den Ring an sich, und im selben Augenblick erlosch auch das Feuer – ein reines Trugbild, das den Affen, selbst wenn er mit seiner haarigen Hand hineingefahren wäre, niemals hätte verletzen können. Geschwind ließ Oona den Ring zurück in die Tasche gleiten, bevor sie merkte, dass sowohl Roderick als auch Isadora das Bett verlassen hatten.

Während diese Erkenntnis Oona hoffen ließ, Isadora könne ihre Anwendung von Magie nicht mitbekommen haben, erkannte sie nun voller Panik, dass sie beim Lösen der Aufgabe ins Hintertreffen geraten war. Sie schaute sich um und sah gerade noch, wie Isadora und Roderick über den Laufgang in Richtung Ausgang rannten, wobei Roderick die Führung übernommen hatte.

Mit rasendem Herzen griff Oona nach der Lampe und schwang sich aufs Podest. Einige Schritte vor ihr blieb Roderick stehen. Er öffnete die Tür, trat zur Seite und machte eine ausladende Handbewegung.

»Ladies first«, erklärte er und ließ Isadora beim Verlassen des Turms den Vortritt.

»Wie überaus ritterlich«, bemerkte Isadora und trat durch die Türöffnung, durch die Oona den Architekten draußen auf einer Plattform stehen sah, wo er darauf wartete, dem Gewinner des ersten Tages zu gratulieren. Er überreichte Isadora ein blaues Band und klopfte Roderick, der hinter ihr ins Freie trat, auf die Schulter, bevor er ihm ein rotes Band aushändigte.

Als Oona über die Türschwelle trat, wehte eine kühle Brise über die Plattform. Die frische Luft war auch eine Art Belohnung … dennoch fühlte sie sich um den Sieg betrogen.

»Gut gemacht«, sagte der Architekt. Sie zeigte ihm die goldene Banane, die sie dem streifengesichtigen Affen abgenommen hatte, und er drückte ihr etwas in die Hand: ein kurzes Stück von einem weißen Band. Oona lächelte höflich und nickte, obwohl sie das Band am liebsten zusammengeknüllt und in die drei Stockwerke tiefer stehende, gaffende Menge geschleudert hätte.

Fünf Minuten später kam Adler keuchend aus der Tür. Während sein abgetragener Umhang noch mitgenommener aussah als sonst, saß sein Hut erstaunlicherweise wie immer auf seinem Kopf, als sei er festgeklebt. Er ging auf den Architekten zu, tauschte seine goldene Banane gegen ein grünes Band und grinste Oona an. Doch derzeit verspürte Oona keine große Lust, sein Grinsen zu erwidern.

Isadora Iree dagegen strahlte wie ein Honigkuchenpferd.

Kapitel 6

DIE AKADEMIE FÜR FEINE JUNGE LADYS

»Dritter Platz!«, seufzte Oona beklommen und schüttelte den Kopf.

Mit dem Rücken zum prasselnden Kaminfeuer saß Oona im großen Salon des Pendulum Hauses und stützte das Kinn auf die Hände. Mit seinen hohen fensterlosen Wänden und den kunstvoll mit Elfen, Kobolden und Zwergen bestickten Wandteppichen, war der Salon einer ihrer liebsten Orte zum Nachdenken. Sie staunte immer wieder darüber, wie die Wesen auf den Kunstwerken sich bewegten, wenn niemand hinschaute, sodass die magischen Gestalten sich niemals zweimal hintereinander am selben Platz befanden.

Ebenso außergewöhnlich war das gewaltige, über zwei Meter lange Pendel im Mittelpunkt des Raumes. Diesem eindrucksvollen Gerät verdankte das Pendulum Haus seinen Namen. Gleichzeitig war es das Instrument, das die Dark Street in exakt der richtigen Geschwindigkeit durch die Drift bewegte.

»Dritter Platz«, wiederholte Oona. Ungläubig zuckte sie die Achseln und starrte auf das kurze Stück Band in ihrer Hand. »Und ich wäre die Erste gewesen, Deacon, hätte dieser verfluchte Affe mit seinem Affenhirn nicht das Beweismittel aus meiner Tasche gestohlen.«

»Affe mit Affenhirn ist eine Redundanz.« Deacon stand auf der Armlehne des Sofas. »Und außerdem, sagtet Ihr nicht, es seien Schimpansen?«

»Weißt du was, Deacon?«, meinte Oona. »Ich hege kaum Zweifel, dass Isadora Iree gemogelt hat.«

Der Rabe schüttelte den Kopf. »Gemogelt? Wie sollte das möglich sein? Vielleicht könnt Ihr ja einfach schlecht verlieren.«

»Hältst du mich für eine Spielverderberin? Mich?«, fragte Oona entrüstet.

Deacon zog die Flügel hoch. »Ich will nur sagen, dass ich keine Möglichkeit sehe, wie Miss Iree hätte betrügen können. Wenn sie, wie Ihr erklärt habt, tatsächlich ihre weiblichen Reize eingesetzt hat, um Roderick Rutherford dazu zu bringen, ihr bei der sportlichen Aufgabe zu helfen, so gibt es keine Wettkampfregel, die dies verbieten würde. In der Tat würden manche Leute es sogar als eine Tugend betrachten.«

»Eine Tugend?«, hakte Oona nach.

»Habe ich mich nicht deutlich ausgedrückt?«, fragte Deacon ernsthaft.

Oona sprang ungläubig auf. »Aber es geht mir nicht um die sportliche Aufgabe, sondern um die geistige.«

»Vielleicht unterschätzt Ihr ja die mentalen Fähigkeiten des Mädchens«, mutmaßte Deacon.

Diese Bemerkung brachte Oona fast zum Lachen. Sie zweifelte nicht daran, dass Isadora vor nichts zurückschrecken würde, um genau das zu bekommen, was sie wollte. Oona zog den Ring, den sie gefunden hatten, aus der Tasche und hielt ihn in den Feuerschein.

»Vielleicht hast du recht, Deacon«, sagte sie, während sie im Takt des Pendels auf und ab ging. »Vielleicht ist Isadora cleverer, als ich es ihr zugestehen mag. Aber ist es nicht ein merkwürdiger Zufall, dass am Abend, bevor es Isadora gelingt, die erste Aufgabe als Erste zu lösen, ein machtvoller Gegenstand aus dem Wohnwagen der Wahrsagerin verschwindet? Ein Medium, mit dessen Hilfe man die Antwort auf jede Frage erhalten kann.«

»Wenn Ihr vom Kristallschalen-Orakel sprecht, möchte ich Euch nochmals ins Gedächtnis rufen, dass in der *Encyclopedia Arcanna* keinerlei Hinweis auf das Orakel zu finden ist. Es ist sehr unwahrscheinlich, dass eine Schüssel mit der Macht, jede erdenkliche Frage zu beantworten, tatsächlich existiert, ohne in der Enzyklopädie erwähnt zu werden.«

Oona wirbelte herum. »Unwahrscheinlich vielleicht, aber nicht unmöglich! Zeit für ein paar theoretische Überlegungen, Deacon. Nehmen wir an, Isadora hätte die Kristallschale tatsächlich gestohlen. Dann hätte sie sie beispielsweise fragen können: ›Oh, magische Kristallschale, wie lautet die Lösung der ersten Denkaufgabe?‹ Und die Antwort wäre in der Schüssel zu lesen gewesen. Wie würdest du dir sonst erklären, dass Isadora das Rätsel so schnell lösen und vor allen anderen im Museum auftauchen konnte? Und sag jetzt bloß nicht, sie sei selbst dahintergekommen! Schließlich geht es hier um Isadora Iree.«

Deacon öffnete den Schnabel, als wolle er protestieren, besann sich jedoch und sagte: »Ja, ich verstehe, was Ihr meint.«

»Und dann noch das hier, Deacon.« Oona hielt den Ring hoch. »Ein Damenring, gefunden unter der Bodenluke des Wohnwagens. Kannst du dich erinnern, dass Isadora auf der Party einen Ring getragen hat?«

Deacon schüttelte den Kopf.

»Nein, ich kann mich auch nicht erinnern.«

»Ihr könntet ihr den Ring zeigen und sie fragen, ob sie ihn verloren hat«, schlug Deacon vor.

Oona blieb stehen und ihre Miene hellte sich merklich auf. »Eine hervorragende Idee, Deacon! Wir gehen am besten gleich zu ihr.«

»Heute Abend?«, fragte Deacon zweifelnd. »Wäre es nicht klüger, zuerst diesen Hinweis zu ergründen?«

Mit dem Schnabel deutete er auf das weiße Band, das Oona auf dem Sofa liegen lassen hatte. Sie sah die Worte, die mit schwarzer Tinte darauf geschrieben waren.

Deacon hüpfte auf das Sofakissen und hob das Band mit dem Schnabel auf. »Der Architekt hat allen vier Kandidaten diesen Spruch mitgegeben, um ihnen einen guten Start für die morgigen Aufgaben zu ermöglichen«, erklärte er.

»Das ist richtig«, sagte Oona und nahm das Band von Deacon entgegen, um den Hinweis vorzulesen.

Geh zum RITTER AZ.
Frag nach dem WACHSSTIELCHEN.
Bring es zu den STUMMEN GAAST-DICHTERINNEN
Im DREHKATER-RATETEST.

Oona nickte. »Ja, Deacon. Ich glaube, du hast recht.«

»Dann wollt Ihr Euch also heute Abend darauf konzentrieren, den Hinweis zu entschlüsseln?«, fragte er.

Oona schenkte ihm ein spitzbübisches Lächeln. »Nein, Deacon. Ich finde, dass dieser Abend der perfekte Zeitpunkt ist, um Isadora Iree auf den Zahn zu fühlen. Was du heute kannst besorgen, das verschiebe nicht auf morgen! Samuligan!«

Der Feendiener öffnete die Tür zum Salon, als hätte er die ganze Zeit dahinter gewartet. Die Absätze seiner Cowboystiefel klackten auf dem Fußboden und erzeugten ein hohles, unheimliches Geräusch.

»Würdest du bitte die Kutsche vorfahren?«, sagte Oona. »Wir möchten einen kleinen Ausflug zur *Akademie für feine junge Ladys* machen.«

»Aber was ist mit dem Hinweis?«, fragte Deacon in missbilligendem Tonfall.

»Deacon, wenn Isadora die Kristallschale tatsächlich gestohlen hat, wird sie, selbst wenn wir das Rätsel entschlüsseln können, die Antwort längst wissen. Deshalb ist es entscheidend, dass wir sie als die diebische Betrügerin entlarven, die sie ist.«

»Oder als die diebische Betrügerin, die sie nicht ist«, wandte Deacon ein. »Ich hoffe, Ihr zieht diese Möglichkeit ebenfalls in Betracht.«

Dreißig Minuten später brachte Samuligan die Kutsche vor

der *Akademie für feine junge Ladys* zum Stehen. Das kunstvoll verzierte Gebäude schimmerte im Schein der Straßenlaternen, als Oona aus der Kutsche stieg und an die Haustür klopfte. Sie wurde von einer spindeldürren Frau geöffnet, die mit ihrem hageren Gesicht und den hohen Wangenknochen wie ein Skelett wirkte.

»Wie kann ich Ihnen helfen?«, fragte sie mit leiser, missbilligender Stimme.

»Das ist Arianna Duvet, die Rektorin der Akademie«, flüsterte Deacon Oona ins Ohr.

Oona nickte und zauberte ein höfliches Lächeln auf ihre Lippen. »Guten Abend, Frau Rektorin Duvet. Es tut mir furchtbar leid, so spät zu stören, aber ich wollte fragen, ob es möglich ist, ein paar Worte mit Isadora Iree zu wechseln.«

Frau Rektorin Duvet musterte Oona mit herablassendem Blick, und ihre Lippen wurden so schmal, dass sie kaum noch zu sehen waren. »Und welchen Grund gibt es für einen Besuch zu dieser unangebracht späten Stunde?«

Oona feuchtete die Lippen an. Die Rektorin machte sie ganz nervös. »Es geht um einen Gegenstand, der mich vermuten lässt, dass Isadora ihn verloren hat. Ich habe ihn gefunden und würde ihn ihr gern zurückgeben.«

Rektorin Duvet zog eine ihrer sorgsam gezupften Augenbrauen in die Höhe, und Oona bemerkte erst jetzt, dass das Auge darunter nicht echt, sondern aus Glas war. Und nun, wo Oona darauf achtete, konnte sie sehen, dass die Augen der Frau in unterschiedliche Richtungen schauten. Die Rektorin streckte Oona die Hand entgegen. »Übergeben Sie mir das gefundene Objekt, dann sorge ich dafür, dass Miss Iree es zurückerhält.«

Oona verzog das Gesicht. Der Sinn des ganzen Unternehmens bestand darin, Isadoras Reaktion auf den Anblick des Rings zu beobachten. Auf keinen Fall würde sie ein derart wichtiges Beweisstück aus der Hand geben, da konnte diese Frau so grimmig auf sie herabstarren, wie sie wollte. Während sie der Rektorin direkt in ihr gesundes Auge blickte, erklärte Oona: »Es handelt sich um eine private Angelegenheit.«

Die Rektorin machte ein Gesicht, als hätte Oona ihr die schlimmste Beleidigung an den Kopf geworfen, die man sich vorstellen konnte, und eine Sekunde lang fürchtete Oona, dass ihr das Glasauge aus der Augenhöhle springen würde.

»Was ist eine private Angelegenheit?«, meldete sich hinter Oona eine Stimme zu Wort. Sie drehte sich um und blinzelte überrascht. Angetan mit einem extravaganten Ensemble aus blauem Samt trat Isadoras Mutter, Madame Iree, in den Lichtkegel der nächstgelegenen Straßenlaterne. Sie schenkte Oona ein huldvolles Lächeln und strich ihr gedankenverloren durchs Haar.

»Ah, Madame Iree«, rief Rektorin Duvet, behielt Oona aber argwöhnisch im Auge. Oona zuckte zusammen, als der knochige Zeigefinger der Rektorin auf sie zugeschossen kam. »Dieses Mädchen behauptet, etwas gefunden zu haben, das Ihrer Tochter gehört, weigert sich jedoch zu verraten, um was es sich handelt.«

»Wenn das kein glücklicher Zufall ist!«, sagte Madame Iree, die Rektorin Duvets irren Blick nicht zu bemerken schien. »Ich wollte Isadora gerade einen Besuch abstatten.« Sie wandte sich an Oona. »Wieso begleiten Sie mich nicht in ihr Zimmer … ah, Miss Crate, nicht wahr?«

Oona nickte und konnte sich ein Lächeln nicht verkneifen. Die Dinge entwickelten sich besser als geplant. Sie hatte erwartet, dass Rektorin Duvet Isadora nach unten zur Haustür gerufen hätte, doch stattdessen lud Madame Iree sie zu einem Besuch in Isadoras Zimmer ein – eine perfekte Gelegenheit, um nachzuschauen, ob bei Isadora vielleicht eine gewisse Kristallschale herumstand.

Rektorin Duvet fixierte Deacon, wobei sie ihre Verachtung nicht verbergen konnte oder wollte. »Der Vogel muss draußen bleiben«, erklärte sie mit bebender Oberlippe.

Deacon wirkte sichtlich erleichtert, was Oona ihm nicht verdenken konnte, denn Rektorin Duvet war wirklich eine ziemlich gruselige Erscheinung.

»Viel Glück«, flüsterte er ihr zu, bevor er aufs Kutschendach flog, um bei Samuligan zu warten.

»Wollen wir?«, fragte Madame Iree, worauf sie und Oona unter dem gestrengen Silberblick der Rektorin durch die Tür traten und ihre Hüte an die Garderobenhaken im Eingangsbereich hängten. Ein langer Stock lehnte unheilvoll an der Wand unter den Haken. In das paddelförmige Stockende war ein einzelnes Wort eingeschnitzt worden, dessen Buchstaben deutlich zu lesen waren: UNSCHICKLICH. Oona konnte nur ahnen, wie oft dieses Paddel auf das Hinterteil manch feiner junger Dame niedergesaust sein mochte.

»Ich muss mich um meine Unterrichtsvorbereitungen kümmern«, sagte Rektorin Duvet, ergriff den Stock und ließ dessen paddelförmiges Ende auf ihre Handfläche klatschen, worauf Oona und Madame Iree erschrocken zusammenzuckten. »Ich nehme an, Sie kennen den Weg«, erklärte die Rektorin, bevor sie sich abrupt umdrehte und den Flur entlangmarschierte, um in einem der angrenzenden Räume zu verschwinden. Oona spürte förmlich, wie ihre Nackenmuskeln sich entspannten.

»Hier lang«, befahl Madame Iree und steuerte die breite, geschwungene Treppe an, die Oona an die Treppe im Pendulum Haus erinnerte, nur dass hier alles überaus gepflegt war. Die Läufer waren blitzsauber und der Kronleuchter im Entree funkelte. Im Gegensatz zum dunklen Holz und den ernsten Porträts im Pendulum Haus erstrahlte die Akademie in femininen Farben, mit Weiß abgesetzten, lavendelfarbenen Wänden, hübschen Gemälden idyllischer Bergwiesen und im Sonnenlicht glänzender Teiche.

In der Luft lag ein leichter Blumenduft, und durch eine offene Zimmertür erklang Klaviermusik. Es war Oonas erster Besuch in den Mauern des hochangesehenen Mädchenpensionats, und während sie Madame Iree über die geschwungene Treppe nach oben folgte, stieg ein unbehagliches Gefühl in ihr auf. Es lag nicht daran, dass sie sich hier fehl am Platz fühlte – ein Gefühl, dass Oona seit Jahren vertraut war –, sondern vielmehr daran, dass ihre Mutter sie vor ihrem Tod zum Besuch der Akademie ermutigt hatte. Sie war Mitglied gewesen und hatte logischerweise erwartet, ihre Tochter würde in ihre Fußstapfen treten, jedoch nur bis zu dem Zeitpunkt, als Oona von ihrem Onkel zum Zauberlehrling ernannt wurde.

Oonas Mutter hatte den Plan daraufhin begraben, doch Oona wurde seitdem von Schuldgefühlen gequält, den Wunsch ihrer Mutter nicht erfüllt zu haben. Darüber hinaus machte sie sich Vorwürfe, da sie glaubte, dass ihre Mutter und Schwester noch am Leben sein könnten, wenn sie die Akademie besucht hätte, statt die Lehrstelle anzutreten und sich mit Magie zu befassen. Ihr kamen Madame Romanias Worte in den Sinn, mit denen sie angedeutet hatte, dass Oona möglicherweise doch keine Schuld an der Tragödie haben könnte. Aber es gab nur einen Weg, das herauszufinden, und aus diesem Grund musste die Kristallschale unbedingt gefunden werden.

Auf dem Weg in den ersten Stock begegneten Oona und Madame Iree einigen jüngeren Mädchen, die von älteren Schülerinnen gezeigt bekamen, wie man auf schickliche Weise eine Treppe hinunterschreitet. Die jüngeren Mädchen hatten Besenstiele im Rücken, mit deren Hilfe sie sich gerade halten sollten. Oona musste sich das Lachen verkneifen, als sie hörte, wie eines der älteren Mädchen präzise Anweisungen gab, wie hoch man den Saum anheben dürfe, ohne den Anstand zu gefährden oder über den eigenen Rock zu stolpern.

Die junge Lady, die den Unterricht erteilte – ein groß gewachsenes Schulmädchen mit feuerrotem Haar und einem Mund, der Oona an eine Eidechse erinnerte –, musterte Oona von oben bis unten und ließ ein höhnisches Kichern ertönen. Sie deutete auf Oonas Füße, als wolle sie sich über ihre Art zu gehen lustig machen. Als daraufhin sämtliche Mädchen loskicherten, wandte Oona sich demonstrativ ab und ignorierte sie. Oonas Mutter hatte ihr beigebracht, richtig zu gehen – *ohne Besenstiel, wohlgemerkt* – und in diesem Moment erschien es ihr doch besser, niemals eine derart lächerliche Schule besucht zu haben.

Isadoras Zimmer war das erste neben der Treppe. Zu Oonas Erstaunen klopfte Madame Iree gar nicht erst an, sondern riss ohne Umschweife die Tür auf und marschierte zielstrebig ins Zimmer, als würde sie selbst darin wohnen.

»Isadora, Liebes«, sagte Madame Iree, »du hast Besuch.«

»Mutter!«, rief Isadora sichtlich überrascht.

Oona folgte Madame Iree und bekam den Duft eines ziemlich starken Parfums in die Nase. Isadora, die auf dem Bett saß, ließ hastig etwas unter dem Kopfkissen verschwinden. Madame Iree schien nichts davon bemerkt zu haben.

»Du kennst ja Miss Crate, Isadora?«, sagte sie und streckte die Hand aus. »Sie behauptet, sie hätte etwas, das dir gehört.«

Oona inspizierte das Zimmer auf der Suche nach einem Hinweis auf den Verbleib der Kristallschale. Madame Romania aus Rumänien hatte gesagt, ihr Durchmesser betrage genau dreiunddreißig Zentimeter und sie sei aus fein geschliffenem Kristall gefertigt. Oona entdeckte nichts dergleichen, weder auf dem Frisiertisch, noch auf dem Nachtschränkchen, noch auf der Kommode.

Der Kleiderschrank, dessen Türen offen standen, war derart vollgestopft, dass kein einziges neues Kleid, geschweige denn eine dreiunddreißig Zentimeter breite Kristallschale, darin Platz gefunden hätte. Unter den Kleidern sah Oona Isadoras Schuhe in Reih und Glied stehen – wieder keinerlei Anzeichen der verschwundenen Schüssel.

Oona war jedoch neugierig, was Isadora unter ihrem Kopfkissen verbergen mochte.

Isadora sah Oona an und es gelang ihr, überrascht und gleichzeitig selbstzufrieden zu wirken. »Sie haben etwas von mir?«, fragte sie von oben herab. »Was um alles in der Welt könnte das wohl sein?«

Oona zog den Ring aus der Rocktasche und hielt ihn zwischen Daumen und Zeigefinger fest.

Isadora zog die Brauen hoch und machte ein verwirrtes Gesicht. Es war nicht die Reaktion, mit der Oona gerechnet hatte. Überraschenderweise war es Madame Iree, die reagierte.

»Ach, du liebe Güte, wo haben Sie ihn gefunden?«, wollte sie wissen. »Ich frage mich seit der gestrigen Feier, wo mein Ring geblieben ist.«

»Ist es Ihrer?«, fragte Oona verwirrt und auch Isadora wirkte perplex.

Madame Irees Gesicht lief rot an. Sie öffnete den Mund, als wolle sie eine Erklärung abgeben, besann sich jedoch eines Besseren und streckte Oona die Hand entgegen. »Vielen Dank, dass Sie mir meinen Ring zurückgebracht haben, Miss Crate. Er ist mir bestimmt vom Finger gerutscht, als der Architekt mich angerempelt und mir Suppe übers Kleid geschüttet hat. Höchst peinlich.«

Oona zog die Brauen hoch. »Zweifellos«, erwiderte sie und bemühte sich, ihren Argwohn zu verbergen. Der Ring war schließlich unter dem Wohnwagen gefunden worden, keineswegs in der Nähe des Suppenzwischenfalls, und Oona hatte das Gefühl, dass Madame Iree etwas verschwieg. Nichtsdestotrotz überreichte sie der Schneiderin den Ring.

Abrupt wandte Madame Iree sich ab und fragte ihre Tochter: »Isadora, was versteckst du unter deinem Kopfkissen?«

Oona fragte sich flüchtig, ob Madame Irees plötzliches Interesse an den Heimlichkeiten ihrer Tochter nichts weiter war als eine willkommene Möglichkeit, die Aufmerksamkeit von sich selbst und dem Ring abzulenken. Wenn das zutraf, war es ein guter Trick. Oonas Herz tat einen Sprung. Konnte es so einfach sein? Würde Isadoras Diebstahl gleich aufgeklärt?

Nervös erwiderte Isadora den Blick ihrer Mutter.

»G-g-gar nichts«, stotterte sie verdattert und bekam feuerrote Wangen.

»Erzähl mir nichts, Isadora. Ich habe doch beim Reinkommen genau gesehen, wie du etwas unters Kissen geschoben hast«, beharrte Madame Iree.

Isadora kniff die Augen zusammen. »Beim *Reinplatzen* willst du wohl sagen. Hast du schon mal etwas von Anklopfen gehört, Mutter?«

Madame Iree ignorierte den sarkastischen Tonfall. »Was verbirgst du, Isadora? Ich will es augenblicklich sehen.«

Isadora befeuchtete ihre Lippen und zog dann einen Briefumschlag unter dem Kissen hervor. »Es ist ein … ein … ein Gedicht. Von meinem KAVALIER!«

»Oh«, sagte Madame Iree. »Ist das alles? Warum hast du es versteckt?«

»Weil es eine private Angelegenheit ist«, zischte Isadora beleidigt. »Und weil wir keine Briefe von Jungen in unseren Zimmern haben dürfen. Akademieregel. Wie dem auch sei, Roderick möchte nicht … nun ja … er möchte nicht von anderen für einen Dichter gehalten werden. Er fürchtet, dass man ihn für unmännlich halten würde.«

»Das ist lächerlich«, sagte Madame Iree und Oona musste ihr zustimmen. Als Junge, der so auf seine Ritterlichkeit bedacht war, hätte es Roderick nicht kümmern sollen, was andere von seiner Poesie hielten. Madame Iree schlenderte zum Frisiertisch und griff nach dem blauen Band, das Isadora an diesem Tag gewonnen hatte. »Haben Sie schon Ihren Hinweis entschlüsselt, Miss Crate?«

Die Frage überraschte Oona und sie empfand sie unwillkürlich als Herausforderung. Vielleicht sogar als Spott.

Wie die Mutter, so die Tochter, dachte Oona, bevor sie erwiderte: »Ich … äh … ich arbeite daran.«

Madame Iree nickte selbstgefällig und warf Isadora einen Blick zu. Dann grinsten die beiden sich an, als würden sie ein Geheimnis teilen.

»Und was ist mit Ihnen, Isadora?«, platzte Oona heraus und ärgerte sich augenblicklich, dass sie den beiden in die Falle gegangen war. »Wie weit sind Sie mit dem Hinweis gekommen?«

Isadora lehnte sich zurück und zog eine Augenbraue hoch. »Ich habe es schon vor Stunden herausgefunden. Ehrlich gesagt überrascht es mich, dass Sie das Rätsel nicht längst entschlüsselt haben.« Sie gähnte gekünstelt und schnippte mit den Fingern. »Das reinste Kinderspiel.«

Madame Iree klatschte in die Hände. »Das ist meine Tochter. Schlau wie ein Wiesel.«

Wäre Deacon dabei gewesen, hätte er es sich garantiert nicht nehmen lassen, Madame Iree darauf hinzuweisen, dass der Spruch »*flink* wie ein Wiesel« lautete, dachte Oona und sehnte sich plötzlich nach seiner Gegenwart.

Wenige Sekunden später wünschte sie ihn zum zweiten Mal herbei, jedoch diesmal zu ihrem Schutz statt für grammatische Belehrungen.

»Sehen Sie sich nur diesen Rocksaum an!«, meldete sich hinter Oona eine scharfe, unheilvolle Stimme zu Wort.

Sie drehte sich um und sah Rektorin Duvet in der Tür stehen. Ihr Glasauge schien ihrem gesunden Auge einen Seitenblick zuzuwerfen, während dieses verächtlich auf Oonas Füße starrte.

Oona schaute zum ersten Mal an diesem Abend an sich herunter und sah, dass ihr Kleid ja im Affenhaus versengt worden war. Augenblicklich wurde ihr schmerzlich bewusst, worüber die Mädchen auf der Treppe gelacht hatten. Sie war so mit ihrer Niederlage gegen Isadora und dem Verschwinden der Kristallschale beschäftigt gewesen, dass sie sich nicht die Zeit genommen hatte, ein anderes Kleid anzuziehen. Oonas weiß bestrumpfte Fesseln schauten unter dem verbrannten Stoff hervor, denn das Kleid war durch die Flammen ein gutes Stück kürzer geworden.

»Oh«, sagte sie und starrte auf ihre Beine. »Das ist … ähm … das ist –«

»Höchst unschicklich!«, erklärte Rektorin Duvet, deren gesundes Auge mit einem Mal stärker glänzte als das Glasauge. Zu spät bemerkte Oona, dass die Frau den Stock aus der Garderobe in der Hand hielt. Die Rektorin hob ihn an, wobei das Wort UNSCHICKLICH Oona wie eine Zeitungsschlagzeile entgegenstarrte. In Erwartung eines Schlages schloss Oona die Augen.

Kapitel 7

DIE SEIDE

»Sie hat Euch tatsächlich geschlagen?«, fragte Deacon fassungslos.

Oona ließ sich auf dem Stuhl vor ihrem Frisiertisch nieder und schob sich einen Beutel mit unschmelzbarem Eis unter das schmerzende Hinterteil.

»Ja, das hat sie«, erwiderte Oona. »Wie konntet ihr zwei mich nur so aus dem Haus gehen lassen?«

Samuligan stand aufmerksam neben der Tür. Im Schatten seines Cowboyhuts war zu erahnen, dass er die schmalen Lippen zu einem sichelförmigen Grinsen verzogen hatte. »Ich fand es recht kleidsam. Wartet nur ab, in drei, vier Monaten werden alle Mädchen nach versengten Rocksäumen schreien, und aus den Kleiderläden der Dark Street steigt so viel Rauch auf, dass man es von den gläsernen Toren bis New York City riechen kann.«

»Sehr lustig«, sagte Oona und blickte missmutig in den Spiegel. »Ein toller neuer Modetrend.«

Sie betrachtete das Spiegelbild ihres Zimmers, das den strengen Ansprüchen von Rektorin Duvet niemals genügt hätte. Der Frisiertisch war mit Glasfläschchen, Reagenzgläsern und Papierstapeln bekränzt.

Sie zog das Band mit dem Rätsel für den zweiten Tag des Wettstreits aus der Tasche und äffte Isadoras blasierten Tonfall nach: »Das reinste Kinderspiel!« Sie warf das Band auf den Tisch. »Und jetzt sieht es so aus, als wäre Madame Iree die Hauptverdächtige beim Kristallschalen-Diebstahl.«

»Wieso?«, wollte Deacon wissen.

»Nun, wie ich dir auf der Heimfahrt erzählt habe, war es doch nicht Isadoras Ring, den ich unter der Bodenluke des Wohnwagens gefunden habe, sondern der ihrer Mutter.«

»Aber Madame Iree behauptete doch, sie habe den Ring auf der Feier verloren, als sie und der Architekt bei dem Zwischenfall mit der verschütteten Suppe zu Boden gingen«, sinnierte Deacon.

»Und was dann? Soll der Ring etwa aufgestanden und von allein unter den Wohnwagen marschiert sein?«

»Vielleicht ist es ein verzauberter Ring«, meldete Samuligan sich zu Wort.

»Das wäre natürlich eine Möglichkeit«, räumte Oona ein. »Aber das erklärt immer noch nicht, wie er ihr vor der Bühne vom Finger gerutscht sein soll und dann unter den Wohnwagen gelangt ist. Es sei denn, sie lügt. Es könnte doch sein, dass sie den Zusammenstoß mit dem Architekten mit Absicht herbeigeführt hat.«

»Wieso hätte sie das tun sollen?«, wollte Deacon wissen.

»Lasst uns mal folgende Möglichkeit durchspielen«, sagte Oona. »Madame Iree krabbelt unter den Wohnwagen, um durch die Bodenluke zu kriechen und die Kristallschale zu stehlen. Der Ring gleitet ihr vom Finger, und ihr Kleid bekommt lauter Matschflecken. Nach dem Diebstahl der Schale kehrt sie auf die Feier zurück und stößt mit dem Architekten zusammen. Die Suppe landet auf ihrem Kleid, und beide fallen zu Boden. Madame Iree nutzt dies als Entschuldigung, um nach Hause zu gehen und das schmutzige Kleid gegen ein sauberes zu tauschen. Dann benutzt sie die Kristallschale, um die Hinweise für Isadora zu ergründen.«

»Aber wo versteckt sie die Schale?«, fragte Deacon. »Wie schmuggelt sie sie ungesehen aus dem Park?«

»Gute Frage«, erwiderte Oona. »Vielleicht … hat sie das Ding unter ihrem Kleid versteckt?«

Samuligan warf den Kopf in den Nacken und brach in schrilles Gelächter aus, von dem Oonas Spiegel einen langen Riss bekam.

Deacon krächzte erschrocken auf und flatterte vom Rahmen auf den Bettpfosten.

»Samuligan!«, mahnte Oona vorwurfsvoll. »Sieh nur, was du angerichtet hast!«

Der Feendiener räusperte sich. »Verzeiht mir bitte«, entgegnete er und spuckte auf seinen Finger. Der Speichel blieb an seiner knochigen Fingerspitze hängen, mit der er über den Spiegel strich, worauf der Riss verschwand, als hätte es ihn nie gegeben.

»Soeben hast du dir sieben Jahre Pech erspart«, erklärte Oona lakonisch.

»Bloß sieben?«, erwiderte Samuligan. »Das ist nichts. Einer meiner Cousins aus dem Feenland hatte mal eine dreihundert Jahre lange Pechsträhne.«

Oona lächelte. Samuligan sprach nur sehr selten über das Leben, das er vor seinem Dienstantritt im Pendulum Haus geführt hatte. Seine Worte weckten ihre Neugier, doch sie wollte sich nicht ablenken lassen.

»Also was haltet ihr von meiner Theorie über Madame Iree?«

»Ziemlich weit hergeholt«, kommentierte Samuligan.

Deacon flatterte gereizt mit den Flügeln. »Solltet Ihr nicht besser Eure volle Konzentration auf das Entschlüsseln des Hinweises richten?« Er deutete mit dem Schnabel auf das Spruchband. »Oder habt Ihr schon vergessen, was heute Mittag passiert ist, als Ihr herumgetrödelt habt?«

Seufzend schob Oona den Eisbeutel zurecht. Die Stelle, die Bekanntschaft mit Rektorin Duvets Stock gemacht hatte, schmerzte noch immer. »Deacon hat recht«, sagte sie und ergriff das Band. »Lasst uns sofort anfangen, den Hinweis zu entschlüsseln.«

Am nächsten Morgen war Oona der Auflösung des Rätsels jedoch keinen Schritt näher gekommen. Ärgerlicherweise hatte sie immer noch Isadoras arrogante Worte im Ohr: »Das reinste Kinderspiel.«

Oonas Augen waren trocken und gerötet und brannten wie Feuer. Die halbe Nacht hatte sie wach im Bett gelegen. Dennoch war es nicht in erster Linie der verschlüsselte Hinweis auf dem Spruchband, der ihr den Schlaf geraubt hatte, sondern vor allem die verschwundene Kristallschale.

Am Frühstückstisch traf sie auf ihren Onkel, der sich hastig ein Brötchen in den Mund stopfte und höchst beunruhigt wirkte.

»Ich fürchte, ich brauche deine Hilfe«, erklärte der Zauberer. »Ich weiß, du bist mit dem Wettstreit beschäftigt, doch im Gewandviertel gibt es einen weiteren Zwischenfall im Zusammenhang mit dem Würgeseideproblem.« Er hielt einen angesengten Papierbogen hoch, der ihm offensichtlich per Flammenpost zugestellt worden war. »Ich erhielt gerade die Nachricht, dass eine Stoffbahn des Feengewebes lebendig wurde und sich um einen Händler und dessen Ehefrau geschlungen hat. Der Stoff lässt sich nicht lösen und hält die beiden gefangen. Ich habe dich zwar für den Wettstreit von deinen Lehrlingspflichten entbunden, aber diese Seidengeschichte ist vollkommen außer Kontrolle geraten.«

Oona schaute verloren auf den Hinweis in ihrer Hand und seufzte. »Natürlich, Onkel. Aber der Wettstreit beginnt um zwölf Uhr mittags, und ich habe den Hinweis noch immer nicht entschlüsselt.«

Der Zauberer warf einen Blick auf die Wanduhr über der Tür. »Jetzt ist es acht. Da sollte dir noch genug Zeit bleiben. Samuligan, mach die Kutsche bereit.«

Samuligan schnippte mit den Fingern, aus deren Spitzen silbrige Funken stoben. Nach einer dramatischen Drehung verschwand er durch den Dienstbotenausgang und stolzierte in Richtung Stall.

Großartig, dachte Oona bedrückt. *Noch mehr Ablenkung. Das hat mir gerade noch gefehlt.*

Es war ein selbstsüchtiger Gedanke, das wusste sie. Ihr Onkel würde sie nicht um Hilfe bitten, wenn es nicht unbedingt nötig wäre, und es klang so, als würde die verzauberte Seide eine ernsthafte Gefahr darstellen. Dem Händler und seiner Frau beizustehen, war sicherlich dringender, als das Rätsel für den Wettstreit zu lösen, dennoch fragte sich Oona langsam, ob sie jemals Zeit finden würde, den verzwickten Hinweis auf dem Spruchband zu ergründen.

Ich bin selbst schuld. Wieso habe ich gestern nicht mehr Zeit darauf verwendet?, fragte sie sich zerknirscht, nahm sich einen Muffin und eilte zur Haustür.

Ein paar Minuten später kletterte sie in die Kutsche und ließ sich neben ihrem Onkel nieder, während sie die ganze Zeit daran denken musste, dass Isadora längst über den Hinweis Bescheid wusste, da sie die Lösung des Rätsels durch das Kristallschalen-Orakel erfahren hatte. Es konnte einfach keine andere Erklärung geben.

Die Kutsche holperte über das Kopfsteinpflaster, passierte den Oswald Park und erreichte schließlich das Einkaufsviertel, wo die Kerzenbäume, die den Gehsteig säumten im morgendlichen Dunst fahl vor sich hin schimmerten. Auf einem großen Schild vor dem Dark-Street-Theater war zu lesen:

LASSEN SIE SICH VERBLÜFFEN!
BRINGEN SIE IHRE FREUNDE MIT!
ALBERT PANCAKE
IST
DER MANN DER TAUSEND GESICHTER
NUR EINE WOCHE
DER KARTENVERKAUF GEHT ZÜGIG VORAN!
SICHERN SIE SICH SCHON HEUTE IHRE KARTE
AN DER THEATERKASSE!

»Sieh mal, Oona«, sagte der Zauberer. »Eine neue Bühnenschau. Klingt faszinierend.«

»Hmm?«, murmelte Oona und warf einen kurzen Blick auf das Schild. »Oh ja, kann schon sein. Aber sag mal, Onkel, was glaubst du, wieso diese Würgeseide jetzt überall auftaucht? Woher kommt sie?«

»Das ist ja der springende Punkt«, entgegnete der Zauberer. »Es gibt nur einen Ort, von dem sie stammen kann.«

»Aus dem Feenland«, murmelte Oona mit mulmigem Gefühl im Bauch. »Und ich kann mir nur einen einzigen Menschen vorstellen, der weiß, wie man durch die gläsernen Tore gelangt.«

Deacon, der wie immer auf ihrer Schulter thronte, schüttelte grimmig den Kopf. »Red Martin.«

Oona und der Zauberer nickten zustimmend. Den Rest der Fahrt verbrachten die drei schweigend. Erst als Samuligan die Kutsche am Straßenrand zum Stehen brachte, unterbrach der Zauberer die Stille.

»Oje, das sieht aber gar nicht gut aus!«, rief er, stieß die Kutschentür auf und sprang auf den Gehsteig. Es dauerte einen Moment, bis Oona seine Aufregung verstehen konnte.

Durch das Kutschenfenster bot sich ein merkwürdiger Anblick. Oona sah einen Mann und eine Frau, die vor einem Stoffladen an einem Laternenpfahl festgebunden waren. Noch sonderbarer war, dass die blutrote Stoffbahn, durch die sie gefesselt wurden, sich wie eine riesige Schlange aus dem Laden zu winden schien, um sich immer fester um das Ehepaar zu schlingen.

»Schnell! Oona, Samuligan!«, bellte der Zauberer und eilte den Opfern zu Hilfe.

»Ach herrje«, sagte Deacon, als Oona auf den Gehsteig sprang und dicht gefolgt von Samuligan ihrem Onkel nacheilte.

Um das unglückliche Paar hatte sich bereits eine entsetzte Menschenmenge gebildet. Alle schüttelten den Kopf und deuteten auf das bizarre Schauspiel. Als Oona sich den beiden Unglücklichen näherte, sah sie die Todesangst in ihren bereits bläulich verfärbten Gesichtern. Die Seide erwürgte sie, und Oona wurde klar, dass man keine Zeit verschwenden durfte.

»Was sollen wir machen?«, fragte sie mit banger Stimme. Seit der Geschichte mit den gestohlenen Zauberdolchen war es ihre erste Begegnung mit einem todbringenden magischen Objekt, und sie hatte keine blasse Ahnung, was jetzt zu geschehen hatte.

Glücklicherweise war der Zauberer zur Stelle, um das Kommando zu übernehmen. Er zog einen hölzernen Zauberstab aus seiner Robe, deutete damit auf die Seidenbahn, die sich aus der Ladentür über den Gehsteig schlängelte, und rief: *»Dimittere!«*

Wie Oona wusste, war dies der Zauberspruch, mit dem man zwei Dinge voneinander trennen konnte, einen Apfel vom Baum etwa, doch auf die Seide schien der Spruch diese Wirkung nicht zu haben. Ein weißer Lichtstrahl schoss aus dem Stab des Zauberers und fuhr funkensprühend in den Stoff. Doch statt die Opfer aus dem Würgegriff der Seide zu befreien, sorgte der Zauberspruch nur dafür, dass sich das verhexte Gewebe noch stärker zusammenzog als zuvor. Das freie Ende der Stoffbahn schlängelte sich plötzlich wie ein Aal aus dem Laden und begann, sich um den Fuß des Zauberers zu winden. Er sprang gerade noch rechtzeitig zurück, doch bevor er einen weiteren Schritt tun konnte, schnellte der Seidenstreifen nach oben, riss ihm den Zauberstab aus der Hand und ließ ihn mehrmals auf seinen Kopf niedersausen, bevor er ihn auf die Straße schleuderte.

»Das war äußerst ungehobelt«, rief der Zauberer.

Die Stoffbahn bäumte sich auf und entfaltete sich, wodurch sie aussah wie eine riesige, rote Kobra, die sich zum Angriff bereit macht. Oona sank der Mut. Sie wusste immer noch nicht, was sie tun sollte. Doch im nächsten Moment warf sich Samuligan zwischen den Zauberer und das angriffslustige Gewebe.

Die Seide stürzte sich nun auf den Feenmann, wobei das blutrote Material wie eine sturmgepeitschte Fahne herumflatterte, und plötzlich wälzten sich Feenmann und Stoff ineinanderverschlungen auf dem Gehsteig herum und lieferten sich einen erbitterten Ringkampf. Zuerst schien es, als würde Samuligan das mörderische Gewebe bezwingen können, doch dann wendete sich das Blatt und die Seide schlang sich um Hals und Mund des Feenmanns, sodass er nicht mehr in der Lage war, einen Zauberspruch auszusprechen.

Oona war genauso entsetzt wie die anderen Zuschauer. Samuligan, der Feenmann, war das mächtigste magische Wesen, dem sie je begegnet war. Wenn diese Würgeseide dazu imstande war, ihn zu überwältigen, hatte sie keine Ahnung, wie sie und ihr Onkel sie aufhalten sollten.

»Oona«, rief der Zauberer ihr zu, als er über die Straße rannte, um seinen Zauberstab zurückzuholen. »Versuch's mit *Duratus frigidam*!«

Überrascht zuckte sie zusammen. *Duratus frigidam* war ein Gefrierzauber, den sie seit über drei Jahren nicht mehr praktiziert hatte. Trotz ihrer herausragenden natürlichen Fähigkeiten erforderte er höchste Konzentration und sie fragte sich, ob sie der Aufgabe momentan überhaupt gewachsen war. Was wäre, wenn etwas schiefging? Würde es ihr Fehler sein, wenn diesen Menschen etwas zustieß? Und was war mit Samuligan?

Leider blieb keine Zeit für derartige Überlegungen. In einer dramatischen Geste hob Oona die Hände über den Kopf, doch bevor sie den Zauber wirken konnte, rief ihr der Zauberer von der anderen Straßenseite aus zu: »Du brauchst einen Kurskonduktor!«

Die Worte des Zaubers blieben ihr im Halse stecken und ihr Herz geriet ins Stolpern, als ihr klar wurde, dass sie um ein Haar eine weitere Tragödie verursacht hätte.

Natürlich, tadelte sie sich selbst. Duratus frigidam *erfordert einen Kurskonduktor*, was, wie sie wusste, nichts weiter war als eine vornehme Ausdrucksweise für Zauberstab oder einen anderen Gegenstand, mit dessen Hilfe man einen Zauber in eine bestimmte Richtung lenken konnte.

Ohne Zauberstab würde sie möglicherweise nicht nur das

Gewebe, sondern auch Samuligan und das Paar, das am Laternenpfahl angebunden war, zu Eis erstarren lassen, ganz zu schweigen von den anderen Umstehenden und sich selbst. So funktionierte diese Art von Zaubersprüchen nun mal.

Oona besaß keinen Zauberstab, aber eine natürliche Magierin zu sein, hatte schon gewisse Vorteile. Drei Monate zuvor hatte sie den Wunderlichter-Zauber durch ein abgebrochenes Stuhlbein geleitet. Fast jeder x-beliebige längliche Gegenstand würde ausreichen, und deshalb zog Oona jetzt die Lupe ihres Vaters aus der Rocktasche. Nachdem sie ihren Geist, so gut es ging, beruhigt hatte, richtete sie den hölzernen Griff auf das Gewebe auf dem Gehsteig.

»*Duratus frigidam!*«, rief sie und hatte augenblicklich das Gefühl, ihr Kopf würde in eine Schüssel mit eiskaltem Wasser getaucht.

Wie von der Tarantel gestochen, stob Deacon von ihrer Schulter. Oona ertrug das unangenehme, frostige Gefühl mit zusammengebissenen Zähnen, während ein Schwall pfeilschneller Schneeflocken aus dem Ende des Griffs geschossen kam und sich auf dem Stoff festsetzte.

Augenblicklich vermehrten sich die Flocken und breiteten sich auf der Seide aus. Nach wenigen Sekunden war das Gewebe steif gefroren.

»*Duratus frigidam*!«, rief der Zauberer und Oona sah, dass er mittlerweile neben ihr stand. Mit dem Zauberstab in der Hand fügte er seinen eigenen Zauber dem ihren hinzu. Plötzlich fragte sie sich, ob ihr Onkel vielleicht doch kein so mittelmäßiger Zauberer war, wie alle dachten.

Der Gefrierprozess wurde beschleunigt und nach ein paar

Sekunden konnte sich Samuligan aus den Fängen der Seide befreien, wobei die gesamte Stoffbahn wie Glas zersplitterte. Oona und der Zauberer hoben gleichzeitig ihre Bannsprüche auf, und die gefesselten Eheleute taumelten keuchend auf den Gehsteig.

»Großartig«, sagte der Zauberer. »Das hat anscheinend geholfen.«

Deacon kehrte auf Oonas Schulter zurück, während Oona langsam ausatmete und ihr Kopf sich wieder auf seine normale Temperatur erwärmte. Der Zauberer bahnte sich den Weg durch die frostigen roten Stofffetzen und näherte sich dem Ehepaar.

»Geht es Ihnen halbwegs gut?«, fragte er und half der Frau beim Aufstehen.

»Ich … ich glaube schon«, stammelte sie und warf ihrem Mann, dem Samuligan wieder auf die Beine half, einen grimmigen Blick zu.

Im Gegensatz zu dem arg zerzausten Ehepaar schien Samuligan bei seinem wilden Ringkampf mit dem todbringenden Gewebe keinerlei Blessuren davongetragen zu haben. Selbst Jacke und Cowboyhut waren unversehrt geblieben und Oona suchte vergeblich nach Falten und Knicken.

Die Frau starrte den Mann noch immer feindselig an. »Mir würde es viel besser gehen, wenn mein Ehemann sich vom *Nightshade-Kasino* fernhalten würde.«

»Liebling, wie oft muss ich es dir noch sagen?«, erwiderte der Mann und rieb sich den schmerzenden Nacken. »Ich gehe schon seit Wochen nicht mehr ins Kasino.«

Die Frau verschränkte die Arme vor der Brust. »Aber erst musstest du dort so viele Schulden machen, dass du sie niemals wieder loswirst.«

»Ach, du liebe Güte«, sagte der Zauberer und sah den Mann verständnisvoll an. »Sie stehen bei Red Martin in der Kreide?«

Der Mann nickte und ließ beschämt den Kopf hängen. Der Zauberer hatte Mitleid mit ihm, denn nachdem er von seinem gewieften Anwalt, Mr Ravensmith, hinters Licht geführt worden war, hatte er sich ebenfalls unwissentlich bei Red Martins *Nightshade-Korporation* verschuldet und steckte noch immer in finanziellen Schwierigkeiten.

Die Ehefrau brachte weniger Verständnis auf. Mit zusammengekniffenen Augen fixierte sie ihren Ehemann und keifte: »Natürlich steckt Red Martin dahinter. Wer sonst könnte schuld sein?«

Der Zauberer zeigte auf die Ladenfront. »Ist das Ihr Stoffgeschäft?«

»Ja«, entgegnete die Frau und deutete auf das Schild, auf dem zu lesen stand: DODGER STOFFE. »Ich bin Mrs Elizabeth Dodger, und das ist mein Mann Orris.« Mrs Dodgers Zorn war mit einem Mal verflogen und sie schloss den Zauberer in die Arme. »Wir sind so dankbar, dass Ihr uns zu Hilfe gekommen seid. Vielen, vielen Dank!«

Darauf ließ sie vom Zauberer ab und fiel Oona um den Hals, der es ein wenig unangenehm war, als die Frau an ihrer Schulter anfing zu schluchzen. Da sie nicht wusste, was sie tun sollte, strich sie ihr beruhigend über den Rücken.

Schließlich zog Mrs Dodger sich zurück, und als sie sich wieder dem Zauberer zuwandte, schenkte Samuligan ihr sein furchterregendes Grinsen, bei dem er allzu viele Zähne zeigte, und breitete die Arme aus, als würde er ebenfalls eine Umarmung erwarten. Mrs Dodger zuckte zusammen und zögerte kurz, bevor sie einfach so tat, als wäre der Feendiener gar nicht anwesend.

Einen kurzen Moment lang hatte Oona Mitleid mit Samuligan, doch dann zwinkerte er ihr zu und ihr wurde klar, dass er sich mit der Frau nur ein Spielchen erlaubte. Es wäre für eine Dame natürlich äußerst unpassend gewesen, beim Umarmen eines Dienstboten beobachtet zu werden, was Oona einfach lächerlich fand, da Samuligan schließlich versucht hatte, der Frau das Leben zu retten. Doch so war es nun mal, und die Leute setzten sich nur selten über gesellschaftliche Regeln hinweg.

Mr Dodger räusperte sich. »Wir haben die Seide heute mit einer neuen Lieferung bekommen. Jemand muss sie zu den anderen Stoffen gelegt haben, denn wir haben ganz gewiss keine rote Seide geordert.«

Der Zauberer nickte, und im Blick seiner alten Augen spiegelte sich Besorgnis. »Wenn Sie die Zeitung gelesen haben, wissen Sie, dass Sie nicht die Einzigen sind, die diese Seide erhalten haben. Wir müssen das gesamte Anwesen durchsuchen und uns vergewissern, dass nicht noch mehr von dem Stoff herumliegt.«

Mr und Mrs Dodger zogen erschrocken die Brauen hoch und schauten sich nervös nach allen Seiten um. Trotz ihres Zorns auf ihren Mann klammerte sich Mrs Dodger nun ängstlich an seinem Arm fest.

»Aber wenn Sie mich einen Augenblick entschuldigen, würde ich mich gern mit meinem Lehrling beraten.« Er führte Oona zur Kutsche und ließ die ängstlich aneinandergeklammerten Eheleute vor dem Laden stehen. »Du hattest den Zauber hervorragend unter Kontrolle, Oona-Schatz«, meinte der Zauberer strahlend.

Oona gestattete sich ein kleines Lächeln. »Ich hab es ganz gut hinbekommen, nicht wahr?«

»In der Tat. Und ich bin ungeheuer stolz auf dich«, sagte er.

»Aber beinahe hätte ich den Kurskonduktor vergessen«, räumte sie ein und fühlte sich immer noch schuldig, da sie den *Duratus-Frigidam*-Zauber um ein Haar freihändig ausgeführt hätte.

Gewisse Zauber- und Bannsprüche erforderten nun einmal einen *Kurskonduktor*, eine Art Richtungslenker. Es war wichtig zu wissen, bei welchen einer nötig war und bei welchen nicht. *Ignitis*, der illusionäre Feuerball, war ein Beispiel für einen Zauber ohne Kurskonduktor, genau wie *Reconcilio*, mit dessen Hilfe sie einmal die Lupe ihres Vaters repariert hatte. Selbst der eindrucksvolle *Tausch*-Zauber, mit dem sie Red Martin unter dem Hexenhügel ausgetrickst hatte, konnte ohne Zauberstab ausgeführt werden – doch Zauber wie *Lux lucis admirato* und *Duratus frigidam* erforderten die Zielgenauigkeit eines Zauberstabs. Sie wusste nur allzu gut, dass sie vorsichtig sein musste. Anders als Feenwesen, die so im Einklang mit ihrer Magie waren, dass sie die Richtung ihrer Zauber allein mit der Kraft ihrer Gedanken lenken konnten, erwies sich der menschliche Körper als längst nicht so zielgenau.

Der Zauberer zog eine buschige weiße Braue hoch. »Ja, *beinahe* hättest du ihn vergessen, aber am Ende hast du es doch richtig gemacht. Das ist die Hauptsache. Und du solltest stolz auf dich sein.«

»Ja, durchaus«, fügte Deacon von seinem Schulterplatz aus hinzu. »Es war äußerst eindrucksvoll.«

Oonas Lächeln wurde breiter.

Der Zauberer klatschte in die Hände. »Und jetzt ist es Zeit, dass du dich wieder auf den Wettstreit konzentrierst. Samuligan kann dich zum Park fahren. In der Zwischenzeit werde ich mir das Inventar der Dodgers anschauen und mich vergewissern, dass nicht irgendwo noch mehr von der Seide herumliegt.«

»Bist du sicher, dass du allein klarkommst?«, fragte Oona.

Er lächelte selbstgewiss. »Jetzt, wo ich genau weiß, welchen Zauber ich anwenden muss, werde ich es schon schaffen. Wenn es nicht zu spät wird, nehme ich mir eine Hansom-Kutsche zum Park, obwohl ich fürchte, dass es hier noch eine Weile dauern wird. Ich muss sehr gründlich vorgehen.«

»Natürlich, Onkel. Sei bitte vorsichtig«, mahnte sie, und obwohl sie sonst meist Distanz hielt, verspürte sie plötzlich den Impuls, ihn zu umarmen. Deacon krächzte unbehaglich auf seinem Schulterplatz, während der Zauberer ihren Rücken tätschelte.

Als Oona sich zum Gehen wandte, hielt der Zauberer sie auf.

»Eines habe ich noch vergessen, meine liebe Oona«, sagte er und musterte sie mit blitzenden Augen.

»Was denn, Onkel?«

Er zwinkerte ihr verschmitzt zu. »Viel Glück!«

Kapitel 8

DAS BANDRÄTSEL

Die Dark Street glitt an den Kutschenfenstern vorbei. Ihre windschiefen Gebäude wirkten wie schattenhafte, unförmige Gestalten, die sich auf zu engem Raum aneinanderquetschen mussten. Die oberen Stockwerke der Häuser lehnten sich schwindelerregend über die Bürgersteige und die merkwürdig geformten Fenster starrten auf das geschäftige Getümmel hinunter.

Pferdekutschen rumpelten über die vom Morgentau feuchten Pflastersteine, und Fußgänger eilten geschäftig über die Gehwege: die Damen mit gerafften Kleidern und die Männer mit Jacketts und Melonenhüten. Es war das alltägliche Treiben einer modernen Stadt.

Nichts deutete darauf hin, dass die Bürger hier anders lebten als die Einwohner von London – nicht umsonst wurde die Straße manchmal *Little London Town* genannt –, doch ganz abgesehen von den sonderbaren Bewohnern, dauerte es in der Dark Street nie lange, bis man auf die ein oder andere Eigentümlichkeit stieß. Manchmal handelte es sich nur um etwas Unauffälliges (eine nicht spiegelnde Fensterscheibe, oder ein Springbrunnen, dessen Wasser in umgekehrter Richtung lief) und manchmal um etwas Auffälligeres (ein verzaubertes Cello, das von allein spielte, oder der vorbeihuschende Schatten eines nicht vorhandenen Drachen). Diese Kuriositäten waren eine ständige Erinnerung an die tiefen magischen Wurzeln der Straße.

Während die Kutsche nordwärts in Richtung Park schaukelte, hatte Oona plötzlich einen verwirrenden Gedanken, und sie fragte sich, wieso er ihr nicht schon eher in den Sinn gekommen war. Der Zwischenfall mit der Würgeseide geriet augenblicklich in Vergessenheit. Mit nachdenklichem Gesicht rückte sie ein Stück vor und legte den Finger an die Unterlippe.

»Eines verstehe ich nicht, Deacon«, sagte sie. »Warum sollte Madame Iree wollen, dass ihre Tochter gegen ihren Sohn gewinnt?«

Deacon hockte auf dem Sitz gegenüber und legte den Kopf schief. »Was wollt Ihr damit sagen?«

»Dass ich mich frage, wieso sie die Kristallschale stehlen sollte, um Isadora die Lösungen der Rätsel zu verraten, ohne auch ihren Sohn Adler daran teilhaben zu lassen?«

»Das ist eine sehr gute Frage«, erwiderte Deacon. »Und eine noch bessere Frage wäre: Wieso um alles in der Welt solltet Ihr euch ausgerechnet jetzt darum Gedanken machen, wo wir uns auf dem Weg zur zweiten Wettstreitrunde befinden, und Ihr noch nicht einmal den Hinweis auf dem Spruchband entschlüsseln konntet?«

Auf Oonas Stirn bildete sich eine kleine Falte. Sie schaute auf das Band, strich mit dem Finger über die seidige Oberfläche und hatte das Gefühl, als würde ihr gleich der Kopf platzen.

Geh zum RITTER AZ.
Frag nach dem WACHSSTIELCHEN.
Bring es zu den STUMMEN GAAST-DICHTERINNEN
Im DREHKATER-RATETEST.

Es war sonderbar. Nie zuvor hatte ein Rätsel sie dermaßen verwirrt. Zweifellos hatte es etwas damit zu tun, dass ihr jedes Mal, wenn sie sich auf die Worte konzentrierte, weitere Fragen zum Diebstahl der Kristallschale in den Sinn kamen. Wo befand sie sich jetzt? Vielleicht im hinteren Teil von Madame Irees Laden? Oder war irgendetwas Teuflischeres im Spiel? Denn wenn die Schüssel tatsächlich die Antwort auf jede erdenkliche Frage kannte, hätte so gut wie jeder ein Motiv, sie an sich zu bringen. Auch Red Martin würde, wenn er davon erführe, sich durch nichts davon abhalten lassen, ein derart machtvolles Werkzeug in die Finger zu bekommen.

Und was war mit –

Doch Oonas Gedanken kamen zusammen mit der Kutsche zu einem abrupten Stillstand. Sie wurde zuerst nach vorn und dann wieder zurückgeschleudert, wobei sie unsanft auf dem Sitz landete.

»Autsch! Das tat weh!«, schrie sie.

Samuligan hatte die Kutsche einfach mitten auf der Straße angehalten, und Oona hörte die ärgerlichen Rufe der anderen Kutscher. Als sie den Kopf aus dem Fenster streckte und sich umschaute, sah sie, wie sich eine ganze Reihe von Kutschen hinter ihnen staute, deren Führer ihren Zorn lauthals kundtaten und mit den Fäusten drohten.

Ein Blick nach vorn und Oona wusste, warum Samuligan die Pferde in Zaum gehalten hatte. Sie lachte. Fast direkt vor den Pferdehufen erblickte sie eine Kolonne bunt-gemusterter Käfer, die die Straße überquerten. Der durchschnittliche menschliche Kutscher hätte sie wahrscheinlich gar nicht wahrgenommen, und selbst wenn er sie gesehen hätte, wäre er mit ziemlicher Sicherheit einfach weitergefahren. Doch Samuligan war nun einmal kein Mensch, und es gehörte zu seinem unberechenbaren Feencharakter, dass er an einem geschäftigen Morgen den ganzen Verkehr anhielt, nur um ein paar Insekten das unversehrte Überqueren der Straße zu ermöglichen.

In diesem Moment begannen drei Stimmen, einen harmonischen Akkord zu summen, bevor sie eine traurige Ballade über eine verlorene Liebe anstimmten.

Durch das linke Kutschenfenster sah Oona, dass die Stimmen aus dem dreiarmigen Laternenpfahl kamen, der bis vor drei Wochen noch ein fester Bestandteil des Dark-Street-Restaurantviertels gewesen war. Anscheinend hatten die Restaurantbesitzer genug von der enervierenden Lampe und baten den Zauberer, sie an einen anderen Platz zu befördern. Der Zauberer war ihrer

Bitte gefolgt und jetzt stand der magische Laternenpfahl neben der Witze erzählenden Uhr vor dem Dark-Street-Theater, wo er jede Stunde ein tragisches Liebeslied zum Besten gab.

»Für mich ist alles Ach und Weh.
Einsam und allein auf tränenvollem See
Traurig, bestürzt, missverstanden
Meine einzige wahre Liebe für immer abhanden.
Für immer wird mein armes Herz dich suchen,
Und niemals wieder esse ich Kuchen.
Denn fort ging sie mit dem Bäckerssohn
Und mich bleibt nur Kummer und Trübsal als Lohn.«

Deacon schüttelte sich wegen des Grammatikfehlers im letzten Satz und plusterte sich auf, um eine seiner leidenschaftlichen Lektionen über korrekten Sprachgebrauch anzustimmen, doch Oona hielt die Hand hoch und starrte gebannt durchs Fenster.

Deacon krächzte indigniert, sichtlich enttäuscht, auf seinen grammatikalischen Exkurs verzichten zu müssen. »Was ist denn?«, fragte er beleidigt.

»Schau mal«, sagte Oona und deutete auf das Schild vor dem Theater. »Siehst du das, Deacon?«

Deacon hüpfte zum Fenster und nickte. »Ja, Euer Onkel hat es auf dem Weg zum Gewandhaus erwähnt.«

Vage erinnerte Oona sich daran, dass ihr Onkel sie auf das Schild hingewiesen hatte. Sie war so sehr in ihre eigenen Gedanken vertieft, dass sie sich kaum dafür interessiert hatte, doch als sie jetzt genauer hinschaute, wurde ihr klar, wie bedeutsam das Schild möglicherweise sein konnte.

Sie las laut vor:

LASSEN SIE SICH VERBLÜFFEN!
BRINGEN SIE IHRE FREUNDE MIT!
ALBERT PANCAKE
IST
DER MANN MIT TAUSEND GESICHTERN
NUR EINE WOCHE
DER KARTENVERKAUF GEHT ZÜGIG VORAN!
SICHERN SIE SICH SCHON HEUTE IHRE KARTE
AN DER THEATERKASSE!

Auf der linken und rechten Seite des Textes prangten Zeichnungen, die zwei bedeutsame Persönlichkeiten aus der Welt der Menschen porträtierten: Abraham Lincoln und Kleopatra, deren Gesichter Oona aus Deacons Geschichtsstunden kannte. Doch es waren nicht die Bilder, die ihre Aufmerksamkeit weckten.

»Ja, ich sehe es«, erwiderte Deacon unbeeindruckt. »Es scheint sich um eine Ein-Mann-Show zu handeln, bei der sich der Akteur ständig umzieht und berühmte Personen imitiert. Nicht mein Geschmack. Ich ziehe die Klassiker vor. Shakespeare und so weiter.«

Oona lächelte und ihr Herzschlag beschleunigte sich. Während die Kutsche sich wieder in Bewegung setzte, hielt sie das Rätsel ans Licht und las laut vor: »Bring ihn zu den STUMMEN GAAST-DICHTERINNEN.«

Als Deacon nicht gleich antwortete, deutete sie auf das Theaterschild und hielt ihm das Band unter die Nase. »Siehst du es denn nicht? Die Buchstaben sind alle vermischt. Schau dir die Worte an, die im Rätsel in Großbuchstaben gedruckt sind. Warum ist mir das nicht schon eher aufgefallen? Es sind Anagramme.« Wieder zeigte sie auf das Theaterplakat. »Siehst du das Wort MANN? Und jetzt schau dir die Großbuchstaben der Rätselzeile an.«

Deacon schnappte nach Luft. »Na klar kann man daraus das Wort Mann bilden, aber das ist bei so vielen Buchstaben auch keine Kunst. Ich frage mich nur, wie man Gast mit Doppel A schreiben kann!«

»Weil man das zweite A für das Wort *Tausend* braucht! Dann fehlen noch die Wörter *mit* und *Gesichtern*, und die kann man aus den übrigen Großbuchstaben bilden.«

»Mag sein, aber wie hilft uns das weiter?«, fragte Deacon.

Oona zog das Band straff. »Also lautet die Rätselzeile: ›Bring es zu dem Mann mit tausend Gesichtern.‹«

»Was sollen wir bringen?«, wollte Deacon wissen.

»Gute Frage«, entgegnete Oona. »Aber sieh dir zuerst mal die letzte Zeile an. Jetzt ergibt sie einen Sinn.«

»Beim DREHKATER-RATETEST?«, sagte Deacon zweifelnd. »Ein Drehkater ist mir noch nicht untergekommen.«

»Aber verstehst du denn nicht?«, rief Oona aufgeregt. »Die in Großbuchstaben gedruckten Wörter sind wieder Anagramme. Wenn man erst weiß, wonach man suchen muss, ist es kaum zu übersehen.«

Deacon starrte auf das Band, konnte sich jedoch keinen Reim darauf machen.

»Ich gebe dir einen Tipp«, sagte Oona. »Wo tritt der Mann mit tausend Gesichtern auf?«

»Im …« Deacon verstummte und hatte plötzlich begriffen. »*DREHKATER-RATETEST* ist ein Anagramm für *Dark-Street-Theater.*«

»Korrekt«, entgegnete Oona und spürte, wie ihr Geist anfing zu arbeiten, konzentriert und präzise, auf der Grundlage von Logik und Verstand. Sie fühlte sich beschwingt. »Bring es zum Mann mit tausend Gesichtern im Dark-Street-Theater. Offensichtlich sollen wir etwas zu Albert Pancake bringen.«

»Aber wir wissen immer noch nicht, was wir ihm bringen sollen«, wandte Deacon ein.

Oona las die erste Zeile vor: »Geh zum RITTER AZ.« Dann blickte sie wieder aus dem Kutschenfenster und kratzte sich nachdenklich am Kinn, während sie den Straßenverkäufern beim Aufbauen ihrer Stände zuschaute, ohne sie bewusst wahrzunehmen. Die Buchstaben des Rätsels tanzten vor ihren Augen und gruppierten sich immer wieder neu.

Oona war derart in ihre Gedanken vertieft, dass sie fast nicht mitbekommen hätte, wie Isadora Iree mit einer Schachtel unterm Arm aus der Tierarztpraxis spazierte.

»Sieh nur, Deacon. Da ist Isadora«, sagte Oona überrascht. »Wo geht sie hin? Der Park liegt in entgegengesetzter Richtung.«

»Vielleicht hat sie aufgegeben«, meinte Deacon. Er hüpfte aufs Fensterbrett und sah Isadora zielstrebig von dannen eilen.

»Wohl kaum«, erwiderte Oona. »Sie hat irgendetwas vor. Was hatte sie unter dem Arm?«

»In der Schachtel?«, fragte Deacon. »Denkt Ihr etwa, es handelt sich um die mysteriöse Kristallschale?«

Mit zusammengekniffenen Augen starrte Oona ihrer Rivalin nach. »Die Größe müsste etwa passen.«

»Sie kam aus der Tierarztpraxis«, sagte Deacon. »Vielleicht ist es ein krankes Haustier.«

Die Erkenntnis traf Oona wie ein Blitz. »Wiederhol das bitte, Deacon.«

»Ich habe gesagt, es könnte ein krankes Haustier sein.«

»Nein. Den ersten Teil. Du hast gesagt, sie käme aus der …« Oona verstummte und buchstabierte das Wort in Gedanken.

»Aus der Tierarztpraxis«, beendete Deacon ihren Satz.

Oona trommelte mit der Faust gegen die Kutschentür. »Und *Tierarzt* ist ein Anagramm für *RITTER AZ.*«

Schweigend verschob Deacon im Geist die Buchstaben. Einige Sekunden später schlug er aufgeregt mit den Flügeln. »Bei Oswald, Ihr habt recht! Also lautet der Hinweis ›Geh zum Tierarzt.‹«

»Was bedeutet, dass Isadora schon wieder in Führung liegt. Samuligan!« Sie klopfte mehrmals aufs Kutschendach. »Du musst augenblicklich wenden! Wir wollen dem Tierarzt einen Besuch abstatten!«

Kapitel 9

DER MANN MIT TAUSEND GESICHTERN

Die Glocke über der Tür läutete, als Oona den Vorraum der Dark-Street-Tierarztpraxis betrat. Deacons Krallen bohrten sich in ihre Schulter, und sie spürte, wie nervös ihn der Besuch beim Tierarzt machte.

Im Raum roch es nach Hundepupsen und Katzenhaaren. Mehrere Tierhalter hatten auf den Stühlen Platz genommen, während ihre kranken Lieblinge auf ihrem Schoß lagen oder zu ihren Füßen ruhten. Bei Deacons Anblick stieß eine fette, orange-getigerte Katze ein tiefes Knurren aus, war jedoch so schwach, dass sie kaum den Kopf vom Schoß ihrer Besitzerin heben konnte, einer Frau in mittleren Jahren, deren Kleid mit Katzenhaaren übersät war.

Die Praxis wirkte auf Oona eher wie eine Privatwohnung, und wenige Sekunden nachdem sie in den Warteraum getreten war, streckte ein schnurrbärtiger Mann mit Stirnlampe den Kopf durch die Tür, die in den Küchenbereich führte. Unter der Leuchte ragten mehrere spitze Nadeln zwischen den Stirnfalten des Mannes hervor, ein paar weitere aus seinem Kinn wie lange, starre Barthaare. Die Nadeln sahen sehr schmerzhaft aus, und Oona hatte keine Ahnung, was es damit auf sich hatte.

»Haben Sie einen Termin?«, rief der Mann hektisch.

Als Oona zögerte, zog er sich einige Nadeln aus dem linken Handballen. Dann schnippte er nervös mit den Fingern. »Kommen Sie schon! Hier wartet ein ganzer Stall voll kranker Tiere. Und für heute Nachmittag stehen noch zwei Hausbesuche auf meinem Kalender.«

»Oh, ja«, sagte Oona. »Ich meine, nein. Ich habe keinen Termin. Sind Sie der Tierarzt?«

»Natürlich bin ich der Tierarzt!«, rief der Mann. Er stieß die Tür ganz auf und präsentierte seinen langen weißen Arztkittel als Beweis. Er hielt die rechte Hand hoch, die ebenfalls mit den seltsamen Nadeln gespickt war. »Warum sollte ich sonst Massagetherapie für Stachelschweine anbieten?«

»Ich … habe keine Ahnung«, erwiderte Oona verdattert.

»Hypernervöse Viecher, diese Stachelschweine. Tragen ihren ganzen Stress auf dem Rücken.«

Ein Hund fing an zu jaulen, und sein Besitzer, ein etwa zehn oder elf Jahre alter Junge, tätschelte ihm mitfühlend den Kopf.

Plötzlich wünschte sich Oona, ganz weit weg zu sein.

»In der Tat«, sagte sie. »Nun, ich möchte Ihre wertvolle Zeit nicht länger als nötig in Anspruch nehmen. Der Grund meines Kommens ist der ›*Steinwachselch*‹.«

»Der was?«, rief der Tierarzt.

Oona ließ das Anagramm in Gedanken noch einmal Revue passieren: *Frag nach dem WACHSSTIELCHEN.* »Der … äh … ›Steinwachselch‹?«, stotterte sie unsicher.

Der Tierarzt zog sich einen weiteren Stachelschweinstachel aus dem Kinn und deutete damit auf sie. »Ich habe keine Ahnung, wovon Sie reden. Hier gibt es keinen Steinwachselch, und wenn Sie weiterhin solchen Unsinn daherreden, muss ich Sie bitten zu gehen. Diese Stachelschweine massieren sich schließlich nicht von allein.«

Oona schüttelte den Kopf. Sie war sich nicht ganz sicher gewesen, ob sie das Anagramm richtig entschlüsselt hatte. Aber etwas anderes war ihr bei WACHSSTIELCHEN nicht in den Sinn gekommen.

Hastig schaute sie sich um. Laut Rätsel sollte sie herkommen und nach etwas fragen, aber wonach? Welches andere Wort ließ sich aus Wachsstielchen bilden? Beim Anblick der abgetretenen Holzdielen sagte sie aufs Geratewohl: »Schwachleisten!«

Der Tierarzt sah aus, als wolle er Oona mit dem Stachelschweinstachel attackieren. »Ich habe nicht die geringste Ahnung, wovon Sie reden!«, schrie er. »Und wenn Sie mir nicht eines von den hypernervösen Stachelschweinen abnehmen wollen, machen Sie, dass Sie hier rauskommen.«

»Halt!«, brüllte Oona zurück. »Stachelschwein!«

»Ja, davon spreche ich doch die ganze Zeit! Ich wette, ihre

nervösen Störungen kommen nur von dem ganzen Theater, das ihr Besitzer ihnen zumutet. Höchst anstrengend für ein Tier.«

»Das ist es!«, rief Oona und sah vor sich, wie die Buchstaben von WACHSSTIELCHEN sich zum Lösungswort umgruppierten. »Stachelschwein! Ich bin hergekommen, um ein Stachelschwein zum Mann mit tausend Gesichtern im Dark-Street-Theater zu bringen.«

»Danach hat das andere Mädchen auf Anhieb gefragt«, sagte die Frau mit der orange-getigerten Katze auf dem Schoß.

»Isadora Iree?«, fragte Oona.

Die Frau zuckte nur die Achseln, doch Oona war sicher, dass die Frau von Isadora sprach: Isadora, die es wieder geschafft hatte, das Rätsel lange vor Oona zu entschlüsseln, und die garantiert in diesem Augenblick im Dark-Street-Theater stand und Albert Pancake das Stachelschwein überreichte.

»Gut, dass ich noch eins loswerde!«, rief der Tierarzt und reichte Oona eine Schachtel mit einem der stacheligen Gesellen. Beim Verlassen der Praxis kam ihr Roderick Rutherford entgegen. Als Erstes fiel Oona der Bluterguss unter seinem linken Auge auf.

»Ah, Miss Crate«, sagte er. »Wie immer sind Sie mir einen Schritt voraus.«

»Aber nur knapp«, erwiderte sie. »Und Isadora war wieder schneller als wir beide.«

Roderick nickte und deutete auf die Schachtel in ihren Händen. »Das muss Ihr Stachelschwein sein.«

»Bin ich denn die Einzige, die solche Schwierigkeiten hatte, das Rätsel zu lösen?«

Roderick lächelte verschmitzt, verzog jedoch das Gesicht,

weil seine Wange schmerzte. Oona hätte Roderick am liebsten gefragt, woher er Bescheid wusste, doch dann wurde ihr klar, dass er gleich sein eigenes Stachelschwein erhalten würde und dass sich Isadoras Vorsprung von Sekunde zu Sekunde vergrößerte. Deshalb beschloss sie, ihre Frage auf einen späteren Zeitpunkt zu verschieben.

»Viel Glück, Mr Rutherford. Ich muss jetzt wirklich los.«

Oona rannte zurück zur Kutsche und wies Samuligan an, sie so schnell wie möglich zum Theater zu fahren, wo sie mit der Stachelschweinkiste unter dem Arm zur Kasse stürmte, bevor Deacon wieder seinen Platz auf ihrer Schulter einnahm.

»Ich würde gern den Mann mit den tausend Gesichtern sprechen«, keuchte sie und spähte durch die Scheibe. »Ich habe ein Stachelschwein abzuliefern.«

Die Frau hinter der Scheibe schaute nicht von ihrer Zeitung auf und deutete stumm auf die Eingangstür.

»Vielen Dank«, sagte Oona.

Hinter ihr kam eine Kutsche rumpelnd zum Stehen und Roderick eilte mit seiner eigenen Stachelschweinbox unter dem Arm auf sie zu. Sie stieß die Tür auf und Roderick folgte ihr ins Gebäude. Im abgedunkelten Foyer musste Oona kurz innehalten, bis sich ihre Augen an das Schummerlicht gewöhnt hatten, bevor sie sich ein Bild von ihrer Umgebung machen konnte. Roderick ging es genauso.

Unter ihren Füßen erstreckte sich ein dicker Teppich mit rotgoldenem Muster von einer Wand zur anderen und über die Stufen der geschwungenen Doppeltreppe, die hinauf zur von Marmorsäulen gestützten Galerie führte. Die Säulen waren so gearbeitet, dass sie an gewaltige knorrige Baumstämme erinnerten, wodurch man als Theaterbesucher das Gefühl hatte, in einem Marmorwald zu stehen. An der hohen Decke hingen nicht weniger als fünf Kristallkronleuchter, die wie Diamanten glitzerten.

Doch all die prunkvolle Pracht weckte nicht Oonas Interesse. Stattdessen starrte sie wie gebannt auf den Drachen, der mitten im Raum stand.

Oonas Herzschlag geriet aus dem Takt. Sie trat einen Schritt zurück, als das Untier den Kopf hob und sich zu ihr umdrehte. Deacon stieß einen schrillen Schrei aus, bevor er sich in die Luft schwang und auf einem der Kronleuchter in Sicherheit brachte. Roderick ging hinter Oona in Deckung. *Er würde nicht wissen, was Ritterlichkeit ist, selbst wenn er sie um die Ohren geschlagen bekäme*, dachte sie.

Der Drache machte einen Schritt nach vorn. Oona erstarrte und hatte Angst sich zu rühren. Die Bestie stand auf den Hinterbeinen, etwa zwei Meter groß, mit stattlichen grünen Flügeln, die zum Rest des schuppigen Körpers passten. Doch als beängstigender als alle anderen Gliedmaßen erwies sich das Gesicht des Ungeheuers. Teerschwarze Augen starrten Oona aus tiefen Höhlen entgegen. Das Wesen grinste und entblößte säbelartige Zähne, die aus schleimigem Zahnfleisch emporragten.

Oona leckte sich über die Lippen, die plötzlich vollkommen trocken waren, aber das war auch die einzige Bewegung, die sie zustande brachte. Es war wie ein böser Traum. Nie und nimmer hätte sie etwas Derartiges in der Dark Street erwartet, geschweige denn im Theaterfoyer.

Noch mehr überraschte es Oona, als das abscheuliche Ungeheuer plötzlich anfing zu sprechen. Der Drache legte den Kopf in den Nacken und sie machte sich darauf gefasst, dass er jeden Moment losstürmen und sie angreifen würde. Brüllend schlug er mit den Flügeln und trommelte auf seine Brust. Doch dann hielt er unvermittelt inne, als wäre die Show mit einem Mal zu Ende. Er legte den Kopf auf die Seite und fragte mit äußerst kultivierter Stimme: »Haben Sie ein Stachelschwein für mich?«

Oona räusperte sich, bevor sie wieder sprechen konnte, doch ihre ersten Worte klangen wie ein Quieken. »Ähm … ja.«

»Oh, Sie armes Mädchen«, sagte der Drache besorgt und riss sich mithilfe seiner Vorderklauen das Maul auf, bis ein Männerkopf zum Vorschein kam. »Entschuldigen Sie bitte. Ich wollte Ihnen keine Angst einjagen. Und dir auch nicht, mein Junge. Es ist nur ein Kostüm.«

Oona schluckte, während sich ihr Schock in Erstaunen und schließlich in Zorn wandelte. Sie kniff die Augen zusammen und versuchte zu verstehen, was sie vor sich hatte. Nach einem kurzen Moment sah sie ganz deutlich, dass es sich keineswegs um einen richtigen Drachen handelte – die, wie sie im Geschichtsunterricht gelernt hatte, außerhalb des Feenlandes nicht mehr existierten –, sondern um ein sehr aufwendiges Kostüm. Ein äußerst gut gemachtes, musste sie zugeben, was ihre Wut nur noch vergrößerte.

»Sie wollten uns keine Angst machen?«, herrschte sie ihn an. »Und wieso sind Sie dann hier im Drachenkostüm aufgetaucht?«

Der Mann senkte den Kopf, machte eine ausladende Handbewegung und deutete eine Verbeugung an.

»Das gehört alles zur Vorstellung!«, rief er, bevor er hinter einer Marmorsäule verschwand. Sekunden später tauchte er auf der anderen Seite der Säule wieder auf und trug eine römische Rüstung und einen Lorbeerkranz auf dem Kopf, wie der Doppelgänger von Julius Cäsar. Vom Drachenkostüm war nichts mehr zu sehen.

Roderick schlüpfte hinter Oona hervor und die beiden wechselten einen überraschten Blick.

»Auch du, mein Sohn Brutus?«, rief Julius Cäsar.

»Wie bitte?«, fragte Oona.

Statt zu antworten, verzog sich der Mann erneut hinter die Säule, nur um auf der anderen Seite mit einem langen roten Kleid und hübsch frisierter schwarzer Perücke wieder in Erscheinung zu treten. Die Verwandlung war frappierend, in null Komma nichts vom römischen Kriegsgeneral zur mittelalterlichen Gräfin. Die Frau sah Oona mit perfekt geschminkten, schwarz umrandeten Augen an und sprach mit weiblichem Tonfall. »Ist dies das Stachelschwein, das ich vor mir sehe?«

Deacon segelte vom Kronleuchter zurück auf Oonas Schulter. »Aber das ist doch Lady Macbeth«, stellte er fest. »Sehr überzeugend.«

»Der Kerl ist vollkommen übergeschnappt«, sagte Roderick.

Geschwind schlüpfte Lady Macbeth hinter die Säule, nur um auf der anderen Seite als Oswald der Große zu erscheinen. Mit langem schwarzen Haar und Zauberstab in der Hand, deutete er auf die Schachteln, in der sich die Stachelschweine befanden.

»Bringt die Tiere zu mir«, befahl er gebieterisch.

Oona, die über das plötzliche Auftauchen und Verschwinden der unterschiedlichen Persönlichkeiten nur den Kopf schüttelte, konnte nichts anderes tun, als Oswalds Befehlen zu gehorchen.

Pancakes Befehlen, rief sie sich ins Gedächtnis. *Das ist nicht Oswald. Es ist Albert Pancake, der Mann mit tausend Gesichtern.*

Sie stellte die Schachtel zu seinen Füßen ab und öffnete sie. Roderick tat dasselbe. Aus dem Inneren starrten die beiden Stachelschweine zu ihnen hoch und wirkten hypernervös. Oona hoffte nur, dass sie nicht gezwungen würde, ihr Schwein zu massieren.

Beherzt riss Oswald jedem Tier einen Stachel aus, überreichte Oona den einen und Roderick den anderen. Der Mann nickte ihr kurz zu, schnippte mit den Fingern und sprang hinter die Säule. Er war nicht länger als drei Sekunden verschwunden, bevor er wieder auftauchte, diesmal in einem tiefblauen Mantel, der ihm große Ähnlichkeit mit ihrem Onkel, dem Zauberer, verlieh. »Viel Glück«, sagte er und auch seine Stimme war der ihres Onkels überraschend ähnlich.

Oona schnappte nach Luft. Es war wirklich verblüffend. Bis zur faltigen Nase hatte der Mann sich in einen fast perfekten Doppelgänger des Zauberers verwandelt. Obwohl das Wörtchen »fast« von entscheidender Bedeutung war, denn es waren die Augen, die ihn verrieten. Oona hätte die Augen ihres Onkels überall wiedererkannt: weise, gütig, eindringlich und sogar ein bisschen spitzbübisch – wie die Augen eines kleinen Jungen, die vieles gesehen hatten. Und dies waren nicht die Augen, die sie jetzt anschauten. Das war etwas, das man nicht imitieren konnte.

»Nehmt die Stacheln mit zum Turm«, sagte der Mann mit tausend Gesichtern im gleichen Tonfall wie der Zauberer. »Sie sind eure Schlüssel für den zweiten Teil der heutigen Aufgaben.«

Hinter Oona ertönte ein klickendes Geräusch, als Adler

Iree mit einer Schachtel unterm Arm durch die Eingangstür gestürmt kam. Vom Laufen außer Atem hielt er kurz inne und schenkte ihr ein verzagtes Lächeln, worauf Oona spürte, wie ihre Wangen anfingen zu glühen.

Als sie sich wieder Mr Pancake zuwandte, um ihm zu danken, ähnelte er nicht mehr ihrem Onkel, sondern hatte sich in eine Pirouetten drehende Primaballerina mit Tutu und langen blonden Zöpfen verwandelt.

»Nichts wie raus aus diesem Irrenhaus«, schrie Roderick und sauste zur Tür.

Oona folgte ihm, doch zuerst legte sie kurz die Hand auf Adlers Schulter.

»Viel Glück«, sagte sie und konnte gerade noch sehen, wie das tätowierte Gesicht des Jungen feuerrot anlief, bevor sie durch die Tür wieder hinaus ins Tageslicht eilte und sich vor lauter Lebendigkeit wie berauscht fühlte. Es war ziemlich verwegen gewesen, auf so vertrauliche Weise seine Schulter zu berühren, und sie fragte sich plötzlich, was sie nur dazu bewogen hatte. Was auch immer es gewesen sein mochte, es blieb ihr keine Zeit, darüber nachzudenken.

»Samuligan!«, rief sie, sprang in die Kutsche und knallte die Tür hinter sich zu. »Zum Park! Isadora und Roderick sind in Führung. Wir dürfen keine Zeit verlieren!«

Die Kutsche setzte sich in Bewegung und sie ließ sich auf den Sitz fallen, worauf ihr schmerzendes Hinterteil sie erneut an Rektorin Duvets Bestrafung erinnerte, während sie über die belebte Straße in Richtung Oswald Park sausten.

Kapitel 10

AUFWÄRTS

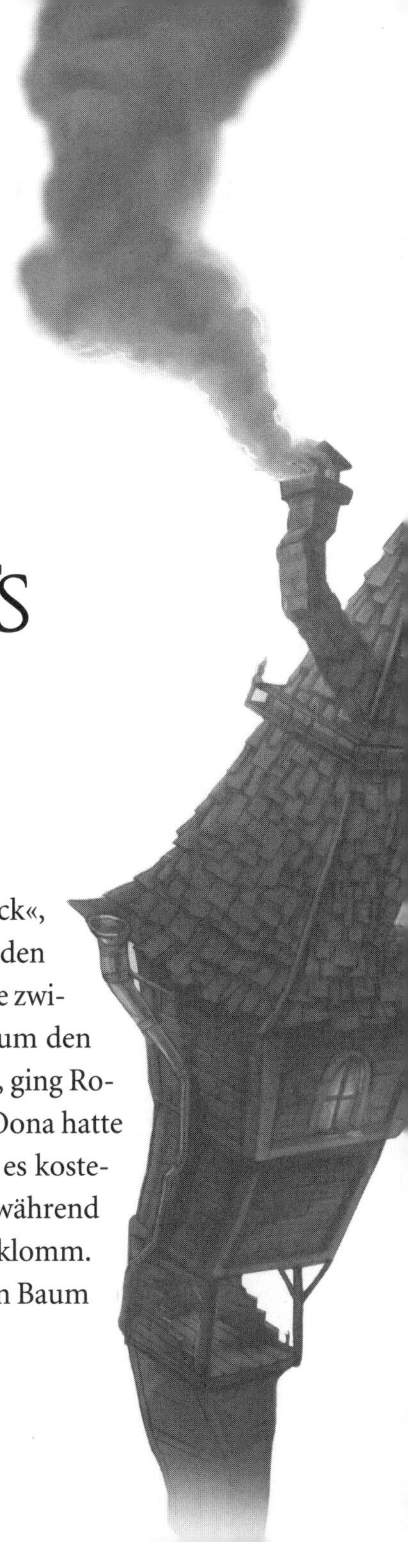

»Wenn du keinen Ärger willst, Roderick«, drohte Sir Baltimore, »dann rate ich dir, den Wettstreit zu gewinnen!« Mit einer Zigarre zwischen den Zähnen und Rauchschwaden um den Kopf, als stünde sein Inneres in Flammen, ging Rodericks Vater vor der Bühne auf und ab. Oona hatte den Mann noch nie so zornig erlebt und es kostete sie alle Mühe, ihn nicht anzustarren, während sie hinter Roderick die Bühnentreppe erklomm. Deacon ließ sich auf einem nahe gelegenen Baum nieder, um auf ihre Rückkehr zu warten.

»Deine kleine Freundin macht dich zum Narren!«, rief Sir Baltimore seinem Sohn zu. »Sie ist schon da oben! Setz dein Hinterteil in Bewegung! Du willst doch wohl keine Schande über deine Familie bringen!«

»Daddy!«, quengelte die kleine Penelope Rutherford. »Du hast doch versprochen, mir ein Märchen vorzulesen!«

Das kleine Mädchen hielt ihr Buch hoch und drosch damit auf ihren Vater ein, wodurch Oona auf unangenehme Weise an Rektorin Duvets erzieherische Stockschläge erinnert wurde.

»Penelope!«, brüllte Sir Baltimore, indem er seiner Tochter das Buch aus der Hand riss und es auf den Bühnenrand knallte. »Wenn du nicht augenblicklich still bist, werde ich dir nie wieder eins von diesen blödsinnigen Märchen vorlesen.« Dann richtete er seine Aufmerksamkeit wieder auf Roderick und drohte ihm mit den Fäusten. »Vergiss nicht, was wir gestern Abend besprochen haben, Sohn. Und jetzt sieh zu, dass du gewinnst.«

Mittlerweile hatten Oona und Roderick die Bühnenmitte erreicht, wo der Architekt gemächlich seine Zeitung zusammenfaltete und sich erhob. Er überprüfte den Sitz seines lächerlich hohen Zylinderhuts, während Deacon auf die Szene herabblickte.

Außer Atem schaute Oona von Sir Baltimore zu Roderick – besonders von Sir Baltimores geballter Faust zum violettfarbenen Bluterguss auf Rodericks Wange – und konnte sich lebhaft vorstellen, wie das »Gespräch« der beiden ausgesehen hatte. Jetzt sauste Sir Baltimores Faust auf Penelopes Märchenbuch nieder.

»Mach sie fertig, Sohn!«, rief er. »Die Familie zählt auf dich!«

Nachdem Roderick seinem Vater einen flüchtigen Blick zugeworfen hatte, überreichten er und Oona ihre Stachelschweinborsten dem Architekten, worauf dieser jedem von ihnen einen Schlüssel aushändigte.

»Geht über die Seitenstiege in den dritten Stock«, sagte er und deutete auf die Außentreppe, über die Oona und die anderen am Tag zuvor herabgestiegen waren.

»Das ist alles«, erklärte der Architekt, nahm wieder Platz und wandte sich erneut seiner Zeitung zu.

»*Lauf zu!*«, schrie Sir Baltimore.

Oona und Roderick rannten zur Treppe, als Adler Iree hinter ihnen auf die Bühne gestürmt kam. Es würde ein Kopf-an-Kopf-Rennen, ahnte Oona und trat zwei Stufen auf einmal nehmend den Aufstieg an. Doch als ihr wieder in den Sinn kam, dass Isadora sich längst oben befand und einen Riesenvorsprung hatte, nahm sie gleich drei Stufen auf einmal.

Roderick erreichte die dritte Etage als Erster, wo die Stufen vor einer Tür endeten. Oona spürte, wie das Gebäude in der leichten Brise schwankte, und hörte die Nägel im Holz ächzen. Roderick schob seinen Schlüssel ins Schloss, schlüpfte ins Innere des Turms und knallte Oona die Tür vor der Nase zu.

»Du mieser Halunke!«, rief Oona ihm nach, indem sie ihren eigenen Schlüssel ins Loch rammte und die Tür mit der Schulter aufstieß. Als sie sich umdrehte, um sie zu schließen, sah sie, wie Adler Iree keuchend die letzten paar Stufen erklomm. Weitaus ritterlicher als Roderick Rutherford sich jemals verhalten würde, hielt sie Adler die Tür auf. Geschwind schlüpfte er ins Gebäude und rückte seinen alten abgenutzten Zylinderhut zurecht.

»Was zum …?«, stammelte Adler und erstarrte. Die Tür fiel ins Schloss und Oona wirbelte herum.

»Oh nein!«, keuchte sie und starrte entgeistert auf den Anblick, der sich ihr bot. »Worauf habe ich mich nur eingelassen? Wo bin ich da nur reingeraten?«

»Das frage ich mich auch«, sagte Adler.

Adler und Oona waren fassungslos. Einen knappen Meter vor ihren Füßen erstreckte sich eine riesige offene Schlangengrube. Die Schlangen wanden und krümmten sich. Ihre schuppigen schwarzen Körper glitten über- und untereinander wie ein lebendiger dunkler Teppich. Oona presste sich mit dem Rücken gegen die Tür. »Wo ist Roderick?« Sie konnte keine Spur von dem Jungen entdecken. »Und Isadora?«, fügte sie hinzu.

»Ich habe nicht die leiseste –«, begann Adler, doch die Worte blieben ihm im Halse stecken, als etwas neben seinem Kopf herabschoss. Er wich zur Seite und vermied es mit knapper Not, vom Schwanz des Viechs getroffen zu werden. »Was war das denn?«, fragte er atemlos.

Doch das rätselhafte Ding hatte sich bereits in Luft aufgelöst. Oona legte den Kopf in den Nacken, um zur Decke zu schauen, nur um festzustellen, dass es keine gab. Zumindest nicht direkt über ihnen. Nur wenn sie die Augen zusammenkniff, konnte sie zehn oder mehr Stockwerke über ihnen etwas erahnen, das den Raum nach oben hin begrenzte.

»Sieh mal«, sagte Oona und deutete hinauf.

Ohne seinen Platz an der Wand zu verlassen, spähte Adler nach oben.

»Ist das da ein Flussdampfer?«

Oona nickte. Es handelte sich tatsächlich um einen Flussdampfer: ein Mississippi-Schaufelraddamper, wenn Oona sich recht erinnerte.

Ihre Mutter war begeistert von Wasserfahrzeugen aller Art gewesen und hatte ein Buch mit Illustrationen besessen, in dem auch ein Raddampfer abgebildet war, der zu den Lieblingsbooten von Mutter und Tochter gehört hatte.

An Drahtseilen befestigt schwebte das wunderschöne weiße Boot etwa zwei Stockwerke über ihren Köpfen, inklusive weißem Schaufelrad am Heck und Flusskrebsen am Schiffsrumpf. Wie der Architekt es geschafft hatte, es in den Turm zu quetschen, war Oona zunächst schleierhaft, bis ihr klar wurde, dass dies die Stelle sein musste, wo der Turm eine Ausbuchtung hatte und an eine Schlange erinnerte, die gerade ein Ei verschluckt.

Apropos Schlangen, dachte Oona. *Irgendetwas stimmte nicht mit diesen Kriechtieren.*

Kaum war ihr der Gedanke in den Sinn gekommen, sprang eine der Schlangen in die Luft. Als sei dieses Verhalten nicht bestürzend genug, entfaltete sie plötzlich ein großes schwarzes Flügelpaar und flog direkt auf Oona zu. Sie schrie auf und hielt sich die Hände vors Gesicht, doch die Schlange drehte im letzten Augenblick ab und klatschte Oona den Schwanz gegen die Wange, worauf sie sich aufwärts schwang und über dem Boot verschwand.

»Haben Sie das gesehen?«, rief Adler entgeistert.

Bevor sie antworten konnte, sah Oona etwas anderes, das sie überraschte. Es war Roderick Rutherford, der über die Reling des Dampfers zu ihr hinabspähte.

»Wie sind Sie da heraufgekommen?«, fragte Oona.

Eine weitere Schlange sprang aus der Grube, fuhr ihre Flügel aus und schoss auf Adler zu, der sich schützend die Hände vors Gesicht hielt. Die Schlange riss das Maul auf und entblößte ihre schreckenerregenden, blitzenden Zähne, mit denen sie Adlers Hutkrempe zu fassen kriegte und ihm den Zylinder vom Kopf riss.

»Gib den sofort wieder her!«, rief Adler.

Beherzt packte er sie, sie ließ sich jedoch nicht stoppen. Ihr Schwanz wand sich um Adlers Handgelenke. Wie wild schlug sie mit den Flügeln und beförderte Adler und seinen Zylinderhut in die Lüfte. Mit einem überraschten Aufschrei schaute Adler nach unten, als die Schlange mit ihm am Schiffsrumpf vorbeisegelte und hinter der Reling verschwand.

»Ach, so geht das!«, sagte Oona. »Sieht gar nicht so schwer aus …«

Nach diesen nicht besonders zuversichtlich klingenden Worten lehnte sie sich an die Wand und versuchte, ihre aufgewühlten Nerven zu beruhigen. Wenige Sekunden später bekam sie die Chance, ihre Theorie zu beweisen. Eine andere Schlange sprang in die Luft, entfaltete die Flügel und flog direkt auf sie zu. Doch diese Schlange unterschied sich von den anderen. Während die übrigen Schlangen schwarz waren, wies dieses Exemplar ein schneeweißes Schuppenkleid auf – eine Albino-Schlange –, mit riesigen, roséfarbenen Fledermausflügeln. Einen halben Herzschlag später schwangen sich alle anderen in die Luft und machten Jagd auf die weiße.

Es passierte alles so schnell, dass Oona keine Zeit blieb, ihren Plan zu überdenken, und als die weiße Schlange haarscharf über ihren Kopf flog, streckte sie die Arme aus und packte sie. Der weiße Schwanz schlang sich fest um ihre Handgelenke, und Oona und das Schlangentier schossen in die Höhe. Doch im Gegensatz zu Adlers Schlange, steuerte die weiße nicht direkt auf die Schiffsreling zu, sondern stieg stattdessen nur bis zum Schiffsrumpf auf, bevor sie sich wieder nach unten stürzte.

Oona schrie auf und hatte das Gefühl, ihr Magen sei oben hängen geblieben. Beängstigender als der wilde Flug war jedoch der Schwarm fliegender Schlangen, der ihr wie ein Miniaturwirbelsturm folgte. Ihre offenen Mäuler mit den blitzenden Fangzähnen waren nur Zentimeter von Oonas Füßen entfernt.

Doch wieder änderte die weiße Schlange abrupt ihre Flugbahn und schoss steil nach oben. Bei der Wende schleiften Oonas Schuhe kurz über den Boden. Einige der verfolgenden Schlangen stürzten in die Grube, aber die meisten schafften es gerade noch rechtzeitig abzudrehen.

Die weiße Schlange stieg steil nach oben, während der Schwarm ihrer schwarzen Artgenossen Oona dicht auf den Fersen blieb. Die Geschwindigkeit war atemberaubend und ihre Röcke klebten ihr förmlich an den Beinen, als sie wie eine Kanonenkugel über das Schiff katapultiert wurde.

Hinter dem Oberdeck ging es mit einem Mal wieder steil nach unten. Oona drehte sich der Magen um und ihre Arme fühlten sich an wie Gummi. Für den Bruchteil einer Sekunde glaubte sie, Isadora Iree durch die Luft segeln zu sehen, doch im Nu war sie wieder aus ihrem Blickfeld verschwunden. Oona schüttelte den Kopf und nahm an, dass ihre Fantasie ihr einen Streich gespielt hatte.

Spiralförmig flogen sie abwärts, so dicht am Rand des Turms, dass Oonas Füße die Wand streiften. Bei einem schnellen Blick nach unten sah sie, dass mehrere Schlangen sich an den Fersen ihrer Schuhe festgebissen hatten.

»Oje!«, quiekte sie. »Wie ärgerlich!«

Entschlossen trat sie nach ihnen, worauf sie mit aller Kraft die Knie an die Brust zog und versuchte, ihre Füße so weit wie möglich von der nachfolgenden schwarzen Meute fernzuhalten. Doch die Schlangen rückten nach und plötzlich merkte Oona, dass ihr übel wurde.

Gnädigerweise verlangsamte die weiße Schlange ihre Geschwindigkeit, überflog das Oberdeck des Dampfers und kollidierte fast mit Adler Iree, der mit aufgerissenen Augen an der Reling stand.

»Loslassen!«, rief er und duckte sich, als Oona und der Schlangenschwarm nur wenige Zentimeter über seinem Kopf dahinsausten.

»Loslassen? Sind Sie verrückt?«, rief Oona.

Die weiße Schlange steuerte geradewegs auf die Seitenwand zu, ging jedoch kurz vor dem Aufprall in eine scharfe Linkskurve. Die erste Hälfte des nachfolgenden Schwarms sauste gegen die Wand und taumelte benommen zurück in die Schlangengrube, während die zweite Hälfte gerade noch rechtzeitig beidrehte und ihren Flug gleichzeitig beschleunigte. Auch die weiße Schlange wurde schneller.

Mit schmerzenden Armen klammerte Oona sich an das fliegende Schlangentier, das wieder und wieder den Dampfer umkreiste und mit jeder Runde an Geschwindigkeit zulegte. Die Umgebung verschwamm vor Oonas Augen. Ihr gesamtes Blut schien ihr in die Füße zu sacken und sie hatte das Gefühl, jeden Moment ohnmächtig zu werden. Kurz bevor Oona das Bewusstsein verlor, schwang sich die weiße Schlange erneut bis zum Oberdeck des Dampfers hinauf.

Oona wusste, was sie zu tun hatte. Trotz ihres instinktiven

Drangs, sich festzuhalten, löste sie ihren Griff, fühlte sich, als hätte sie vollkommen die Kontrolle verloren, und hoffte verzweifelt, dass Adlers Ratschlag klüger war, als es den Anschein hatte.

Sobald sie losgelassen hatte, ließ die Schlange von ihren Handgelenken ab und sie fiel, wirbelte durch die Luft, stürzte tiefer und tiefer ... und landete direkt in Adler Irees ausgestreckten Armen.

»Ich hab Sie!«, schrie Adler. »Uffda!«

Er taumelte zurück, die beiden purzelten aufs Deck und Oona landete mit gebauschten Röcken auf Adlers Bauch. Zunächst hatte sie jedoch nicht das Gefühl, zum Stillstand gekommen zu sein, denn alles um sie herum schien sich zu drehen.

Sie versuchte, sich zu konzentrieren, schaute auf zu einem Gesicht ... mit Zeichen drauf. Aber das war albern, wieso sollte ein Gesicht ...

Als ihr Blick endlich klarer wurde, erkannte sie, wo sie sich befand: an Deck eines Flussdampfers, auf Adler Irees Körper liegend, ihre Gesichter nur wenige Zentimeter voneinander entfernt. Sie spürte, wie sein Atem ihre Wange streifte, und fragte sich, wessen Gesicht wohl röter war – Adlers Gesicht oder ihr eigenes.

»Danke«, hauchte Oona.

Adler strich ihr eine Haarsträhne aus der Stirn, und obwohl sie es nicht für möglich gehalten hätte, spürte Oona, wie ihr Herzschlag sich noch mehr beschleunigte.

»Ist alles in Ordnung mit Ihnen?«, fragte Adler.

Oona nickte und verlor sich für einen Moment in Adlers verschwommen wirkenden Gesichtszügen mit den Tätowierungen, die sie noch nie so nah vor Augen gehabt hatte. Sie sann kurz über ihre Bedeutung nach, bevor gute Manieren und Anstand wieder die Oberhand gewannen. Beim Anblick ihrer Röcke, die sich wie ein ungemachtes Bett um ihre Beine bauschten, richtete sie sich hastig auf, wobei sie Mühe hatte, das Gleichgewicht zu halten. Als sie einen Blick über die Reling wagte, sah sie, dass die Schlangen ihren wilden Flug beendet hatten und offensichtlich in die Schlangengrube zurückgekehrt waren.

»Das war faszinierend, in der Tat«, stellte Adler fest und Oona fragte sich beklommen, ob er die Reise mit den geflügelten Schlangen oder ihre hautnahe Begegnung meinte. Sie wusste einfach nicht, was sie sagen sollte.

»Haben Sie eine Idee, woher der Architekt die fliegenden Schlangen hat? Ich habe solche Kreaturen noch nie gesehen«, unterbrach Adler schließlich die unbehagliche Stille.

Nervös strich Oona sich durchs Haar. Es war eine gute Frage, doch sie machte sich mehr Gedanken darum, wo die anderen geblieben waren.

»Wo sind Roderick und Isadora?«, fragte sie.

Langsam schaute Adler nach oben.

Seinem Blick folgend, legte Oona den Kopf in den Nacken und bekam einen ziemlichen Schreck. Plötzlich erinnerte sie sich daran, dass sie einen Moment lang geglaubt hatte, Isadora durch die Luft schweben zu sehen. Sie hatte sich keinen Reim darauf machen können, doch jetzt wusste sie, was los war. Kopfschüttelnd fragte sie sich, auf was sie sich bloß eingelassen hatten.

Fünf, sechs Meter über ihnen sah sie Roderick Rutherford, und nicht weit von ihm entfernt befand sich auch Isadora. Beide versuchten, auf wenig vertrauenerweckenden Luftgefährten, bei denen es sich anscheinend um langsam aufsteigende Teppiche handelte, das Gleichgewicht zu halten. Keiner von ihnen wirkte besonders zuversichtlich, während die schwebenden Teppiche nach und nach auf die hohe Decke zusteuerten. Roderick schwankte bedenklich hin und her, und Isadora sah aus, als würde sie jeden Moment nach vorn purzeln, beide bemühten sich mithilfe von Besenstielen die Balance zu halten.

»Fliegende Teppiche«, sagte Oona und fand die Vorstellung gleichermaßen spannend wie beängstigend. Aus ihren Lehrstunden mit Deacon wusste sie, dass es nur sehr wenige davon gab – von Feen gefertigte Relikte aus der Zeit vor dem Großen Feenkrieg – und dass sie bei falscher Handhabung sehr gefährlich sein konnten.

»Wo bekommen wir unsere?«, fragte Oona aufgeregt.

»Das werden wir sicher bald herausfinden«, sagte Adler, und die beiden steuerten die unteren Decks an und machten sich auf die Suche.

Sie entdeckten sie auf dem untersten Deck in der Nähe des Hecks.

Neben dem Schiffsrumpf schwebten zwei Teppiche, auf denen jeweils ein Besenstiel lag. Beim Anblick der wunderschönen magischen Meisterwerke verschlug es Oona den Atem.

Nie zuvor hatte sie einen fliegenden Teppich von Nahem gesehen. Sie zeugten von exzellenter Handwerkskunst, was Oona nicht überraschte. Alles, was mit Feenhänden gefertigt wurde, war stets von allerhöchster Qualität. Das kunstvolle Muster schien aus feinstem Material gewirkt zu sein – doch es war weder Wolle noch Seide noch irgendein anderes Garn, das Oona vertraut war, stattdessen handelte es sich um Fäden aus Licht.

Die roten, goldenen, schwarzen und blauen Fäden bildeten prachtvolle Muster, die Oona an Elfengesichter erinnerten. Es war anzunehmen, dass die Teppiche aus dem *Museum für Magische Geschichte* stammten.

Hoffentlich funktionieren die Dinger nach jahrhundertelanger Lagerung noch ordnungsgemäß, dachte sie.

Oona hatte ihr Versprechen nicht vergessen, während des Wettstreits auf den Einsatz von Magie zu verzichten, kam jedoch zu dem Schluss, dass die Regel nicht zutraf, da es sich nicht um ihre eigene Magie handelte. Außerdem sollten die Teppiche offenbar von allen genutzt werden, weshalb die Chancengleichheit aller Teilnehmer gewahrt blieb.

»Ich glaube, ich nehme den da«, sagte Oona, indem sie über die Reling langte und den Besenstiel ergriff.

Adler nickte. »Oh … ja. Also schön«, erwiderte er, bevor er über die Reling kletterte und vorsichtig die Fußspitze auf den letzten verbleibenden Teppich tippte. Bei der ersten Berührung begann der Teppich augenblicklich aufzusteigen, und Adler machte große Augen. Hastig schnappte er sich den Besenstiel und hielt ihn wie Roderick und Isadora vor den Körper, um nicht das Gleichgewicht zu verlieren. Langsam stieg er auf und schwebte in Richtung Oberdeck.

Oona kletterte derweil auf ihren eigenen Teppich und testete, wie viel Halt er ihr bot. Das Ganze schien eine ziemlich wackelige Angelegenheit zu sein und am liebsten hätte sie den Besenstiel wie die anderen nach Art eines Hochseilartisten im Zirkus als Balancierstange benutzt. Aufgrund ihrer magischen Kenntnisse widerstand Oona jedoch dieser Versuchung. Stattdessen stellte sie sich breitbeinig hin und beugte die Knie, um trotz des wackligen Gefährts einen festen Stand zu bekommen. »Magische Teppiche müssen angetrieben werden«, flüsterte sie vor sich hin.

Wenn sie sich recht erinnerte, hatten Feen bei ihren Feldzügen gegen die Magier des Altertums Teppiche anstelle von Pferden benutzt. In einem Buch namens *Der Krieg* hatte Oona auf einer Abbildung gesehen, wie Tausende von Feensoldaten einen Hügel hinabgesegelt waren, jeder auf seinem eigenen magischen Teppich mit einem Pinienholzbesenstiel in der Hand.

»Wieso haben sie alle einen Besen?«, hatte Oona etwa drei Jahre zuvor von Samuligan wissen wollen. Sie war mit dem Buch zu dem Feendiener marschiert, denn sie wusste, dass er ihre Frage am ehesten beantworten konnte, da er einst als mächtiger General in der Feenarmee gedient hatte.

Samuligan hatte ihr ein schelmisches Lächeln geschenkt und geantwortet: »Wir haben sie benutzt, um unsere Teppiche zu bürsten. Die Teppiche brauchen Antrieb, versteht Ihr? Und je zügiger und gleichmäßiger man einen Zauberteppich fegt, desto schneller und ruhiger wird er fliegen.«

Während sie jetzt auf ihrem eigenen Teppich stand, schaute Oona grinsend nach oben und stellte fest, dass ihre Kontrahenten ihr Wissen offensichtlich nicht teilten. Und dann begann Oona zu fegen, zuerst langsam, da es ihr noch schwerfiel, die Balance zu halten, doch je mehr sie über den Teppich fegte, desto höher und schneller stieg sie nach oben, während ihre Standfestigkeit sich nach und nach verbesserte. In der Tat, je mehr Schwung sie bekam, desto leichter fiel es ihr, das Gleichgewicht zu halten.

Im Handumdrehen hatte sie Adler überholt, der in die andere Richtung schaute und Mühe hatte, in Balance zu bleiben und nicht mitbekam, dass Oona schneller aufstieg als er.

Das klappt ja ziemlich gut, dachte sie und stellte fest, dass es nicht nur ihr Selbstbewusstsein förderte, in Führung zu gehen, sondern auch ziemlich viel Spaß machte.

Doch dann hörte sie, wie Roderick, der sich direkt über ihr befand, ihr zurief: »Ich sehe, was Sie da machen!«

Roderick spähte zu ihr herunter und wandte sich dann mit den Armen rudernd an Isadora. »Isadora, Mylady! Benutzen Sie den Besen zum Teppichfegen! Das ist der fehlende Hinweis!«

»Der fehlende Hinweis?«, sagte Oona und fragte sich, was Roderick damit meinte.

Als Roderick keine Antwort gab, wurde ihr klar, dass ihr keine Zeit zum Grübeln blieb. Stattdessen begann sie, schneller zu fegen, in der Hoffnung, Roderick hinter sich zu lassen, bevor er die Geschwindigkeit seines Teppichs erhöhen konnte. Doch wegen ihrer plötzlichen Panik fegte sie immer hektischer und weniger gleichmäßig, wodurch sie mehr und mehr aus dem Gleichgewicht geriet.

Sie schlug wild mit den Armen um sich, als der Teppich nach links absackte wie ein Floß, das von einer Welle nach unten gezogen wird. Bei dem Versuch, im Gleichgewicht zu bleiben, ließ sie um ein Haar den Besenstiel fallen. Sie spürte, wie er ihr entglitt, doch im letzten Moment bekam sie das Stielende wieder zu fassen. In der Zwischenzeit hatte sie an Tempo verloren, sodass sich Isadoras und Rodericks Vorsprung weiter vergrößerte.

Glücklich, dass sie den Besen hatte retten können, begann sie erneut zu fegen, wobei sie diesmal die Geschwindigkeit nach und nach erhöhte. Es funktionierte. Langsam näherte sie sich

Rodericks Teppich, doch da er mittlerweile das Geheimnis des Teppichfegens herausgefunden hatte, schwebte er fast genauso schnell aufwärts wie Oona.

Zu allem Überfluss hörte Oona jetzt einen dritten Besen, und sie wusste genau, wo diese Fegegeräusche herkamen. Hoch über ihr und den anderen stieg Isadora zügig in Richtung Decke auf.

Oona fegte schneller, wobei sie nun darauf achtete, im Rhythmus zu bleiben. Beinahe hatte sie Roderick eingeholt, während ihre Hände kraftvoll im Takt arbeiteten, was sie daran erinnerte, wie sie drei Monate zuvor zur Spitze des *Goblin Tower* gelangt war, indem sie gleichmäßig auf eine Handtrommel eingeschlagen hatte: eins, zwei, drei, vier, eins, zwei, drei, vier. Und jetzt reiste sie erneut durch das Innere eines Turms, nur dass sie diesmal nicht mit vier faulen Goblins unterwegs war, sondern sich ein Wettrennen gegen Roderick Rutherford lieferte, mit dem sie mittlerweile gleichauf war, und gegen Isadora Iree, der sie und Roderick auf den Fersen waren.

Oonas schimmernder Teppich hatte angefangen zu pulsieren wie ein schlagendes Herz und als sie dabei war, Roderick zu überholen, war ein viertes rhythmisches Bürstgeräusch zu hören. Adler war mittlerweile ebenfalls hinter das Geheimnis des Fegens gekommen und arbeitete zügig vor sich hin, doch er lag zu weit zurück, um seine Gegner einzuholen, es sei denn, einer von ihnen beginge einen schweren Fehler.

Jetzt war es ein Dreierrennen zwischen Oona, Roderick und Isadora, deren Vorsprung kleiner und kleiner wurde. Oonas und Rodericks Teppiche stiegen Seite an Seite höher und als sie Isadora eingeholt hatten, war das ansonsten so würdevolle Gesicht der feinen jungen Lady durch das anstrengende Fegen ganz rot geworden. Oona fragte sich ernsthaft, ob sich Isadora je zuvor zu einer derart profanen häuslichen Arbeit herabgelassen hatte, aber dieser Gedanke war im Nu wieder vergessen.

Sie konnte das Ziel schon deutlich vor sich sehen. Etwa zehn Meter über ihnen säumte ein hölzerner Laufgang die runden Turmwände. Entnervt stellte sie fest, dass der Ausgang sich auf Isadoras Seite befand. Doch Oona hatte vor, als Erste dort anzukommen.

Sie begann so kräftig zu fegen, dass ihr Rock an den elektrisch aufgeladenen Besenborsten klebte. Sie triumphierte. Sie würde gewinnen. Sie würde beide hinter sich lassen.

Und dann passierte es. Ein Wackeln. Ein Ruck. Und Oona hatte das Gefühl, jeden Moment abzustürzen. Ihr Teppich buckelte und drohte sie abzuwerfen. Nur mit Mühe konnte sie sich oben halten. Das Herz klopfte ihr bis zum Hals und sie stieß einen panischen Schrei aus. Glücklicherweise war die Aufwärtsbewegung noch so stark, dass der Teppich sie nicht herunterschleudern konnte.

Sie holte tief Luft und hatte sich fast wieder gefangen, doch als sie sich fragte, was geschehen war, spürte sie einen zweiten Ruck, der viel heftiger ausfiel als der erste. Diesmal war sie besser gewappnet und konnte sich trotz der plötzlichen Buckelbewegung nicht nur oben halten, sondern auch erkennen, was es mit der Fehlfunktion ihres Fluggeräts auf sich hatte – bei der es sich keineswegs um eine technische Störung handelte.

Roderick hatte das Fegen zeitweise eingestellt und nutzte seinen Besen stattdessen, um Oona den Teppich unter den Füßen wegzuschlagen.

»Sie hinterhältiger Rüpel! Sir, Sie sind *kein* Gentleman!«

Roderick beachtete sie nicht. Sichtlich erfreut, dass er mit seiner Aktion zumindest dafür gesorgt hatte, Oonas Vorankommen zu stoppen, hatte er längst wieder mit dem Fegen seines Teppichs begonnen.

Oona hatte nicht übel Lust, Roderick mit ihrem eigenen Besenstiel zu attackieren, besann sich jedoch eines Besseren, denn dadurch hätte sie Roderick in die Hände gearbeitet, indem sie noch mehr Zeit verschwendete, um mit ihm abzurechnen, während er und Isadora ihren Vorsprung vergrößerten.

Oona nahm die Schultern zurück, packte den Besenstiel und fegte wieder los – in langen, gleichmäßigen Zügen, die nach und nach schneller wurden. Ihr war klar geworden, dass es bei diesem Spiel nicht in erster Linie um Kraft, sondern vor allem um Zeiteinteilung, Rhythmus und Ausdauer ging.

Ihre Arme und Schultern schmerzten bereits, die Muskeln spannten sich wie Stahlseile. Entschlossen kämpfte sie gegen die Erschöpfung an und holte nach und nach auf. Der Abstand zu ihren Gegnern verringerte sich zusehends. In Oonas Brust glomm ein winziger Hoffnungsschimmer auf. Noch hatte sie die Chance zu gewinnen.

Doch die Hoffnung war bald verflogen und wurde durch Bitterkeit, Enttäuschung und Zweifel ersetzt.

Oonas fieberhaften Bemühungen zum Trotz, war es Isadora, die als Erste oben anlangte. Mit einer sanften, geübt wirkenden Landung kam ihr Teppich am Rand des wackligen Laufgangs zum Stillstand. Oona hätte vor Wut schreien können, als Isadora leichtfüßig abstieg und auf den Ausgang zueilte.

Als Nächster kam Roderick oben an, aber nachdem sein

Teppich ruckelnd zum Stehen gekommen war, trat er gemächlich auf den Laufgang und hatte es anscheinend keineswegs eilig, Isadora zu überholen – ein Verhalten, das Oona äußerst merkwürdig erschien, wenn man bedachte, wie heftig Rodericks Vater seinen Sohn gedrängt hatte, den Wettstreit zu gewinnen.

Oona hingegen befand sich in einer ganz anderen Gemütsverfassung. In diesem Moment hätte sie alles darum gegeben, vor Isadora an die Tür zu gelangen, mochte die Chance auch noch so unrealistisch sein. Sie sah ja, dass der Abstand zwischen ihnen zu groß war. Isadora hatte zu viel Vorsprung, um von ihr eingeholt zu werden. Als Oona wenige Sekunden nach Roderick auf den Laufgang sprang, rannte sie dennoch, so schnell sie konnte, über die wackeligen Holzplanken.

Isadora rüttelte an der Tür, doch sie ließ sich nicht öffnen. Hastig fummelte sie mit dem Schlüssel herum, den jeder von ihnen vom Architekten erhalten hatte, und versuchte, ihn ins Schloss zu rammen, bevor die anderen sie einholen konnten.

Oonas Herz geriet ins Stolpern. Einen kurzen Moment lang hoffte sie, dass sie vielleicht doch noch eine winzige Chance hatte. Ja. Es gab sie, die vage Möglichkeit, dass sie in dem Moment zur Tür gelangte, wenn Isadora sie öffnete, und hindurchschlüpfen konnte, bevor ihre Kontrahentin überhaupt wusste, wie ihr geschah. Sie hatte schon den Geschmack des Sieges auf der Zunge, aber leider befand Roderick sich zwischen ihr und Isadora. Entschlossen baute er sich vor Oona auf und versperrte ihr den Weg zur Tür … und damit zerplatzten ihre Träume wie eine Seifenblase.

In den wenigen Sekunden, die Oona von Roderick aufgehalten wurde, indem er die Arme nach links und rechts ausstreckte und von einer Seite des Laufgangs auf die andere sprang, riss Isadora den Schlüssel aus dem Schloss und stieß die Tür weit auf. Eine Flut von Sonnenlicht erhellte ihr selbstgefälliges Gesicht, als sie den Schlüssel wie einen Siegerpokal in die Luft hielt, und zu Oonas Entsetzen auch aus dem zweiten Wettkampftag als Siegerin hervorging.

Das Ganze erinnerte Oona an einen bösen Traum. Wie am Tag zuvor trat Roderick Rutherford wenige Sekunden nach Isadora als Zweiter durch die Tür und überließ Oona den dritten Platz.

Als sie im grellen Sonnenschein blinzelnd aus dem Turm trat, musste Oona sich zusammenreißen, um nicht vor Empörung laut loszuschreien. Isadora bedachte sie mit einem triumphierenden Grinsen, während ihr der Architekt ein weiteres blaues Band überreichte. Oona konnte nichts anderes tun, als matt zurückzulächeln. Sie hatte schon wieder verloren, und das war einfach unerträglich.

Kapitel 11

OONA UND ADLER

»Ich glaube, meine Schwester mogelt«, sagte Adler. »Und jetzt bin ich aus dem Wettstreit ausgeschieden.«

Adler und Oona saßen Seite an Seite auf der Bordsteinkante und sahen zu, wie die Zuschauer den Oswald Park verließen. Deacon hatte seinen Stammplatz auf Oonas Schulter eingenommen. In der Ferne ragte der Magierturm wie ein drohender Finger in den Himmel.

Oona hoffte, dass Rektorin Duvet von der *Akademie für feine junge Ladys* nicht zufällig vorbeispaziert kommen würde, da es als höchst undamenhaft galt, mit den Füßen auf einem Gullideckel auf dem Gehsteig zu sitzen. Doch das war Oona im Moment einerlei. In der Hand hielt sie das zweite weiße Band, das sie von dem Architekten erhalten hatte und auf dem sich das Rätsel für die morgige Aufgabe befand.

»Entschuldigung. Was sagten Sie noch gleich?«, fragte Oona. Es fiel ihr im Moment sehr schwer, sich auf etwas zu konzentrieren, selbst wenn es sich um Adler Irees Stimme mit dem charmanten irischen Akzent handelte.

»Ich habe gesagt, dass ich glaube, meine Schwester mogelt«, erwiderte er. »Aber ich weiß einfach nicht wie.«

Eine Weile saßen sie schweigend da, während die Wettstreitbesucher sich nach und nach zerstreuten. In der Menge befanden sich auch Sir Baltimore Rutherford, seine Tochter Penelope sowie Roderick. Sir Baltimore sah wütender aus als je zuvor. Sein normalerweise tadellos frisiertes Haar stand büschelweise hoch, als hätte er es sich gerauft.

»Liest du mir jetzt was vor, Daddy?«, bettelte Penelope, als sie durch das Parktor traten.

Zu Oonas Überraschung riss Sir Baltimore das Buch aus den kleinen Händen seiner Tochter und schleuderte es zornig von sich. Es segelte fast fünfzehn Meter weit bis hinter den Zaun und plumpste schließlich zwischen ein paar Dornenbüschen zu Boden.

»Daddy!«, kreischte Penelope. »Mein Buch! Jetzt kannst du mir gar nichts mehr vorlesen!«

Einige Leute blieben stehen und deuteten tuschelnd auf die streitende Familie.

»Ich brauche das verdammte Buch nicht!«, brüllte Sir Baltimore seine Tochter an. »Ich habe es dir schon hundert Mal vorgelesen. Ich kann jedes seiner enervierenden Worte auswendig hersagen!«

»Lass deine Wut nicht an Penelope aus, Vater«, sagte Roderick. »Du bist doch auf mich wütend und nicht auf sie.«

»Da hast du verflixt noch mal recht! Ich habe eine Mordswut auf dich!«, brüllte Sir Baltimore. »Jetzt hast du schon zum zweiten Mal verloren. Und das ohne jeden Grund. Was hast du vor? Willst du deine Familie in den Ruin treiben? Warte nur, bis wir nach Hause kommen! Man sollte … man sollte dich …« Als ihm klar wurde, dass ein aufmerksames Publikum wie gebannt an seinen Lippen hing, verstummte Sir Baltimore. Er nahm Penelope auf den Arm, trottete an den Zuschauern vorbei und ließ Roderick stehen.

»Was ist mit meinem Buch?«, heulte Penelope.

»Ich will nichts mehr hören von dem verflixten Buch. Ich kaufe dir ein anderes«, knurrte Sir Baltimore und schaute sich nach Roderick um. »Wenn ich's mir noch leisten kann.«

Die letzten Worte hatte er zu sich selbst gesagt, doch seine Kutsche stand direkt neben der Bordsteinkante, wo Oona und Adler sich niedergelassen hatten.

Und genau in diesem Augenblick kam Isadora Iree durch das Parktor spaziert, dicht gefolgt von ihrer Mutter, Rektorin Duvet und einigen jüngeren Akademieschülerinnen. Keine von ihnen würdigte Oona auch nur eines Blickes, wofür Oona sehr dankbar war. Sie hatte keine Lust, Leute, die nichts von ihr hielten, höflich anzulächeln.

Oona, Adler und Deacon schauten zu, wie Roderick auf Isadora zuging, ihre Hand ergriff und sich verbeugte, worauf Isadora einen Knicks machte.

»Sie haben sich hervorragend geschlagen, Mylady«, schmeichelte Roderick.

»Sie aber auch«, erwiderte Isadora. Und als sie die Hand zurückzog, sah Oona, wie sie ein kleines Stück Papier im Ärmel verschwinden ließ.

»Eine Botschaft«, sagte Oona.

»Wie bitte?«, fragte Adler.

»Eine Botschaft«, wiederholte Oona. »Roderick hat Isadora eine Botschaft zugesteckt.«

Adler verdrehte die Augen. »Oh. Wahrscheinlich wieder eins von seinen Liebesgedichten.«

»Sie wissen von den Gedichten?« Oona fragte sich, was Adler wohl von solchen Sachen halten mochte.

»Klar«, sagte Adler. »Hab sie nie gelesen, deshalb weiß ich nicht, ob sie was taugen. Isadora sagt, sie seien nur für *die Augen der Angebeteten* bestimmt. Was auch immer das bedeuten soll.«

Oona errötete. Sie ahnte, was Isadora damit meinte und träumte kurz davon, eines Tages einen Brief von Adler zu erhalten, der nur für ihre Augen bestimmt war.

»Komm schon, Roderick. Wir wollen gehen!«, rief Sir Baltimore.

Roderick zuckte die Achseln und die beiden trennten sich. Er eilte zur Kutsche seines Vaters und Isadora kehrte zu ihrem Gefolge zurück, das sich in entgegengesetzter Richtung in Bewegung gesetzt hatte.

Oona schaute den Damen nach, bis sie in der Menge verschwunden waren, und widerstand dem Drang, ihnen nachzugehen. Eine von ihnen, entweder Madame Iree oder Isadora selbst, war in Besitz des Kristallschalen-Orakels. Oona hätte sie nur allzu gern dabei erwischt, wenn sie die Schüssel aus ihrem geheimen Versteck zogen, um ihr die Lösungen der Rätsel zu entlocken.

»Es gibt Gerüchte, dass beim Wettstreit für Sir Baltimore eine größere Summe auf dem Spiel steht.«

Oona zog die Brauen hoch. »Sie glauben, er hat auf Rodericks Sieg gewettet?«

Adler schob seinen Zylinderhut zurück. »Es wär eine gute Erklärung für sein Benehmen. Warum sollte er sonst so wütend sein, dass Roderick nur Zweiter wurde?«

Oona dachte an Rodericks geschwollene Wange. »Glauben Sie, dass Sir Baltimore seinen Sohn wegen ein bisschen Geld verprügeln würde?«

»Wer sagt, dass es ein *bisschen* Geld ist?«, warf Adler ein.

Deacon räusperte sich. »Sir Baltimore war schon des Öfteren wegen einer Wette in Schwierigkeiten. Wie mir zu Ohren kam, hat er im Laufe der Jahre einen ziemlichen Batzen Geld an eine gewisse kriminelle Organisation verloren.«

»Du meinst Red Martin und seine *Nightshade-Korporation*?«, fragte Oona.

»Ganz genau«, erwiderte Deacon. »Die Familie Rutherford soll einst weitaus wohlhabender gewesen sein als heute. Und Red Martins Geldbeutel ist dadurch umso dicker geworden.«

»Der Hauptgrund dafür ist sicher Sir Baltimores sogenanntes *eidetisches Gedächtnis,* wenn ihr mich fragt«, sagte Adler. »Sieht so aus, als würde es doch nicht so gut funktionieren, wie er glaubt.«

»Wohl wahr«, entgegnete Deacon.

»Sein was?«, hakte Oona nach, die den Ausdruck nicht kannte.

»Eidetisches Gedächtnis«, wiederholte Deacon. »Ein perfektes Gedächtnis. Manchmal auch als ›absolutes Erinnerungsvermögen‹ bezeichnet. Und in den letzten Jahren, seit der Erfindung des Fotoapparats, spricht man von einem ›fotografischen Gedächtnis‹.«

»Oh ja«, sagte Oona. »Ich weiß noch, wie er vorgestern auf der Feier mit seinem Gedächtnis prahlte und behauptete, er habe es geerbt.«

Adler schüttelte den Kopf. »Ja, na klar. Dafür ist er berühmt. Aber leider scheint Sir Baltimore längst nicht so ein gutes Gedächtnis zu haben wie sein Vater und sein Großvater.«

»Aber was hat das mit Glücksspielen zu tun?«, wollte Oona wissen.

»Er nutzt sein außerordentliches Gedächtnis beim Kartenspiel«, erklärte Deacon. »Aber Kartenspielen ist keine Wissenschaft.«

Oona konnte nicht verstehen, wie man so verantwortungslos sein konnte, sein Vermögen bei Glücksspielen zu riskieren, obgleich sie wusste, dass Sir Baltimore nicht der Erste wäre, der große Geldsummen an Red Martin verloren hatte. Selbst jetzt, wo Red Martin sich versteckt hielt, waren sein *Nightshade-Hotel* und das Kasino noch in Betrieb und zogen weiterhin törichten Spielern das Geld aus den Taschen.

Dieser Gedanke erinnerte Oona wieder daran, welchen Nutzen ein Schurke wie Red Martin aus dem Kristallschalen-Orakel ziehen könnte. Doch sicher war er nicht derjenige, der hinter dem Diebstahl steckte. Wie könnte er der Täter sein, wo bis jetzt sämtliche Beweise – die Tatsache, dass Isadora eine Wettstreitaufgabe nach der anderen gewann und dass Madame Irees Ring unter dem Wohnwagen gefunden wurde – auf die Schneiderin und ihre Tochter deuteten? Oona fragte sich, ob Adler möglicherweise etwas wusste, oder zumindest einen Ort kannte, an dem die Ladys einen solchen Gegenstand verstecken würden.

»Was glauben Sie, wie Isadora es anstellt?«, fragte Oona. »Wie kommt sie an die Antworten?«

»Hab keinen blassen Schimmer. Aber sie findet die Lösungen nicht selbst heraus. Das kann ich mir einfach nicht vorstellen.«

»Nun, es gibt keine Regel, die den Teilnehmern verbietet, sich Hilfe zu suchen«, warf Oona ein.

»Sich helfen zu lassen ist eine Sache«, sagte Adler. »Aber sie kriegt die *Lösungen*. Irgendwie weiß sie sie immer schon im Voraus.«

Oona überlegte, ob sie Adler über das Verschwinden des Kristallschalen-Orakels informieren sollte. Nach gründlichem Nachdenken entschloss sie sich, ihm alles zu erzählen, was sie wusste, einschließlich ihres Verdachts gegen Adlers Mutter. Schließlich war Adler aus dem Wettstreit ausgeschieden, wodurch nur noch sie selbst, Roderick und Isadora am nächsten Tag gegeneinander antreten würden. Sie sah Adler an, blickte in seine schönen Augen und die ganze Geschichte sprudelte von ihren Lippen.

Als sie alles erzählt hatte, schüttelte Adler den Kopf. »Ich kann es mir einfach nicht vorstellen.«

»Welchen Teil der Geschichte?«, fragte Oona.

»Dass meine Mutter in einem ihrer wertvollen Kleider unter einen Wohnwagen krabbelt.«

Oona nickte. »Nun, es handelt sich nur um eine Theorie. Aber wie wollen Sie erklären, dass ihr Ring unter dem Wagen gefunden wurde?«

»Keine Ahnung«, murmelte Adler. Während er darüber nachdachte, runzelte er die Stirn, was Oona äußerst süß fand. »Ich weiß, was Sie denken«, sagte er schließlich.

Oonas Herz fing heftig an zu pochen und ihr Gesicht lief feuerrot an. Doch als Adler fortfuhr, wurde ihr klar, dass er nicht wirklich ihre Gedanken gelesen hatte und nicht ahnen konnte, wie süß sie ihn fand.

»Sie fragen sich, ob meine Mutter diese verflixte Kristallschale geklaut hat. Aber wieso hätte sie dann Isadora die Antworten verraten sollen und mir nicht?«

»Diese Frage habe ich mir auch schon gestellt«, räumte Oona ein und fühlte sich irgendwie schuldig, obwohl sie es gar nicht zur Sprache gebracht hatte, und am liebsten hätte sie Adlers Hand genommen und ihn getröstet. Doch da sie sich in der Öffentlichkeit befanden, hielt sie sich zurück.

»Nun ja, ich kann es mir eigentlich nicht vorstellen. Aber andererseits weiß ich, dass die Mitglieder der *Akademie für feine junge Ladys* eine Art Eid leisten, mit dem sie den anderen Ladys Treue und Unterstützung schwören. Wenn man das bedenkt …«

»Dann könnte sie sich aus Pflichtbewusstsein dafür entschieden haben, die Antworten ihrer Tochter zu verraten und nicht ihrem Sohn.«

»Ja, das wäre möglich. Außerdem weiß sie, dass ich keine Lust hätte, durch Mogeln zu gewinnen.«

Plötzlich fing Oona an zu strahlen, vergaß ihren Sinn für Anstand und Etikette und ohne sich darum zu scheren, dass sie in aller Öffentlichkeit ihre Zuneigung zu einem Jungen bekundete, griff sie nach Adlers Hand und drückte sie. »Das hätte ich mir auch nicht von Ihnen vorstellen können«, sagte sie.

Einige endlose Sekunden lang schauten sie sich in die Augen und Oonas Finger begannen zu kribbeln. Ihr war, als würde sie in seine blauen Augen eintauchen und sich, wenn sie nicht aufpasste, für immer darin verlieren.

Deacon ließ ein unbehagliches Räuspern ertönen und Oona schüttelte den Kopf, als müsse sie sich aus einem hypnotischen Trancezustand lösen. Hastig zog sie ihre Hand zurück. Adler räusperte sich ebenfalls und Oona spürte noch immer das Kribbeln in ihren Fingern.

»Ich kann trotz allem einfach nicht glauben, dass meine Mutter die Kristallschale gestohlen haben könnte, Miss Crate. Ich weiß nicht, wie ihr Ring dorthin gekommen ist, wo er gefunden wurde, aber glauben Sie im Ernst, dass sie unter einen Wohnwagen und durch eine Bodenluke gekrochen ist? Zu so etwas wäre sie gar nicht in der Lage.«

Oona nickte. Die Vorstellung, wie Madame Iree durch Matsch kroch und ihren üppigen Körper durch die Bodenluke zwängte, hatte etwas Komisches. Und jetzt, wo sie darüber nachdachte, fragte sich Oona, ob Madame Iree überhaupt imstande gewesen wäre, sich durch die enge Öffnung zu quetschen, selbst wenn sie nicht so ein voluminöses Kleid getragen hätte. Allein schon ihr üppiger Busen ließ es fast unmöglich erscheinen, dass sie als Täterin infrage kam.

»Aber ich werde mich im Haus umsehen«, sagte Adler.

»Wenn Isadora die Kristallschale zum Mogeln benutzt, ob mit oder ohne Hilfe meiner Mutter, wäre unser Haus ein mögliches Versteck. Am Wochenende ist Isadora nämlich immer bei uns.«

»Das wäre hervorragend«, entgegnete Oona. »In der Zwischenzeit schaue ich mich noch mal beim Wohnwagen um. Vielleicht kann ich Madame Romania aus Rumänien ja noch ein paar Informationen entlocken.«

Deacon verlagerte seine Position auf ihrer Schulter. »Oder Ihr verbringt den Rest des Tages stattdessen damit, den nächsten Hinweis zu entschlüsseln.«

Er deutete mit dem Schnabel auf ihre Hände, worauf Oona das weiße Band mit dem Rätsel für den nächsten Tag hochhielt. Sie zog das Band straff und las die Worte laut vor.

»Bitte beachten Sie die Kehrseite und bringen Sie nichts durcheinander.«

Oona drehte das Band um und sah sich mit Buchstabengruppen konfrontiert, die keinerlei Sinn zu ergeben schienen.

TVS AFN FSINZXSVI

»Ein weiteres Anagramm, vielleicht«, sagte Oona.

»Das könnte gut sein«, stimmte Deacon ihr zu.

Oona betrachtete die Buchstaben noch einen Augenblick, bevor sie nickte. »Du hast recht. Darüber müssen wir gründlich nachdenken.« Damit erhob sie sich von der Bordsteinkante, schob das Rätsel in die Tasche und erklärte: »Sobald wir mit Madame Romania aus Rumänien gesprochen haben.«

Deacon seufzte.

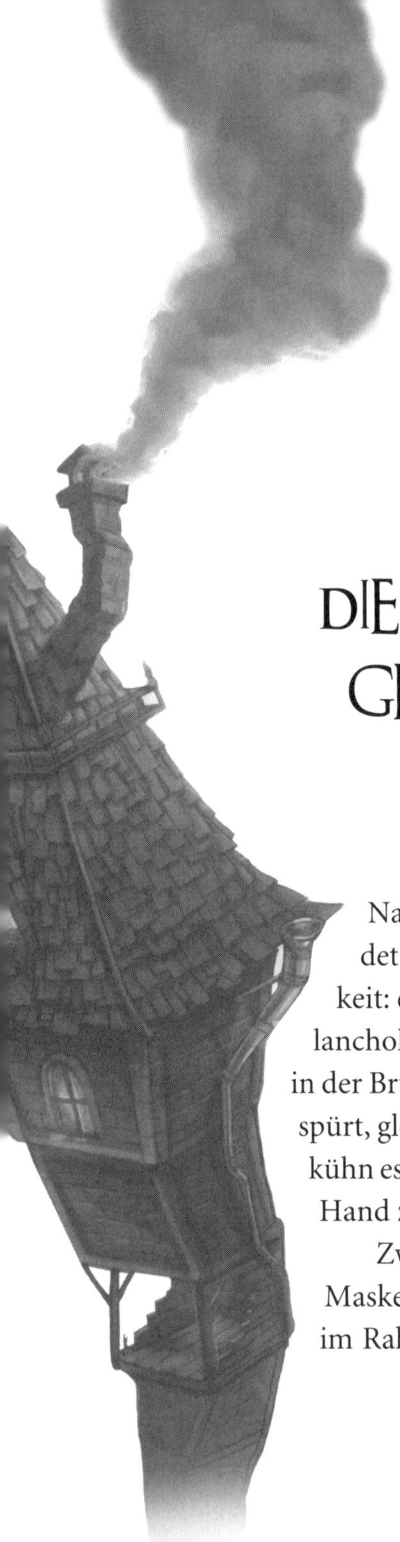

Kapitel 12

DIE TICK-TACK-GESELLSCHAFT

Nachdem sie sich von Adler Iree verabschiedet hatte, überkam Oona eine leichte Traurigkeit: ein kaum wahrnehmbarer Hauch von Melancholie, begleitet von einem kribbeligen Gefühl in der Brust. Noch nie hatte sie etwas Derartiges gespürt, gleichermaßen konnte sie nicht glauben, wie kühn es gewesen war, in aller Öffentlichkeit Adlers Hand zu halten.

Zwar hatte sie drei Monate zuvor auf dem Maskenball ebenfalls seine Hand gehalten, aber im Rahmen einer Tanzveranstaltung galt das als durchaus akzeptabel. Doch ihr Verhalten an diesem Nachmittag war ganz spontan gewesen, und sie fragte sich, was Adler von ihr halten mochte. *Er hat die Hand nicht zurückgezogen*, dachte sie. *Andererseits war es für gewöhnlich nicht das Mädchen, das sich auf diese Weise einem Jungen näherte, sondern umgekehrt.*

Nachdem ihr dies durch den Kopf gegangen war, überlegte sie, ob sie Adler durch ihr Verhalten womöglich beleidigt hatte. Vielleicht hatte er ihr seine Hand nur überlassen, um sie nicht in Verlegenheit zu bringen. Vielleicht suchte er ja gerade in diesem Moment nach einem Ort, wo er sich die Hände waschen konnte.

Was für eine lächerliche Idee. Aber was, wenn es tatsächlich so war?

Hin- und hergerissen zwischen ihren widersprüchlichen Gedanken schlenderte Oona durch den Park, ohne ihre Umgebung wahrzunehmen. Es war noch nicht lange her, als sie keinen Fuß in den Park gesetzt hatte, aus Angst vor den schmerzhaften Erinnerungen, die hier heraufbeschworen wurden. Doch mit einem Mal wurde ihr bewusst, wo sie sich befand, und ihr blieb fast das Herz stehen.

Mit hastigen Schritten eilte sie an der Stelle vorbei, wo sie drei Jahre zuvor nach einer magischen Explosion zu Boden geschleudert worden war: der Ort, an dem sie sich befand, als ihre Mutter und Schwester unter dem umgestürzten Feigenbaum ums Leben kamen. Es erschien ihr mit einem Mal pietätlos, hier langzugehen, und eine Woge aus Schuldgefühlen überschwemmte sie und verdrängte sämtliche Gedanken an Adler Iree und Händchenhalten. Solche Dinge schienen unwichtig, im Vergleich zu ihrem Ziel, die Kristallschale zu finden und die Antworten zu erhalten, nach denen sie sich so verzweifelt sehnte.

Einige Minuten später schlich sie beklommen am Turm vorbei und gelangte auf die Rückseite des bunt bemalten Wohnwagens. Als auch auf mehrfaches Klopfen keiner öffnete, ging sie davon aus, dass Madame Romania aus Rumänien nicht daheim war.

»Wo sie wohl sein mag?«, fragte Oona.

»Ich weiß es nicht«, entgegnete Deacon. »Aber vielleicht ist das ja ein Zeichen, dass Ihr Euch besser auf das Wettstreiträtsel konzentrieren solltet. Wenn Ihr die Lösung vor morgen herausfindet, spielt es keine Rolle, ob Isadora das sogenannte Kristallschalen-Orakel benutzt.«

Oona biss sich auf die Lippe und mochte Deacon nicht gestehen, dass es ihr bei der Suche nach der Kristallschale um persönlichere Interessen ging als um den Gewinn eines Wettstreits.

Sie seufzte. »Du hast recht, Deacon. Wir werden ins Pendulum Haus zurückkehren und die Sache auflösen.«

Doch welche Sache sie meinte – das Rätsel auf dem Band oder das Mysterium der verschwundenen Kristallschale –, sagte sie nicht.

»Aber lass uns zuerst einen Blick nach unten werfen«, schlug sie vor.

Sie ging in die Hocke, um die Klappluke im Wohnwagenboden zu inspizieren. Und jetzt, wo sie sich ein genaues Bild davon machen konnte, wurde ihr einerseits klar, dass sie groß genug war, um Leuten wie Madame Iree Einlass zu gewähren, und andererseits, dass sie nur durch einen einfachen Riegel verschlossen war, den man anscheinend leicht von außen öffnen konnte.

Um dies zu überprüfen, kroch sie unter den Wagen und griff nach dem Riegel.

»Was machen Sie da unten?«, fragte eine männliche Stimme, bevor sie den Riegel zur Seite schieben konnte.

Die enervierende Stimme gellte Oona in den Ohren wie das Gequieke eines Ferkels. Sie erkannte sie auf Anhieb wieder.

»Inspektor White«, sagte sie, rutschte unter dem Wohnwagen hervor und klopfte sich das Kleid ab. »Wie nett, Sie zu sehen.«

»Kommen Sie mir nicht mit diesem Unsinn!«, rief der Inspektor mit verärgerter Miene. »Ich habe mit eigenen Augen gesehen, was sie getan haben!«

Oona errötete. »Es ist nicht so, wie es aussah«, stammelte sie.

»Mir können Sie nichts vormachen, Miss Crate! Hiernach haben Sie gesucht!«

Er hielt ihr ein Buch unter die Nase, als würde es sich um einen Beweisgegenstand bei einer Gerichtsverhandlung handeln.

»Habe ich das?«, fragte sie und fühlte sich ziemlich verwirrt.

»Ja, ich habe dieses Buch da hinten unter den Büschen gefunden«, erklärte der Inspektor und deutete mit dem Daumen hinter seine Schulter. Oona begriff, dass es sich dabei um das Märchenbuch handelte, das Sir Baltimore seiner Tochter aus der Hand gerissen und über den Parkzaun geschleudert hatte.

»Wissen Sie nicht«, fuhr der Inspektor fort, »dass Müllabladen in unserer Straße eine strafbare Handlung ist?«

»Müllabladen? Aber das ist gar nicht mein Buch.«

Der Inspektor drohte Oona mit seinem knochigen Finger und tippte sich damit an die Stirn. »Ich lasse mich von Ihnen nicht für dumm verkaufen, Miss Crate. Wieso sollten Sie sonst unter dem Wagen herumkriechen und danach suchen, wenn es nicht Ihres wäre?«

»Ich habe gar nicht nach …«, begann Oona und verstummte, da es ihr klüger erschien, ihm nicht zu verraten, dass sie sich an der Bodenluke zu schaffen machen wollte. Sie besann sich eines Besseren und beschloss, ihre Taktik zu ändern. »Ich meine, Sie haben natürlich recht, Herr Inspektor. Ich habe überall nach meinem Märchenbuch gesucht.«

Der Inspektor warf einen misstrauischen Blick auf das Buch und machte ein enttäuschtes Gesicht.

»Ja, in der Tat, ein Märchenbuch«, sagte er und reichte es Oona. »Jetzt muss ich mir nur noch überlegen, ob ich an Ihnen ein Exempel statuieren möchte oder nicht.«

»Ein Exempel?«, fragte Oona. »Weswegen?«

»Müllabladen, meine Liebe!«, rief er und ließ seine Fingerknöchel knacken. »Hier in der Dark Street nehmen wir es sehr genau mit der Reinlichkeit, anders als jenseits der Tore in diesem schmutzstarrenden New York.«

»Aber ich habe keinen Müll entsorgt«, rief Oona hastig und tischte ihm die erstbeste Lüge auf, die ihr in den Sinn kam. »Deacon und ich haben ein bisschen Apportieren gespielt.«

»Apportieren?«, krächzte Deacon entrüstet.

»Apportieren?«, fragte der Inspektor.

»Ja, Apportieren«, erwiderte Oona. »Ich hab das Buch geworfen und Deacon hat es mir zurückgebracht.«

»Aber ich würde nie und nimmer –«, begann Deacon, doch Oona unterbrach ihn, indem sie ihn mit dem Kopf anstieß.

»Oh … nun ja, in diesem Fall …« Der Inspektor musterte Deacon argwöhnisch. »Apportieren ist nicht gesetzlich verboten. Ich selbst spiele es übrigens auch recht gern mit meiner Frau.«

»Mit Ihrer … Frau?« Oona wusste nicht, ob sie es überraschender fand, dass der Inspektor verheiratet war, oder dass er seine Frau wie ein Haustier behandelte. »Wie … äh … wie nett«, murmelte sie. »Doch jetzt müssen wir leider gehen.«

»Oh ja«, sagte Deacon und machte sich nicht die Mühe, seinen ironischen Unterton zu verbergen. »Lasst uns nach Haus gehen und Stöckchenholen spielen, Miss Crate. Ihr wisst doch, wie viel Spaß mir das macht. Ich kriege einfach nicht genug davon.«

»Viel Vergnügen«, rief der Inspektor ihnen nach, als Oona sich mit Penelopes Buch unterm Arm eilig auf den Weg zum Parkausgang machte. »Und vergessen Sie nicht, Müllabladen ist eine Straftat!«

»Du hast mir gar nicht erzählt, dass der Inspektor verheiratet ist, Deacon«, keuchte Oona.

»Ich dachte, Ihr wüsstet es«, entgegnete Deacon.

»Mit einer Frau, die ich kenne?«, wollte Oona wissen.

»Ich glaube nicht, dass sie Euch bislang vorgestellt wurde«, antwortete Deacon. »Aber sie war letztens auf dem Fest. Mrs Talley White, diejenige, die ein ähnliches Kleid trug wie Madame Iree.«

Oona blieb am Parkeingang stehen. »Oh ja. Natürlich erinnere ich mich. Isadora hat sich furchtbar darüber aufgeregt, was ich ihr auch nicht verdenken kann. Das Kleid war eine perfekte Kopie von Madame Irees Kleid. Ich weiß noch, dass ich sie zuerst mit der echten Madame Iree verwechselt habe. Das war Inspektor Whites Frau?«

»In der Tat«, sagte Deacon.

»Und … die beiden spielen … Hol-den-Ball?«, fragte Oona ungläubig.

Deacon verdrehte die Augen, und Oona schüttelte den Kopf, um die lächerliche Vorstellung zu vergessen.

Deacon räusperte sich. »Ihr solltet Penelope Rutherford das Buch zurückgeben, wenn Ihr sie das nächste Mal seht.«

Oona zog das Buch unter ihrem Arm hervor.

»Das ist eine gute Idee«, stimmte sie zu und stellte sich vor, wie Penelope sich freuen würde, ihr Buch zurückzubekommen. Obwohl das kleine Mädchen Oona ziemlich auf die Nerven ging, konnte sie es immer noch nicht fassen, wie Sir Baltimore so grausam sein konnte, das Buch über den Zaun zu schleudern. Der Mann war ein Wüterich und fuhr offensichtlich schnell aus der Haut.

Beim Verlassen des Parks inspizierte Oona das Buch in ihrer Hand ein wenig genauer. Der mit großen geschwungenen Buchstaben geschriebene Titel auf dem Einband lautete: *Das Buch der lange verloren geglaubten Märchen: Fünfzig höchst geheimnisvolle Einschlafgeschichten. Herausgegeben von Michael Nerdling.*

Auch wenn Oona sich nie groß für Märchen interessiert hatte, da ihr Bücher über Wissenschaft und Fakten stets lieber gewesen waren, fragte sie sich nun, was diese Geschichten so geheimnisvoll machte. Doch kaum hatte sie das Buch aus Neugierde aufgeschlagen, schrie Deacon ihr plötzlich etwas ins Ohr und sie erschrak so heftig, dass ihr der Märchenband fast entglitten wäre.

»Vorsicht!«

Oona blieb abrupt stehen und sah, dass sie um ein Haar mit dem fettesten Mann, den sie je gesehen hatte, zusammengestoßen wäre. Der Mann lehnte sich lässig ans Vorderrad ihrer Kutsche und führte eine lebhafte Unterhaltung mit Samuligan. Der

Feendiener saß auf dem Kutschbock und hatte den Cowboyhut tief in die Stirn gezogen, was ihn wie einen Revolverhelden aussehen ließ.

Der dicke Mann war, wie Oona wusste, kein anderer als Mr Barnaby B. Berkshire Bop, der leitende Untersekretär der juristischen Magier-Allianz. Erst gestern war er beim ersten Teil des Turmwettstreits Fünfter gewesen, bevor er sich im letzten Augenblick vor der sportlichen Aufgabe gedrückt hatte. Oona verkniff sich ein Lächeln bei der Vorstellung, wie Mr Bop versuchte, sich von einem hängenden Möbelstück zum anderen zu schwingen, während er von einer verrückten Affenbande mit Obst beworfen wurde.

»Wie geht es Ihnen, Mr Bop?«, fragte Oona.

Mr Bop wirbelte herum und Oona sprang zurück, um seinem gewaltigen Bauch nicht in die Quere zu kommen.

»Ach, du liebe Zeit!«, rief Mr Bop, dem fast der Zylinder vom kahlen Kopf gerutscht wäre.

Sein von struppigen Koteletten eingerahmter großer Mund lächelte Oona großmütig an, während die fleischigen Hängebacken und das Doppelkinn um die Wette schwabbelten. Das Beeindruckendste an Mr Bop war in Oonas Augen sein von komplizierten tätowierten Symbolen bedecktes Gesicht. Während die linke Hälfte mit glänzendem Gold unterspritzt war, wies die rechte einen silbrigen Schimmer auf. Durch die verschlungenen uralten Runen, die sich zusätzlich über beide Gesichtshälften zogen, war es fast unmöglich, Mr Bops ursprüngliche Hautfarbe zu erkennen. »Sie haben mir einen ganz schönen Schreck eingejagt«, brummte der beleibte Mann. Seine Stimme war tief und rau, klang aber dennoch gutmütig.

Samuligan schnippte mit den Fingern und löste ein krachendes Gedonner aus, das Mr Bop erneut zusammenfahren ließ. Zu Oonas Glück sprang er diesmal rückwärts statt nach vorn.

»Mr Bop hat mir soeben eine unglaubliche Geschichte erzählt«, sagte Samuligan mit seiner listigen Flüsterstimme. Nachdem er mit den Fingern geschnippt hatte, trug der Feendiener nicht mehr seinen üblichen Cowboyhut, sondern eine weiße gepuderte Perücke auf dem Kopf, wie sie von den englischen Richtern getragen wurde. Oona fand den Anblick äußerst komisch.

»Er gehört zu der berüchtigten *Tick-Tack-Gesellschaft* und hat mir erklärt, wie man Mitglied wird.«

»Wirklich?«, fragte Oona mit plötzlichem Interesse.

Die *Tick-Tack-Gesellschaft* war eine der geheimsten Vereinigungen der ganzen Welt – so geheim, dass die meisten ihrer Mitglieder angeblich nicht das Geringste darüber wussten, was es mit der Gesellschaft auf sich hatte und was sie tat. Aus Oonas rationaler Sicht erschien dieses Gerücht mehr als lächerlich, und dennoch war die Begegnung mit einem anerkannten Mitglied, das noch dazu bereit war, über die Geheimnisse zu sprechen, so ungewöhnlich, dass Oona plötzlich ganz Ohr war.

»Man kann auf ganz einfachem Weg Mitglied werden«, sagte Mr Bop, indem er seinen Hut zurückschob und sich den kahlen Kopf kratzte. »Man sucht einfach ein Gesellschaftsmitglied auf und fragt, ob er oder sie ein Glas Tomatensaft trinken möchte. Wenn das Mitglied zustimmt, muss der Neuling ihm ein Tütchen Vogelfutter überreichen. Das Mitglied lässt das Vogelfutter aus dem Tütchen rieseln und bittet um einen Löffel schwarzen Pfeffer. Stattdessen bietet der Neuling ihm eine Grapefruit an. Wenn all diese Schritte korrekt ausgeführt wurden, fragt das Mitglied den Neuling, ob er die morgendliche Schlagzeile gelesen habe, worauf der Neuling antwortet, er habe vergessen Zucker mitzubringen und ob das Mitglied sich stattdessen mit einer Klapperschlange zufriedengeben würde. Worauf das Mitglied erwidert, dass Yorkshire-Schinken am besten im Winter schmeckt. Wenn der Neuling zustimmt, dass Yorkshire-Schinken tatsächlich im Winter am besten schmeckt, dann …«

Oona räusperte sich so geräuschvoll wie möglich und unterbrach Mr Bops Ausführungen.

»Wie lange kann sich das hinziehen, Mr Bop?«, fragte Oona, deren Interesse an der *Tick-Tack-Gesellschaft* von Sekunde zu Sekunde geringer wurde.

»Wie lange?«, wiederholte Mr Bop. »Nun ja, es kann mehrere Tage so weitergehen, manchmal sogar Wochen. Ein Neuling, dessen Namen ich Ihnen nicht verraten darf, hat sogar vier Jahre lang versucht, in die Gesellschaft aufgenommen zu werden. Es hängt alles von dem Mitglied ab, dem man den Tomatensaft anbietet.«

»Und woher soll der Neuling all die sonderbaren Antworten auf diese lächerlichen Fragen wissen?«, fragte Oona.

Mr Bop zog die Brauen hoch, als wäre er beleidigt. »Erstens würde ich die Aufnahmeriten der Gesellschaft niemals als lächerlich bezeichnen. Und zweitens, um Ihre Frage zu beantworten, sind sämtliche korrekte Antworten im Mitgliederhandbuch aufgelistet.«

»Und wie kommt man an ein Handbuch?«, wollte Oona wissen.

Mr Bop lachte, als hätte sie eine äußerst törichte Frage gestellt. »Nun, um ein Handbuch zu bekommen, muss man natürlich Mitglied sein. Das sagt doch schon der Name: Mitgliederhandbuch.«

»Wenn das so ist«, räumte Oona ein und hatte Mühe, ihre Nervosität zu verbergen, »wie soll es dann jemand, der noch kein Mitglied ist, schaffen, eines zu werden?«

»Ich glaube, ich kann Ihnen nicht ganz folgen«, erwiderte Mr Bop.

»Das dachte ich mir schon«, sagte Oona.

»Aber Sie stellen fabelhafte Fragen«, erklärte Mr Bop.

Oona musste sich zusammennehmen, um nicht die Augen zu verdrehen. »Vielen Dank«, murmelte sie, bevor sie ihn aus einer Laune heraus fragte: »Hat Ihnen das Fest vorgestern gefallen?«

Mr Bop kratzte sich schon wieder am Kopf, auf dem nun nicht mehr der Zylinder thronte, sondern die Richterperücke, die Samuligan sich auf den Kopf gezaubert hatte. Oona bedachte ihn mit einem vorwurfsvollen Blick, doch der Feendiener, mittlerweile mit Mr Bops Hut auf dem Kopf, grinste sie nur fröhlich an. Mr Bop schien von dem Tausch gar nichts mitbekommen zu haben.

»Das Fest im Park?«, fragte er. »Ja, das hat mir sehr gut gefallen. Ich hatte übrigens eine wunderbare Sitzung bei dieser Wahrsagerin, Madame Romania aus Rumänien.«

Oona riss vor Aufregung die Augen auf. Hier war eine weitere Person, die Kontakt mit der Roma-Frau gehabt hatte. »Sind Sie in den Wohnwagen gestiegen, Mr Bop? Hat sie Ihnen das Kristallschalen-Orakel gezeigt?«

»Was für ein Kristallschalen-Dingsda?«, fragte Mr Bop.

»Das Orakel«, erwiderte Oona. »Eine Kristallschale. Mit einem Durchmesser von gut dreißig Zentimetern.«

Er schüttelte den Kopf. »Ich war im Wohnwagen. Ziemlich vollgestellt, wenn Sie mich fragen, aber von einer Kristallschale habe ich nichts gesehen. Sie hat mir einfach nur aus der Hand gelesen und mir geraten, mich vor Corned Beef in Acht zu nehmen, um das ich bislang auch einen Bogen gemacht habe … obwohl es mich heute Morgen fast erwischt hätte.«

Mr Bop ließ ein dröhnendes Lachen ertönen, und diesmal prallte sein Bauch tatsächlich gegen Oona und beförderte sie gegen das Kutschenrad.

Verärgert rieb sie sich den Hinterkopf und runzelte die Stirn. Sie war ziemlich heftig gegen die Kutsche geprallt, doch den Witz hatte sie nicht verstanden. Als Mr Bop sich von ihnen verabschiedete und sich watschelnd in Bewegung setzte, starrte Oona ihm argwöhnisch nach und beobachtete, wie sich sein gewaltiger Körper durch den Verkehr schob, wie ein Schiff, das sich durch die Wellen kämpfte. Sie fragte sich, ob er vielleicht gar keinen Witz gemacht hatte.

»Diese *Tick-Tack-Gesellschaft* … einfach grotesk«, murmelte Oona vor sich hin.

Kapitel 13

DAS KRYPTOGRAMM

Auf ein paar Kissen gestützt fixierte Oona die Buchstaben, die auf die Rückseite des weißen Bandes gedruckt worden waren.

TVS AFN FSINZXSVI

Die Buchstaben verschwammen vor ihren Augen, wurden wieder klar, bevor sie erneut verschwammen. Eine Turmuhr schlug gerade zwölf. Am Nordende der Straße öffneten sich nun die eisernen Tore eine Minute lang zur Stadt New York.

Am Fußende des Bettes befand sich die zusammengeschobene Bettdecke, auf der Penelope Rutherfords Buch mit den geheimnisvollen Märchen lag. Gedankenverloren tippte Oona es mit den Zehen an. Die Augen fielen ihr zu, um sich nach wenigen Sekunden wieder zu öffnen und erneut auf das Spruchband zu starren.

»Vielleicht hat Mr Bop die Kristallschale gestohlen«, sagte sie schläfrig. »Schließlich ist er im Wohnwagen gewesen. Und nur weil er behauptet, er hätte sie nicht gesehen, heißt das noch lange nicht, dass er die Wahrheit sagt. Ich werde Madame Romania aus Rumänien fragen, ob sie sich an seinen Besuch erinnert.«

»Vor allem müsst Ihr eines tun«, verkündete Deacon, der auf dem Bettpfosten thronte. »Ihr müsst dieses Rätsel entschlüsseln.«

Oona seufzte erschöpft. »Erinnerst du dich noch an den Matschfleck, den Roderick Rutherford am Festabend auf dem Jackett hatte?«

Deacon schüttelte entmutigend den Kopf. »Ja, ich erinnere mich, und ich bin ziemlich sicher, dass dieser Umstand Euch nicht helfen wird, das Anagramm zu entschlüsseln.«

Oona sah müde zu Deacon hinüber und ein matttes Lächeln kräuselte ihre Lippen. Sie wedelte mit dem Spruchband wie mit einer Fahne.

»Das hier, lieber Deacon, ist kein Anagramm. Dessen bin ich mir ziemlich sicher.«

»Wie könnt Ihr Euch da so sicher sein?«, fragte er.

Oona drehte das Band herum und hielt Deacon die Vorderseite hin. »Kannst du das lesen?«

Deacon räusperte sich. »Da steht: ›Bitte beachten Sie die Kehrseite und bringen Sie nichts durcheinander.‹«

»Genau«, sagte Oona. »Das ist ein Hinweis. Ein Hinweis für das Rätsel. Ein Rätselhinweis sozusagen.«

»Wie überaus clever«, krächzte Deacon sarkastisch.

»Das finde ich auch«, erwiderte Oona. »Andererseits bin ich sehr, sehr müde. Wie dem auch sei, da steht, man soll die Rückseite nicht durcheinanderbringen. Nun ja, wenn ich das Rätsel nicht durcheinanderbringen soll, handelt es sich mit ziemlicher Sicherheit nicht um ein Anagramm, was nichts anderes ist, als ein Wort, dessen Buchstaben durcheinandergebracht wurden.«

»Oh, ich verstehe«, sagte Deacon. »Dann rät Euch der Hinweis, die Buchstaben nicht zu vermischen. Aber wenn es kein Anagramm sein soll, was ist es dann?«

»Ich glaube, es ist irgendetwas Chiffriertes.«

»Eine Geheimschrift?«, fragte Deacon.

»Genauer gesagt ein Kryptogramm«, erklärte Oona. »Jeder dieser Buchstaben steht für einen anderen Buchstaben oder vielleicht auch für eine Zahl, je nach Chiffrierung beziehungsweise der Methode, mit der die Geheimschrift entwickelt wurde. Deshalb ist ein Kryptogramm auch viel schwerer zu lösen als ein Anagramm, da es viel komplexer ist, als die Buchstaben eines Wortes einfach anders zu ordnen.«

»Es sei denn, man kennt die Methode, nach der die Geheimschrift ersonnen wurde.«

»Das versteht sich von selbst«, entgegnete Oona. »Die Aufdröselung der Chiffrierung ist das A und O. Sobald der Code geknackt ist, wird die Bedeutung der scheinbar wild zusammengewürfelten Buchstaben klar.«

»Habt Ihr schon irgendeine Theorie?«, fragte Deacon und schlug aufgeregt mit den Flügeln.

Doch Oona nickte langsam ein, die Ereignisse des Tages forderten ihren Tribut und ließen ihre Augenlider nach unten sacken. Vom Ritt auf der fliegenden Schlange schmerzten ihre Arme und ihre Gedanken verschwammen. Sie gähnte und blinzelte ein paarmal, um sich wach zu halten.

»Ich habe viele Theorien«, sagte sie. »Aber ich muss noch mehr Fakten sammeln, bevor ich sagen kann, wer die Kristallschale gestohlen hat.«

»Die Kristallschale?«, wiederholte Deacon, der seine Frustration nicht verbergen konnte oder wollte. »Ich habe von der chiffrierten Nachricht auf dem Band gesprochen.«

»Ja, ja. Natürlich«, murmelte Oona und ließ den Kopf aufs Kissen sinken.

Nachdenklich legte Deacon den Kopf auf die Seite. »Ihr könntet es mit der bekanntesten Chiffriermethode versuchen. Die Cäsar-Verschlüsselung – von Julius Cäsar persönlich verwendet. Dabei repräsentiert jeder Buchstabe …«

Doch Oona hörte nicht mehr, wofür die Buchstaben standen. Der Schlaf übermannte sie, legte sich über sie wie ein schwerer Umhang und zog sie hinab in die tiefsten Schlafsphären. In ihren Träumen schwamm Mr Bop in einer gigantischen, mit Tomatensaft gefüllten Kristallschale umher; Rektorin Duvet, in deren Haaren sich weiße Schlangen wanden, verfolgte sie mit ihrem Stock, dessen Aufschrift *Unschicklich* im Traum durch das Wort *Alphabet* ersetzt worden war.

Vor den gläsernen Toren wurde Oona schließlich von Rektorin Duvet eingeholt. Als sie den Stock hob, langte Oona in ihre

Tasche, zog einen Handspiegel hervor und hielt ihn sich wie ein Schutzschild vors Gesicht. Auf der Rückseite des Spiegels prangten die Worte:

TVS AFN FSINZXSVI

Oona schrie auf, als der Stock auf den Spiegel niedersauste und beide Gegenstände mit lautem Knall zerbarsten. Hinter ihr verwandelten sich die gläsernen Tore in eine Wand aus herabregnenden Glassplittern. Jenseits der Tore tauchte Lady Macbeth auf, vom Wahnsinn gezeichnet und mit irrem Blick. Sie legte Oona die Hand auf die Schulter und fragte, ob sie eine Handlesung wünsche. Als Oona erklärte, dass sie herausfinden wolle, ob sie vielleicht doch keine Schuld am Tod ihrer Mutter habe, verwandelte sich Lady Macbeth in den Architekten, der sie mit einem Teller Suppe übergoss, worauf sie in seine offene Aktentasche stürzte.

Erschrocken fuhr Oona aus dem Schlaf und durchwühlte ihr Bett nach dem Band mit dem Rätsel. Sie fand es schließlich auf dem Fußboden. Die Morgensonne schien bereits durchs Fenster und fiel auf die in der Luft schwebenden Staubkörnchen. Oona griff nach dem Band und wirbelte eine Staubwolke auf, die wie ein Heiligenschein um ihren Kopf schwebte.

»Guten Morgen«, meldete Deacon sich von seinem Platz auf dem Bettpfosten aus zu Wort.

Statt seine Begrüßung zu erwidern, starrte Oona auf das Band und das aufgedruckte Kryptogramm. Sie drehte das Band herum und las den Rätselhinweis noch einmal laut vor.

»Bitte beachten Sie die Kehrseite und bringen Sie nichts

durcheinander.« Sie schnippte mit den Fingern und verschaffte sich Deacons volle Aufmerksamkeit.

»Natürlich«, sagte sie. »Wie konnte ich das übersehen?«

Sie rief sich ihren Traum ins Gedächtnis und hatte Rektorin Duvets Stock mit der Aufschrift *Alphabet* wieder vor Augen sowie den Spiegel, den sie zu ihrem Schutz benutzt hatte, den Spiegel mit dem Kryptogramm auf der Rückseite. Das Wort *Alphabet* hatte den Code geknackt. Die verschlüsselte Aufschrift auf dem Spiegel. Und wozu dienten Spiegel? Sie zeigten einem das eigene Spiegelbild. Aber sie stellten die Dinge nicht dar, wie sie wirklich waren, sondern spiegelverkehrt.

»Kehrseite!«, rief sie. »Beachte die Kehrseite. Das bezieht sich nicht nur auf die Rückseite des Bandes, sondern auch auf die umgekehrte Reihenfolge. Hol Papier und Bleistift, Deacon. Schnell!«

»Spielen wir jetzt wieder Hol-das-Stöckchen?«, fragte Deacon argwöhnisch.

»Mach schon, Deacon!«, trieb Oona ihn zur Eile an.

Der Rabe flatterte zum Frisiertisch, schnappte sich einen Zettel und einen Bleistiftstummel und beförderte beides auf Oonas Schoß. Sie nahm das Märchenbuch als Unterlage und schrieb das ganze Alphabet auf den Zettel. Darunter schrieb sie dieselben Buchstaben noch einmal, jedoch in umgekehrter Reihenfolge.

ABCDEFGHIJKLMNOPQRSTUVWXYZ
ZYXWVUTSRQPONMLKJIHGFEDCBA

»Und jetzt ersetzen wir die oberen Buchstaben durch jene, die direkt unter ihnen stehen: also durch jene in umgekehrter Reihenfolge.«

Sie schrieb das Kryptogramm auf und hatte es in null Komma nichts entschlüsselt.

TVS AFN FSINZXSVI
GEH ZUM UHRMACHER

Das Blut rauschte durch Oonas Adern. »Deacon, wann macht der Uhrmacher seinen Laden auf?«

»Mr Altonburry?«, fragte Deacon. »Nun, soweit ich weiß, hat er in den letzten fünfunddreißig Jahren jeden Morgen um Schlag acht Uhr aufgesperrt.«

Oona schaute auf die Wanduhr. »Verflixt! Es ist schon acht!« Sie sprang aus dem Bett und streifte sich hektisch dasselbe Kleid über, das sie am Tag zuvor getragen hatte. »Isadora liegt sicher schon wieder in Führung! Samuligan!«

Einen halben Atemzug später klopfte es an der Tür. »Ihr habt gerufen?«

»Sag Onkel Alexander, dass wir sofort losmüssen, falls er zur Turmveranstaltung mitkommen will«, rief sie aufgeregt.

»Der Zauberer ist heute Morgen schon wieder gerufen worden«, erwiderte Samuligan. »Es gab einen Zwischenfall im Restaurantbezirk. Es heißt, einer der Köche habe sich am ganzen Körper grün verfärbt und aus seinen Fingern wüchsen Zweige und aus den Zehen Wurzeln. Ein sicheres Anzeichen für Feenholzvergiftung. Es tut ihm sehr leid, aber es ist ihm schon wieder nicht möglich, Euch zu begleiten.«

Oona schüttelte den Kopf und konnte sich nicht erinnern,

dass ihr Onkel jemals so beschäftigt war. Offensichtlich entwickelten sich die verzauberten Gegenstände und Mixturen zu einem ernsthaften Problem. Aber sie hatte keine Zeit, darüber nachzudenken.

»Fahr die Kutsche vor!«, befahl sie.

»Kein Frühstück?«, fragte Samuligan durch die geschlossene Tür. »Ich kann Euch ein paar knusprige Waffeln backen oder wie wär's mit ein paar Eiern und einem Tässchen Kaffee und – «

Oona kämpfte mit den Knöpfen ihres Mieders. »Keine Zeit! Sie hat es schon wieder geschafft. Da bin ich mir ganz sicher.«

»Wer?«, wollte Samuligan wissen.

»Isadora Iree!«, rief Oona, indem sie die Tür aufstieß und zu dem Feendiener hochblickte.

Samuligan grinste sie an und zeigte dabei mehr Zähne, als es nach menschlichen Maßstäben möglich gewesen wäre. »Ihr seht fabelhaft aus.«

Oona wollte schon an Samuligan vorbeistürmen, hielt jedoch kurz inne, als ihr klar wurde, dass der Feendiener ihr noch nie auf diese Weise geschmeichelt hatte. »Oh, vielen Dank auch«, sagte sie zweifelnd.

Hinter ihr brach Deacon in krächzendes Gelächter aus.

Oona wirbelte herum, um zu erfahren, was so lustig war. Deacon hockte auf dem Stuhl vor ihrem Frisiertisch, und es dauerte ein paar Sekunden, bevor sie den Rock ihres Kleides über der Stuhllehne liegen sah. Nach einem prüfenden Blick nach unten, stellte Oona fest, dass sie nichts weiter als ihren Petticoat trug.

»Das ist der letzte Modeschrei«, erklärte Samuligan. »In Europa sollen alle so rumlaufen.«

Dreißig enervierende Minuten später stand Oona vollständig angekleidet und ein wenig außer Atem im Uhrenladen der Dark Street.

»Ja, in der Tat«, sagte Mr Altonburry, der Uhrmachermeister, ein dünner, älterer Gentleman mit langem grauen Haar und zierlichen Händen, die kaum größer waren als die von Oona. Trotz seines fortgeschrittenen Alters sprach er mit lebhafter, jugendlicher Stimme. »Eine junge Lady war bereits vor Ihnen hier. Sie hat sogar schon vor der Tür gewartet, als ich aufgeschlossen habe.«

Oona blickte zur Wand. Uhren aller Größen und Formen tickten im Gleichtakt vor sich hin. Einer der Vorteile der Dark Street war, dass sämtliche Uhren perfekt auf das Pendulum Haus abgestimmt waren. Von den Turmuhren des Rathauses und der Bradbury Kirche, bis zu jeder einzelnen Taschenuhr, liefen sie in völliger Harmonie, ohne die geringste Abweichung.

Oona seufzte. »Das bedeutet, dass Isadora schon dreißig Minuten in Führung liegt.«

Der Uhrmacher zuckte bedauernd die Achseln, bevor er Oona ein bronzenes Pendel überreichte, das etwa die Größe ihrer Hand hatte. »Das ist richtig«, stimmte er ihr zu, »aber wenn Sie sich beeilen, können sie den anderen jungen Burschen noch einholen.«

Ein kalter Schauer lief Oona über den Rücken. »Dann ist Roderick Rutherford also auch schon hier gewesen?«

»Er ist etwa fünf Minuten, bevor Sie hereingekommen sind, losgegangen«, informierte der Uhrmacher sie.

Oona war schon aus der Tür und rannte auf die Kutsche zu, als sie Mr Altonburry rufen hörte: »Viel Glück!«

»Fahr schneller, als du jemals gefahren bist«, wies sie Samuligan an und warf sich auf die Sitzbank.

Die Peitsche knallte und zehn aufregende Minuten später hallten immer noch die Rufe »Vorsicht!« und »Passen Sie doch auf!« in Oonas Ohren, während sie die Bühnentreppe vor dem Turm erklomm und dem Architekten atemlos das Pendel überreichte.

Die Zuschauermenge war im Vergleich zum vorherigen Tag um die Hälfte geschrumpft. Ihr Onkel war nirgends zu sehen, aber Sir Baltimore stand schon vor der Bühne, wo er sich wieder und wieder nervös durchs Haar strich. Penelope saß auf der Bühnenkante und wirkte ziemlich gelangweilt. Vor lauter Eile hatte Oona vergessen, dem Mädchen das Märchenbuch mitzubringen.

Deacon flatterte ans äußerste Ende der Bühne und begann ein Gespräch mit Adler Iree, der, nachdem er am zweiten Wettkampftag nur Vierter geworden war, die Rolle eines einfachen Zuschauers übernommen hatte. Oonas und Adlers Blicke trafen sich kurz, und Oona spürte wieder dasselbe kribbelige Gefühl in der Brust wie am Tag zuvor.

»Bin ich etwa die Letzte?«, fragte Oona den Architekten.

Er nickte. »Ich rate Ihnen, sich zu sputen.« Er inspizierte das Pendel und gab es ihr zurück. »Das sollten Sie behalten. Sie werden es brauchen.«

Er deutete auf einen Käfig, der an einem Seil festgeknotet war. »Damit gelangen Sie zum Startpunkt«, erklärte er.

Oona kroch in den Käfig und hielt sich mit mulmigem Gefühl an den Stäben fest, als das Seil sich spannte und sie langsam hochgezogen wurde. Je höher sie stieg, desto mehr setzte der

Wind dem klapprigen Fahrstuhl zu. Das Seil ächzte enervierend und schwang mit dem gesamten Turm leicht hin und her. Die unten stehenden Zuschauer wirkten mehr und mehr wie Ameisen.

Schließlich kam der Aufzug zum Stehen und Oona trat vorsichtig aus dem Käfig auf ein klappriges Podest. Sie spürte, wie das Holzgebilde unter ihrem Gewicht nach unten sackte, und für einige grauenvolle Sekunden war sie vollkommen sicher, dass die ganze Konstruktion sich von dem Bauwerk lösen und mit ihr in die Tiefe sausen würde. Doch bis auf das leichte Absacken blieb das Podest stabil und Oona steuerte schleunigst die Tür in der Turmmauer an. Sie warf einen letzten Blick nach unten und trat in einen großen, hohen Raum voller Uhren.

Die Uhren standen auf Regalen, unzähligen Brettern, die fast die gesamte Wandfläche des fünf Stockwerke hohen Raums bedeckten. Tausende von Zeitmessern befanden sich auf den Regalen. Es war eine Art Uhrenbibliothek, mit fünf Galerien, die die Außenwände säumten. Doch sobald Oona in den Raum trat, bemerkte sie, dass irgendetwas nicht stimmte. Im Gegensatz zu sämtlichen Uhren, die sie in der Dark Street jemals gesehen hatte, zeigten all diese Zeitmesser die falsche Zeit, die Stunden- und Minutenzeiger deuteten alle in unterschiedliche Richtungen.

Ein auf einer Staffelei angebrachtes Plakat verkündete:

WILLKOMMEN AUF DER UHRENFARM. ZWISCHEN ALL DIESEN UHRENATTRAPPEN BEFINDEN SICH DREI *FUNKTIONIERENDE* UHREN. BENUTZE DAS PENDEL, DAS DU BEIM UHRMACHER BEKOMMEN HAST, UND

VERSUCHE, DIE UHREN IN GANG ZU SETZEN. WENN DU EINE FUNKTIONIERENDE UHR FINDEST, ERHÄLTST DU DEN SCHLÜSSEL FÜR DEN AUSGANG. ABER SIEH DICH VOR. AUF DEM WEG ZUM ZIEL ERWARTET DICH SO MANCHE ÜBERRASCHUNG.

Isadora Iree und Roderick Rutherford befanden sich auf der zweiten Galerieebene, wo sie versuchten, ihre Pendel an verschiedenen Uhren anzubringen, und Oona kam sofort in den Sinn, dass ihr Zuspätkommen vielleicht doch nicht so nachteilig war, wie sie befürchtet hatte. Wenn Isadora und Roderick auf der untersten Ebene begonnen hatten und sich langsam nach oben arbeiteten, konnte Oona die tiefste Etage getrost überspringen, da all die Uhren dort bereits von den anderen überprüft worden waren.

Entschlossen marschierte Oona zur nächstbesten Leiter und kletterte hoch bis zur dritten Ebene. Sie dachte gerade darüber nach, was es mit dem Hinweis »Aber sieh dich vor. Auf dem Weg zum Ziel erwartet dich so manche Überraschung« auf sich haben könnte, als eine Glocke ertönte und Isadora einen spitzen Schrei ausstieß.

Erschrocken drehte Oona sich um und stellte fest, dass Isadora sich nicht mehr an der Stelle befand, wo sie sie gerade noch gesehen hatte, sondern über eine Rutsche, die aus der zweiten Galerie hervorragte, in die Tiefe schoss. Mit aufgebauschten Röcken landete sie im untersten Geschoss, wo sie wütend auf die Bodendielen eindrosch.

»Das war schon die dritte Falle, in die ich gegangen bin!«, schrie sie frustriert.

»Sie sollten vorsichtiger sein«, rief Roderick ihr zu, während er sein Pendel an die Uhr vor seiner Nase hängte und versuchte, es in Gang zu bringen. Doch kaum hatte er das letzte Wort ausgesprochen, ertönte eine Glocke und die Uhr sprang auf. Eine Feder, an deren Ende ein Boxhandschuh befestigt war, schoss heraus, landete zwei Treffer auf Rodericks Kopf und ließ ihn rückwärts gegen das Galeriegeländer taumeln.

»Verflixt und zugenäht!«, fluchte Roderick.

»Vielleicht sollten *Sie* ein bisschen vorsichtiger sein«, höhnte Isadora sarkastisch, die mittlerweile wieder auf den Beinen war und in Richtung Leiter eilte. »Sie sind ohnehin schuld an dem ganzen Schlamassel! Ich könnte längst schon fertig sein!«

»Und vielleicht sollten Sie lieber den Mund halten«, konterte Roderick und schüttelte den Kopf, um die Sternchen vor seinen Augen zu vertreiben.

Ärger im Paradies, dachte Oona und richtete ihre Aufmerksamkeit auf die hoch aufragenden Uhrenregale, wild entschlossen, sich von Isadoras und Rodericks Streitereien nicht ablenken zu lassen.

Doch wieso behauptete Isadora, es sei Rodericks Schuld, dass sie die richtige Uhr noch nicht gefunden hatte? Die gewaltigen Ausmaße des Raumes und die unermessliche Anzahl an Regalen, die unter dem Gewicht all der Uhren ächzten, machten die Aufgabe so schwierig, dass es Stunden dauern konnte, eine funktionierende Uhr aufzutun.

Vor allem mit all diesen Fallen, dachte sie nervös.

Wie konnte Roderick schuld daran sein, dass Isadora noch nicht fertig war? ... Es sei denn ...

Oona schaute zur gegenüberliegenden Galerie, wo Roderick

sich wieder gesammelt hatte und sein Glück bei einer anderen Uhr versuchen wollte.

»Sie waren es!«, rief Oona.

Roderick und Isadora erstarrten. Langsam drehte der Junge sich um und erwiderte Oonas Blick mit fragender Miene.

»Wer soll was gewesen sein?«, wollte er wissen und Oona nahm einen Anflug von Schuldbewusstsein in seiner Stimme wahr.

»Sie waren es, Roderick. Sie haben das Kristallschalen-Orakel gestohlen!«

»Das Kristallschalen-was-auch-immer?«, fragte Roderick. »Wieso sollte ich eine Kristallschale stehlen?«

»Sie haben die Lösungen der Rätsel schon im Voraus herausgefunden und sie Isadora verraten«, sagte Oona, »damit sie jeden Tag in Führung gehen und die Aufgaben als Erste lösen konnte.«

»Ich weiß nicht, wovon Sie reden«, entgegnete Roderick indigniert.

»Sie ist nur eine schlechte Verliererin«, spottete Isadora, die sich mittlerweile wieder auf der zweiten Ebene befand. »Und sie versucht, meinem KAVALIER die Schuld an ihrer Unfähigkeit in die Schuhe zu schieben.«

»Das stimmt nicht«, erwiderte Oona. »Sie haben gemogelt, Isadora.«

Isadora grinste höhnisch. »Beweisen Sie's!«

»Ist das eine Herausforderung?«, fragte Oona.

»Sie entscheiden, was für ein albernes Spiel es sein soll!«

Mit einem Mal flammte Oonas Entschlossenheit, den Wettstreit zu gewinnen, wieder heftig auf. Isadora hatte recht. In diesem Augenblick gab es keine Möglichkeit, ihre Schuld zu beweisen, andererseits hatte Oona sehr wohl die Chance, sie beim heutigen Wettkampf zu schlagen. Sie konnte es schaffen.

Sie öffnete die Uhr, die vor ihr stand, befestigte das Pendel am Haken und versuchte, es in Schwung zu bringen. Es regte sich nicht. Offensichtlich handelte es sich um eine nicht funktionierende Uhr. Sie probierte es bei den nächsten drei Exemplaren. Nichts.

Sobald sie das Pendel an der vierten Uhr befestigen wollte, läutete über ihr eine Glocke. Aus dem Fußboden schoss eine Feder empor und ließ Oona seitwärts vom Balkon taumeln. Sie schrie überrascht auf und landete ein paar Meter tiefer, als sie vorher gestanden hatte.

Nachdem sie sich wieder aufgerappelt hatte, kehrte sie zurück zu dem Regal, an dem sie gearbeitet hatte, und versuchte ihr Glück bei der nächsten Uhr – mit zittrigen Händen, in Erwartung dessen, was geschehen würde. Nichts passierte. Gerade als sie das Pendel an der nächsten Uhr befestigen wollte, ertönte hoch über ihr ein lauter Gong und ließ sie zusammenfahren.

»Ja! Ich hab's geschafft! Ich habe eine gefunden, die funktioniert!«, rief Isadora triumphierend.

Oona drehte sich herum. Tatsächlich – Isadora hatte eine der drei funktionstüchtigen Uhren entdeckt. Das Türchen über dem Zifferblatt sprang auf und ein Kuckucksvogel mit einem Zettel und einem Schlüssel im stählernen Schnabel schoss heraus. Isadora entfaltete den Zettel und las laut vor.

»Geh mit diesem Schlüssel ins oberste Stockwerk. Wem es als Ersten gelingt, die Tür aufzuschließen, ist der Sieger des heutigen Tages.« Sie bedachte Oona mit einem boshaften Grinsen, bevor sie den Schlüssel aus dem Vogelschnabel zog und zur Leiter rannte.

Oona konnte nur sprachlos den Kopf schütteln. Isadora würde schon wieder gewinnen, und sie konnte nichts dagegen tun. Stumm beobachtete sie, wie Isadora die Leiter zur höchsten Galerie erklomm und aus ihrem Blickfeld verschwand. Einen Augenblick später war ein Klicken zu hören, gefolgt vom Geräusch einer sich öffnenden und wieder schließenden Tür.

Oona und Roderick starrten sich wie zwei Revolverhelden auf einer verlassenen Dorfstraße in die Augen. Irgendetwas pulsierte zwischen ihnen hin und her: eine Art fieberhafte Energie, die etwas Verzweifeltes hatte. Jetzt ging es nur noch um sie beide. Nur einer von ihnen würde sich für das morgige Finale gegen Isadora qualifizieren können, und das Rennen hatte begonnen.

Oona hängte ihr Pendel an eine Uhr nach der anderen und bewegte sich unermüdlich am dritten Regal entlang. Sie hörte, wie Roderick eine Etage tiefer dasselbe tat. Es war jetzt nur noch eine Sache von Glück und Schnelligkeit.

Einige Minuten später, als Oona die Regalreihe, mit der sie gestartet war, fast beendet hatte, hängte sie das Pendel bei der letzten Uhr auf dem untersten Brett ein.

Über ihr läutete die Glocke und im nächsten Augenblick hörte sie ein Klicken. Sie schaute nach oben und gleichzeitig rauschte ein ganzer Eimer voll kaltem Wasser auf sie nieder. Oona schnappte nach Luft. Blitzschnell hatte sich ihre Kleidung vollgesogen und das Eiswasser ließ sie vor Kälte erbeben.

Sie wischte sich das Wasser aus den Augen, wrang ihren Rocksaum aus und fuhr fort. Kaum hatte sie nach der nächsten Uhr gegriffen, hörte sie erneut die Glocke. Oona stockte der

Atem, doch diesmal war es Roderick, der erschrocken aufschrie. Oona wirbelte herum und sah, wie Roderick mit dem Kopf nach unten hing, die Knöchel mit einem Strick zusammengebunden. Es dauerte nicht lange, bis das Seil sich löste, worauf er so heftig mit dem Kopf auf dem Boden aufschlug, dass es durch den ganzen Turm hallte.

Während Roderick sich mühsam aufrappelte, wurde Oona wieder etwas klar. Es ging dabei um die Glocke, die immer dann läutete, wenn eine Falle aufsprang. Jedes Mal dauerte es einen kurzen Moment, bevor die Falle nach dem Läuten aktiviert wurde.

Wenn sie schnell genug war, konnte sie der Falle vielleicht ausweichen, statt darauf zu warten, dass sie zuschnappte. Angespannt horchte sie auf die Glocke, um augenblicklich beiseitezuspringen, sobald sie anfing zu läuten. Das klang nach einem soliden Plan, den sie in die Tat umsetzen wollte.

Mit aufgeregtem Kribbeln im Bauch hängte sie das Pendel bei der nächsten Uhr ein. Nichts passierte. Auch nicht bei der nächsten und übernächsten Uhr. Als sie die Hälfte des neuen Regals hinter sich gebracht hatte, lagen ihre Nerven blank. Mehr als einmal hatte sie geglaubt, dass die Glocke losbimmeln würde, und war zur Seite gesprungen, nur um festzustellen, dass ihre Fantasie ihr einen Streich gespielt hatte.

Erst als sie das vorletzte Regalbrett erreicht hatte, konnte sie ihre Theorie überprüfen. Während sie ihr Pendel an der mittleren Uhr, einem schweren, barocken Kunstwerk mit Blattgoldverzierungen, einhängte, hörte Oona über sich die Glocke schlagen und sprang beherzt zur Seite. Fast im selben Augenblick öffnete sich eine versteckte Bodenluke, unter der sich eine steile, bis ins

Erdgeschoss führende Rutsche befand. Oona atmete erleichtert aus und wischte sich mit dem feuchten Ärmel ihres Kleides die Stirn. Sie hatte sich soeben eine anstrengende Kletterpartie erspart.

Sie nickte entschlossen und war stolz darauf, den Trick durchschaut zu haben. Jetzt hatte sie eine Strategie.

Eine Stunde später war Oona mit dem Stockwerk fertig, nachdem sie zwei Boxhandschuhen, drei Falltüren und einem in der oberen Galerie versteckten Kanister mit Leim und Federn ausweichen konnte.

In der Zwischenzeit war zu hören, wie Roderick weiter unten mehrmals verdroschen wurde. Während sie die Leiter zur vierten Ebene hinaufkletterte, tat er ihr fast schon ein bisschen leid. Doch da ertönte über ihr plötzlich ein gewaltiger Gong.

»Ich hab's geschafft!«, rief Roderick und Oona sank der Mut. Roderick hatte eine der funktionierenden Uhren entdeckt. Das war das Ende. Roderick würde als Nächster die Tür erreichen, was Oonas Ausscheiden aus dem Wettstreit bedeutete.

Sie beugte sich über das Galeriegeländer und spähte nach unten. Roderick hielt seinen Schlüssel in der Hand und begann die Leiter zu erklimmen. Er sah schrecklich aus, triefnass, Jacke und Kopf beschmiert mit einer dicklichen klebrigen Pampe, die mit Federn gespickt war.

Oona wandte sich ab und umklammerte das handtellergroße Pendel so krampfhaft, dass es schmerzte. Sie hasste dieses Gefühl. Roderick würde sie überholen, genau wie Isadora, und sie konnte rein gar nichts tun, um es zu verhindern. Frustriert marschierte sie zur nächstbesten Uhr und rammte das Pendel so heftig an den Haken, dass sie ihn fast abgerissen hätte.

Doch sobald das Pendel eingerastet war, gongte es erneut über ihr. Ein kalter Schauer lief Oona über den Rücken. Er rührte jedoch nicht von ihrem immer noch klatschnassen Kleid, sondern von einem plötzlichen Adrenalinschub. Das Zifferblatt der Uhr sprang auf, ein Kuckuck erschien und hielt genau wie bei Isadora einen zusammengerollten Zettel und einen Schlüssel im Schnabel.

Ohne Zögern schnappte Oona sich den Schlüssel und stürmte zur Leiter, wo sie fast mit Roderick zusammengestoßen wäre. Ihr pitschnasser Rocksaum klatschte ihm ins Gesicht, als sie die Sprossen erklomm. Roderick quiekte wie ein Schwein, bekam ihr Kleid zu fassen und riss daran. Ob er es tat, um sich festzuhalten oder um sie zu Fall zu bringen, wusste Oona nicht, doch sie rutschte ab und stürzte mit den Armen rudernd nach hinten.

Ihr Fuß glitt von der Sprosse und erwischte Rodericks Hand. Er ließ ihr Kleid los und Oona warf sich nach vorn und klammerte sich mit aller Kraft an der Leiter fest. Roderick rutschte zwei Sprossen nach unten, bevor er das Gleichgewicht wiederfand und seinen Aufstieg fortsetzte.

Oona kletterte und kletterte.

Roderick war sicher schneller als sie, aber er kam nicht an ihr vorbei. Bald hatte sie die oberste Galerie erreicht, schwang sich über die Kante und hielt kurz nach dem Ausgang Ausschau. Sekunden später war Roderick ebenfalls oben. Gleichzeitig entdeckten sie die Tür in etwa zehn Metern Entfernung.

Oona war gerade losgerannt, ein nervöses Kribbeln in den Adern, als sie eine Hand auf dem Rücken spürte. Roderick gab ihr einen Schubs und brachte sie zu Fall. Nachdem sie hart auf dem Boden aufgeschlagen war, wollte er über sie hinwegstürmen, doch sein Fuß verfing sich in ihrem Rock. Mit einem panischen Schrei stürzte er kopfüber auf die Holzplanken.

Oona verlor keine Zeit. Ruck, zuck war sie wieder auf den Beinen, stieg über Roderick hinweg und stürmte weiter. Fluchend rappelte sich Roderick wieder auf und nahm unter wüsten Beschimpfungen, die jeglicher Ritterlichkeit widersprachen, die Verfolgung auf.

Ohne auf ihn zu achten, stürzte Oona sich auf die Tür, rammte den Schlüssel ins Schloss und drehte ihn um. In diesem Augenblick existierte nichts anderes für sie als die Entschlossenheit, als Erste durch die Tür zu gehen. Roderick zu besiegen. Zu gewinnen. Eine Sekunde später war es so weit.

Oona stieß die Tür auf und starrte in das grinsende Gesicht des Architekten. Sie konnte es selbst kaum fassen.

Sie hatte es geschafft! Sie hatte Roderick Rutherford besiegt. Damit war sie im Finale gegen Isadora Iree.

Ihr Atem ging keuchend und sie hatte schreckliches Seitenstechen. Oonas Haar war zerzaust, und ihr Handgelenk schmerzte von dem Sturz, dennoch schien für sie die Sonne so strahlend wie nie zuvor, und noch nie hatte sie ein solches Gefühl der Erleichterung verspürt. Ein wahrhaft glorreicher Tag!

Kapitel 14

DAS MÄRCHEN DES KRISTALLSCHALEN-ORAKELS

»Darf ich annehmen, dass du es in die letzte Runde geschafft hast?«, fragte der Zauberer. Er stand mit einer Heckenschere in der Hand im Vorgarten. Stirnrunzelnd betrachtete er die Rosenbüsche, als wüsste er nicht recht, was er mit ihnen anfangen solle. Oona war überrascht, ihren Onkel im Garten anzutreffen.

Der Vorgarten des Pendulum Hauses war im Lauf der Jahre ziemlich heruntergekommen. Die Bäume ächzten unter dem Gewicht ihrer überlangen Äste und ein dichtes Geflecht aus dornigen Ranken bedeckte den Boden. Der Weg vom Tor bis zur Veranda war das reinste Hindernisrennen und Oona hatte alle Mühe, nicht mit dem Rock in den Dornen hängen zu bleiben.

»Hallo, Onkel«, sagte sie. »Samuligan hat erzählt, du seist heute Morgen wegen eines weiteren Feenholz-Vergiftungsfalls um Hilfe gebeten worden.«

Er nickte. »Und wollen wir hoffen, dass ich zum letzten Mal damit zu tun hatte.«

»Ja, hoffentlich. Aber dies ist der letzte Ort, an dem ich dich erwartet hätte, Onkel. Woher kommt dieser plötzliche Drang zur Gartenarbeit?«, fragte Oona und betrachtete die Heckenschere in seiner Hand.

Der Zauberer zuckte die Achseln. »Oh, das kommt sicher von all den Zweigen und Ranken, die dem Koch aus dem Kopf gewachsen sind. Gott sei Dank konnte ich ihn kurieren. Er hat schon wieder seine natürliche Hautfarbe und all die Zweige und Äste sind so gut wie verschwunden. Aber das Ganze hat mich an den traurigen Zustand meines Gartens erinnert. Irgendjemand muss dieses Gestrüpp wieder in Ordnung bringen.«

»Wieso fragst du nicht Samuligan?«, schlug Oona vor. »Er stellt gerade die Kutsche in die Remise.«

»Natürlich könnte ich das tun, aber dadurch würde ich mir die Aufgabe zu leicht machen.« Sein Blick fiel auf ihre ramponierte, klatschnasse Kleidung. »Apropos Aufgabe …«

Oona lächelte ihn an. »Ja, Onkel. Du hast richtig geraten. Ich bin eine der Finalisten. Ich habe es bis zur letzten Aufgabe geschafft.«

»Gratuliere«, sagte er, bevor er vor einer Rosenknospe den Finger hob und murmelte: »*Abra-ord-ion-all.*«

Die Knospe öffnete sich und entfaltete ihre wunderschönen, roten Blütenblätter.

»Gut gemacht«, lobte Deacon von Oonas Schulter aus.

»Hmmm«, brummte Oona. »Ein neuer Zauber.«

Der Zauberer zog die Brauen hoch. »Nun, eigentlich ist er uralt. Sehr obskur. In der Tat ist es einer der ersten Zauber ohne Stab, die ich je gelernt habe.«

»Laut *Encyclopedia Arcanna*«, erklärte Deacon plötzlich, »ist für etwa achtzig Prozent aller magischen Aktivitäten ein Kurskonduktor, also ein Zauberstab, nötig, mit dessen Hilfe die Magie gelenkt und ausgerichtet werden kann.«

Oona zuckte die Achseln, als sei ihr das vollkommen einerlei. Ihr Geist war einfach zu erschöpft, um einen simplen magischen Zauber zu bewundern. Schließlich konnte man Rosen auch auf andere Weise zum Blühen bringen, zum Beispiel durch das Zurückschneiden überzähliger Triebe, damit die Blüten ausreichend Sonnenlicht bekamen – dazu brauchte es keine Magie. Dennoch wollte sie ihrem Onkel nicht den Spaß verderben.

»Mein Vorgänger, Armand Flirtensnickle, hat mir den Spruch beigebracht«, sagte der Zauberer nachdenklich. »Aber ich habe ihn schon lange nicht mehr angewendet. Habe schon seit Jahren nicht mehr an den Zauber gedacht. Ihn fast vollkommen vergessen. Hielt ihn wohl für einen unbedeutenden Zauber, nur dazu da, Blüten zu öffnen und zu schließen. Aber jetzt bin ich mir auf einmal nicht mehr so sicher.«

Mit hängenden Armen schaute Oona zu ihrem Onkel auf. Sie hoffte, dies würde nicht zu einem langatmigen Exkurs ausarten. Am liebsten wäre sie auf der Stelle nach oben gegangen, um sich auszuruhen. Doch ihr Onkel blickte immer noch versonnen vor sich hin und sie wusste, dass es unhöflich gewesen wäre, ihn zu unterbrechen.

Der Zauberer kratzte seinen kahlen Kopf, während seine Gestalt sich vor dem Hintergrund des Pendulum Hauses abzeichnete.

Mit vier Stockwerken, zahllosen verwinkelten Dächern und dem Bug eines ausgewachsenen Schiffes, der aus der ersten Etage hervortrat, ragte das Haus in all seiner magischen Pracht aus dem Garten empor. Vier Stockwerke über ihnen schwang die schmiedeeiserne Wetterfahne langsam in der warmen Brise hin und her, und als sie zu den unzähligen Fenstern und den außergewöhnlichen architektonischen Details hochblickte, hatte Oona wie so oft das Gefühl, dass das uralte Gebäude ihre Unterhaltung belauschte.

»Ich erinnere mich noch genau, wie Flirtensnickle mir den Zauber beigebracht hat«, fuhr der Zauberer mit verträumter Stimme fort, als würde er zurück in die Zeit reisen, als er noch ein Lehrling gewesen war. »Ich weiß noch die genauen Worte, mit denen er mir seine Bedeutung klargemacht hat. Seiner Überzeugung nach gibt es Zeiten, in denen wir Menschen uns öffnen wie eine Blume, wenn unsere Blütenblätter sich ausstrecken und nach Antworten auf unsere Fragen suchen.« Der Zauberer tippte die Rose ein zweites Mal an. »*Orx-ord-ion-ah*«, murmelte er den Gegenzauber. Augenblicklich schloss sich die Blume so schnell, dass sich ein Blütenblatt löste und im Zickzack zu Boden schaukelte. »Aber oft«, fuhr er im selben nachdenklichen Tonfall fort, »befinden sich die Antworten, nach denen wir suchen, im Inneren und es ist gar nicht erforderlich, sich nach außen zu wenden.«

Er wurde still und begann die dornigen Ranken zurückzuschneiden. Oona fragte sich kopfschüttelnd, worauf ihr Onkel nur hinauswollte … außen und innen suchen? Das erschien Oona ziemlich unsinnig, und sie fragte sich kurz, ob ihr Onkel sich nicht wohlfühlte.

Muskelkater und Erschöpfung übermannten sie.

»Ich bin sehr müde, Onkel«, sagte sie. »Ich glaube, ich sollte besser nach oben gehen und das nasse Kleid ausziehen. Mich ein bisschen hinlegen.«

Der Zauberer nickte, unterbrach seine Tätigkeit und murmelte vor sich hin: »Im Inneren.« Aufmerksam betrachtete er das wuchernde Buschwerk, wie ein Bildhauer, der einen Marmorblock begutachtet, und Oona stahl sich davon.

Kurze Zeit später legte sie den Inhalt ihrer Rocktaschen auf ihren Frisiertisch, bevor sie sich aus dem nassen Kleid kämpfte. Obwohl es erst früher Nachmittag war, schlüpfte sie in ihr Nachthemd, legte sich ins Bett und war bald tief und fest eingeschlafen.

Nach einigen Stunden erwachte sie und schaute benommen auf die Wanduhr. Es war fast sechs. Erschrocken fuhr sie hoch. »Deacon!« Beim Aufsetzen stieß sie gegen das Märchenbuch, das noch immer am Fußende ihres Bettes gelegen hatte und jetzt mit dumpfem Knall zu Boden fiel.

Deacon flog krächzend hoch. »Was ist los?«, fragte er.

»Du hast mich den ganzen Tag verschlafen lassen!«

Deacon landete auf dem Bettpfosten. »Ihr habt ein bisschen Schlaf redlich verdient. Außerdem hat man Euch diesmal kein Rätsel mit auf den Weg gegeben, über das Ihr Euch den Kopf zerbrechen müsstet.«

Oona schwang sich aus dem Bett, marschierte zum Schrank und riss die Tür auf. »Ja, das ist richtig, aber es bleibt immer noch ein Rätsel, das ich lösen muss.«

Nachdem Oona sich angekleidet hatte, bückte sie sich nach dem Märchenbuch. Mit dem aufgeschlagenen Buch in der Hand richtete sie sich wieder auf, doch dann stockte ihr mit einem Mal der Atem.

»Was ist mit Euch?«, fragte Deacon, der sofort ahnte, dass irgendetwas nicht stimmte.

Oona starrte auf die offene Buchseite vor ihren Augen. Verwirrt schüttelte sie den Kopf und versuchte, ihre Bedeutung zu erfassen.

Derweil flog Deacon auf ihre Schulter und spähte nach unten. Auf der linken Seite war der Anfang einer neuen Geschichte, eines weiteren geheimnisvollen Märchens, wie sie im Buchtitel angekündigt wurden. Deacon schnappte nach Luft, bevor er die Überschrift der Geschichte vorlas.

»Die Geschichte des Kristallschalen-Orakels.«

Wortlos ließ sich Oona mit dem Buch in der Hand in einen Sessel fallen und begann zu lesen. Deacon las von ihrer Schulter aus. Eine halbe Stunde später klappte Oona das Buch zu und knallte es auf den Frisiertisch, worauf eine Puderwolke aus einer offenen Dose aufstieg.

Schweigend dachten Oona und Deacon über die Informationen nach, die sie soeben gelesen hatten. Oonas Hoffnungen schwanden wie Schnee in der Sonne.

»Das Kristallschalen-Orakel ist nichts weiter als ein Märchen«, erklärte Oona schließlich.

Deacon nickte ernst. »Und selbst im Märchen ist es nichts

als eine fiktive Idee. Der gerissene alte Farmer hat sie erfunden, um den Helden von seiner wahren Aufgabe abzulenken.«

Oona nickte geistesabwesend und war in Gedanken noch bei dem Märchen, in dem der junge Prinz sich aufgemacht hatte, um eine wunderschöne Jungfrau zu retten. In einer Drachenhöhle gefangen, hatte das Mädchen nicht mehr lange zu leben, also eilte der Prinz ihr zu Hilfe. Doch die Reise war lang, und in der Nacht vor seiner Ankunft bei der Drachenhöhle war er so erschöpft, dass er sich ausruhen musste. Da traf der junge Prinz einen alten Farmer, der ihm einen Platz zum Schlafen anbot.

Beim Nachtessen erzählte der Farmer dem Prinzen vom Kristallschalen-Orakel, einer magischen Schale, die jede Frage beantworten konnte.

Der Prinz wollte gern wissen, ob es ihm am nächsten Tag gelingen würde, den Drachen zu bezwingen, und so fragte er den Farmer, ob er die Kristallschale sehen dürfe. Doch als der alte Bauer die geheimnisvolle Schüssel herbeiholen wollte, entdeckte er, dass sie verschwunden war.

»Ich muss sie irgendwo auf dem Hof stehen lassen haben«, sagte er. »Aber mein Gedächtnis ist nicht mehr das beste. Ich habe keine Ahnung, wo sie geblieben ist.«

Da der Bauer schon recht alt und lahm war, erbot sich der Prinz, nach der Schale zu suchen, teils weil der alte Mann so traurig über den Verlust schien, und teils weil der Prinz sich vor dem Kampf gegen den Drachen fürchtete und den Ausgang gern im Voraus gewusst hätte. An den nächsten zwei Tagen durchsuchte er jeden Winkel des Hofs, fand jedoch keine Spur von der Kristallschale. Am dritten Tag beschloss der Prinz, dass es, ob mit oder ohne Schale, an der Zeit war, die schöne Jungfer zu retten. Der Prinz sagte dem alten Mann Lebewohl, sattelte sein Ross und ritt auf die Spitze des Berges, hinter dem der grauenvolle Drache hauste.

»Du kommst zu spät«, höhnte der Drache lachend. »Ich habe deine edle Jungfrau schon gefressen. Wärst du nicht so lange bei dem alten Mann geblieben, hättest du sie vielleicht retten können.«

»Woher weißt du von dem alten Mann?«, fragte der Prinz voller Entsetzen, dass er zu spät gekommen war.

»Weil der Alte ein Freund von mir ist«, erklärte der Drache. »Es gibt kein Kristallschalen-Orakel, du Narr. Es war nur eine Lüge, um dich von deiner Suche abzulenken. Ihr törichten Prinzen … ihr fallt immer wieder darauf herein.«

Die Geschichte endete auf ziemlich grausame Weise, denn der Drache verschlang den untröstlichen Prinzen und flog zum Haus des alten Mannes, wo die beiden eine Runde Domino spielten und über die ganze Geschichte lachten.

Es handelte sich wirklich um ein äußerst sonderbares Märchen, dachte Oona. Wer, außer der seltsamen kleinen Penelope Rutherford, wollte sich schon vor dem Schlafengehen eine dermaßen trübsinnige Geschichte anhören?

Die Beliebtheit des Märchens war jedoch Oonas geringste Sorge. Die Erkenntnis, an der Nase herumgeführt worden zu sein, traf sie wie ein Keulenschlag. Und wenn die Roma-Frau in Bezug auf die Kristallschale gelogen hatte, handelte es sich bei der Behauptung, sie habe das »zweite Gesicht«, wahrscheinlich ebenfalls um eine Lüge. Die Andeutung, dass Oona nicht verantwortlich sei für die Bürde, die sie trug, war nichts weiter als ein Märchen.

Oona war außer sich vor Zorn.

»Wir müssen Madame Romania aus Rumänien finden, und zwar sofort!«, rief sie entschlossen und machte sich augenblicklich auf den Weg zur Tür. »Wir müssen herausbekommen, warum sie diesen Unsinn mit der Kristallschale erfunden hat.«

Deacon sträubte die Federn. »Das müssen wir in der Tat.«

Madame Romania aus Rumänien machte ihnen nicht auf. Oona klopfte mehrfach an die Wohnwagentür, doch nichts regte sich. Die Schatten der Bäume streckten sich im schwindenden Licht wie lange Finger.

»Jetzt ist sie schon den zweiten Tag hintereinander nicht zu Hause. Sieht fast so aus, als hätte Madame Romania aus Rumänien ihren Wohnwagen verlassen, Deacon. Was hältst du davon, wenn wir einen Blick ins Innere werfen?«

»Haltet Ihr das wirklich für eine kluge Idee?«, fragte Deacon und schaute nervös in alle Richtungen.

Es wurde langsam Abend und der Park schien verlassen. Wie eine ganz normale Spaziergängerin, die den geschmückten Wohnwagen bewunderte, schlenderte Oona herum und las das gemalte Schild:

MADAME ROMANIA AUS RUMÄNIEN!
SCHICKSALSDEUTUNG, HANDLESUNGEN,
ENTHÜLLUNG VON GEHEIMNISSEN
IM INNEREN DES WAGENS!

»Hmm … Weißt du was, Deacon, als ich das Schild zum ersten Mal gesehen habe, ist mir aufgefallen, wie neu es aussah. Als wäre es gerade erst gemalt worden.«

Deacon warf einen prüfenden Blick auf die Buchstaben und nickte. »Jetzt, wo Ihr mich darauf aufmerksam macht … sehe ich es auch. Das Schild befindet sich, verglichen mit dem Rest des Wohnwagens, in einwandfreiem Zustand.«

Nach einem hastigen Blick über die Schulter kroch Oona beherzt unter den Wohnwagen. Deacon hüpfte auf die Erde und sah zu, wie Oona den Riegel im Wagenboden zur Seite schob, worauf die Bodenluke aufschwang.

»Das war nicht schwer«, sagte Oona und steckte ihren Kopf hindurch.

Das Wageninnere war stockfinster und alles andere als einladend, doch Oona schlüpfte hinein. Etwas stach ihr in den Finger, als sie sich auf dem Lukenrand niederließ.

»Autsch!«, rief sie.

»Alles in Ordnung?«, fragte Deacon von unten.

»Ich glaube schon«, erwiderte sie und zog ein Streichholz aus der Tasche. Sie riss es an der Luke an und der mit Stoff ausgeschlagene Raum wurde in flackerndes Licht getaucht. Auf einem Regalbrett entdeckte Oona eine Öllampe, die sie anzündete und hochdrehte.

Die silbernen Glöckchen und Schmuckanhänger an der Decke glitzerten gespenstisch im Lampenschein, und plötzlich überkam Oona Furcht, erwischt zu werden, und sie konzentrierte sich darauf, ihre Angst zu ignorieren.

Deacon hüpfte ins Wageninnere. »Wonach sucht Ihr?«

Oona zog den Vorhang beiseite, der den vorderen Teil des

Wohnwagens vom hinteren trennte. Zahllose Kleiderstangen kamen zum Vorschein, noch dichter mit Kleidern behängt als die Stangen in Isadora Irees Schrank.

Oona hielt die Lampe hoch. »Kostüme.«

»Kostüme?«, wiederholte Deacon. »Das sind ja –«

»Tausende«, unterbrach Oona ihn.

»Aber was hat das zu bedeuten?«, fragte Deacon.

Oona ging in die Knie und tastete den Boden bei der Luke ab. Ein paar Sekunden später hielt sie einen langen Stachel in der Hand.

»Hier, der hat mich in die Hand gestochen, als ich reingekrochen bin.«

»Ein Stachelschweinstachel?«, mutmaßte Deacon.

Oona nickte. »Und wen kennen wir, Deacon, der Tausende von Kostümen benötigt und Stachelschweine als Haustiere hält?«

»Glaubt Ihr etwa, dass Madame Romania aus Rumänien in Wahrheit der Mann der tausend Gesichter ist? Albert Pancake?«

»Ja, genau das glaube ich, Deacon«, sagte Oona. »Deshalb ist die Bodenluke in der Mitte des Wagens. Dieselbe Art von Wagen wird weltweit von Theatergruppen benutzt. Die Wände lassen sich aufklappen, und der Wagenboden wird zur Bühne.«

Deacon hüpfte auf die Tischplatte. »Ich verstehe. Mithilfe der Bodenluke werden während der Vorstellung bestimmte Effekte erzeugt. Auch für schnellen Kleiderwechsel ist das sicher praktisch. Aber wieso sollte Albert Pancake Euch eine derart haarsträubende Lügengeschichte auftischen?«

»Ich habe da einen Verdacht«, erwiderte Oona. »Aber ich glaube, wir sollten diese Frage lieber *ihm* stellen. Komm schon,

Deacon.« Sie drehte die Öllampe herunter, bis sie erlosch, bevor sie durch die Bodenluke schlüpfte. »Ich glaube, heute ist ein guter Abend fürs Theater.«

Kapitel 15

DAS THEATER

Das Theater war berstend voll. Als Oona an der Kasse nach Karten fragte, wurde sie auf das Schild am Fenster hingewiesen:

AUSVERKAUFT!

So leicht ließ sich Oona jedoch nicht entmutigen. Während die Besucher ins Theater strömten, mischte sie sich unter die Wartenden und gelangte unbemerkt hinein, obwohl sie als Einzige in der Schlange einen Raben auf der Schulter sitzen hatte.

Platzanweiser hielten an den Türen zum Zuschauerraum Wache, überprüften die Eintrittskarten und begleiteten die Besucher zu ihren Plätzen. Da Oona keine Karte vorweisen konnte, musste sie sich einen anderen Weg suchen, um in den Saal zu gelangen. Ihr Blick fiel auf eine Tür in der hinteren Ecke des Foyers. Nachdem sie sich zwischen den vornehm gekleideten Besuchern hindurchgeschlängelt hatte, erkannte sie auf der Tür die Buchstaben GL.

»GL?«, fragte Deacon. »Was bedeutet das?«

»Vielleicht ›Garderobe links‹«, sagte Oona, indem sie einen argwöhnischen Blick über die Schulter warf und sich vergewisserte, dass sie von niemandem beobachtet wurde. Beherzt drehte sie den Knauf herum und schlüpfte durch die Tür. Es dauerte einen Moment, bis sich ihre Augen an das Dämmerlicht gewöhnt hatten. Neugierig schaute sie sich um. Offensichtlich befanden sie sich in einem langen, dunklen Korridor.

»Der Gang führt bestimmt zum hinteren Bühnenbereich«, mutmaßte Deacon.

Oona hoffte, dass er recht hatte. Sie war noch nie hinter der Bühne gewesen und die Aussicht, dorthin zu gelangen, faszinierte sie. Neben ihrer Neugierde auf das, was hinter den Kulissen geschah, wollte sie unbedingt herausfinden, warum Albert Pancake sie an der Nase herumgeführt hatte.

Auf leisen Sohlen schlichen die beiden durch den engen Durchgang. An einer Stelle stieß Oona gegen einen herumliegenden Sandsack, geriet ins Stolpern und landete in einem Seilhaufen.

»Habt Ihr Euch verletzt?«, fragte Deacon besorgt.

Oona rappelte sich wieder hoch. »Ich bin nur mit dem Knie aufgeschlagen. Halb so wild. Dieses Theaterleben ist gefährlicher, als ich dachte.«

Deacon kicherte, doch Oona wusste nicht, was so lustig an ihrem Sturz war. Ihr Knie war ziemlich ramponiert und sie musste ganz schön humpeln.

Kurz darauf hatten sie das Ende des Korridors erreicht und gelangten in den hinteren Teil des Theaters. Lange, dunkle Stoffbahnen hingen von der Decke und versperrten den Besuchern den Blick hinter die Bühne. Oona hörte, wie die Zuschauer unter lautem Geschwätz ihre Plätze einnahmen.

»Kann ich Ihnen helfen?«, fragte eine Stimme.

Erschrocken drehte Oona sich um und sah einen Mann an einer Seilwinde stehen. Er hatte die Arme vor der Brust verschränkt und aus seinem Mundwinkel schaute ein Zahnstocher hervor. »Oh, guten Abend«, stammelte Oona. »Sie haben mir einen Schreck eingejagt.«

»Was tust du hier hinten?«, wollte der Mann wissen. Sein Gesicht lag im Schatten, doch aufgrund seiner aus aufgekrempelten Hemdsärmeln ragenden, muskulösen Arme hielt Oona ihn für einen Bühnenarbeiter.

»Ich bin auf der Suche nach Mr Pancake«, sagte Oona. Von dem Schreck bebte ihre Stimme ein wenig, und mit einem Mal kam sie sich ziemlich albern vor.

»Mr Pancake macht sich für die Vorstellung fertig, Liebchen«, erklärte der Kulissenschieber. »Wenn du eine Eintrittskarte hast, kannst du ihn vom Saal aus sehen, zusammen mit den anderen Zuschauern.«

»Aber … es geht um Leben und Tod«, log Oona. »Ich muss ihn unbedingt noch vor der Vorstellung sprechen.«

Der Kulissenschieber trat einen Schritt vor. Oona erstarrte, als er seine muskelbepackten Arme ausstreckte und die Hände in die Hüften stemmte. Dann beugte er sich so tief zu ihr herab, bis sein Gesicht nur wenige Zentimeter von ihrem entfernt war und sie seinen Pfefferminzatem riechen konnte. »Du kannst mir sagen, worum es geht, Liebchen. Ich richte es ihm aus. Du kannst mir vertrauen.«

Das Gesicht des Mannes lag noch immer im Dunkel, doch in seinen Augen spiegelte sich das Licht aus dem Saal. Sie blitzten auf und Oona legte nachdenklich den Kopf auf die Seite.

»Wahren Sie Distanz, Sir«, mahnte Deacon und plusterte sich auf Oonas Schulter bedrohlich auf.

Der Mann beachtete ihn nicht und wich nicht von der Stelle. Minzgeruch umwogte seinen Körper. »Sag mir einfach, worum es geht, Missy. Ich werd's ihm ausrichten. Und beeil dich. Wir müssen eine Vorstellung über die Bühne kriegen.«

»Ich fürchte, das ist nicht möglich«, erklärte Oona.

»Was ist nicht möglich?«, fragte der Kulissenschieber.

»Dass Sie Mr Pancake die Nachricht überbringen«, erwiderte Oona. »Es sei denn, Sie würden sich selbst etwas ausrichten.«

Der Bühnenarbeiter wich zurück und blinzelte mit den Augen. »Wie bitte?«

»Sie sind Albert Pancake«, erklärte Oona. »Der Mann der tausend Gesichter. Ich erkenne Sie wieder.«

Der Bühnenhelfer stellte sich gerade hin. »Das ist unmöglich. Wie denn? Ich meine, äh, Sie irren sich. Ich bin nur ein Kulissenschieber und arbeite hinter der Bühne, Liebchen.«

Er spannte die Armmuskeln, als könne er dadurch seine Identität beweisen.

»Ich erkenne Ihre Augen«, sagte Oona. »Sie sind sehr gut, Mr Pancake. Hervorragend. Aber eines können Sie nicht verändern, und das sind Ihre Augen; das ist mir gestern schon aufgefallen, bei unserem Treffen im Foyer, als Sie meinen Onkel imitiert haben. Sie haben haargenau so ausgesehen wie er … bis auf die Augen. Aber erst als ich sie heute Abend im Dunkeln gesehen habe, ohne dass sie mich mit ihren wundersamen Gesichtszügen ablenken konnten, ist mir klar geworden, dass ich diese Augen schon einmal gesehen habe. Ich rede von Madame Romanias Augen, deren Gesicht hinter einem zerschlissenen Stück Stoff versteckt war. Diese Tatsache und der Geruch nach Pfefferminz, das Sie offenbar so gern lutschen, haben Sie verraten.«

Einen endlosen Moment lang stand der Bühnenhelfer einfach nur da, das Gesicht weiterhin im Schatten. Dennoch sah Oona, wie seine Augen sich überrascht rundeten und dann ungläubig hin und her schauten.

»Das ist unglaublich«, sagte er schließlich. »In all den Jahren als Schauspieler hat nicht einer meine Tarnung durchschaut.«

Er setzte sich auf den Boden und ließ den Kopf hängen.

»Und jetzt, Mr Pancake«, erklärte Oona, »muss ich Sie fragen, warum Sie sich als Roma-Frau verkleidet und mir die Lügengeschichte über das Kristallschalen-Orakel aufgetischt haben.«

Albert Pancake schaute nicht auf, sondern blieb mit gesenktem Kopf im Schummerlicht sitzen. Die Geräusche der Zuschauer drangen durch den Vorhang.

»Ich wurde dazu beauftragt«, sagte Mr Pancake kleinlaut.

»Ich bekam genaue Anweisungen, was ich zu tun hatte – die Darstellung der Wahrsagerin, die Kristallschale und der Satz: ›Ihr seid nicht verantwortlich für die Bürde, die Ihr tragt!‹ Ich sollte Sie von der Existenz der Schale überzeugen und in Ihrer Gegenwart feststellen, dass sie abhanden gekommen war. Dafür wurde mir eine Menge Geld angeboten. Die Summe war so verlockend, dass ich einfach nicht widerstehen konnte, zumal es sich um eine so leichte Aufgabe handelte.«

»Wer hat Ihnen den Auftrag gegeben?«, wollte Oona wissen. »Sagen Sie mir die Wahrheit, und ich verspreche Ihnen, dass ich nicht zur Polizei gehen werde.«

Mr Pancake schaute auf. »Zur Polizei? Was habe ich denn verbrochen? Ich habe mich doch nur als alte Frau verkleidet und ein paar Leuten aus der Hand gelesen. Das ist doch nicht gesetzlich verboten!«

Oona dachte kurz nach. Es stimmte. Kein Gesetz war gebrochen worden. Zumindest keines, das sie kannte. Und wenn jemand eine Strafe verdiente, dann war sie das selbst, weil sie so leichtgläubig gewesen war. Sie hätte es besser wissen sollen, hätte auf Deacon und ihren Onkel hören sollen. Aber die Aussicht, von ihrer Schuld entbunden zu sein, hatte ihre klare Denkfähigkeit getrübt.

»Wer hat Sie damit beauftragt, mich mit dieser sinnlosen Suche abzulenken, Mr Pancake?«, fragte Oona und war nicht in der Lage, ihren Zorn zu verbergen. Sie beugte sich vor und schaute auf dieselbe einschüchternde Weise auf den sitzenden Mann herunter, wie er kurz zuvor auf sie. »Wer auch immer Sie dazu angestiftet hat, wollte mich aller Wahrscheinlichkeit nach dazu bringen, meine Energie auf das hoffnungslose Unterfangen zu richten statt auf den Wettstreit. Lassen Sie mich raten. War es Isadora Iree?«

Mr Pancake schüttelte den Kopf.

»Nein?«, bohrte Oona weiter. »Dann vielleicht ihre Mutter, Madame Iree?«

Wieder schüttelte der Mann der tausend Gesichter den Kopf.

Dann dämmerte es ihr und sie schlug sich gegen die Stirn. »Warum habe ich das nicht gleich gewusst? Sir Baltimore. Er hat Sie angeheuert, um mich mit der Geschichte abzulenken, mit derselben Geschichte, die er seiner Tochter wieder und wieder aus ihrem Märchenbuch vorgelesen hatte. Deacon, erinnerst du dich, dass Adler Iree erzählt hat, Sir Baltimore habe eine beträchtliche Summe auf den Wettstreit gesetzt?«

Deacon klapperte kurz mit dem Schnabel, bevor er verkündete: »Sir Baltimore wusste, dass Ihr die fähigste Kandidatin wart. Er hat Mr Pancake den Auftrag gegeben, Euch mit all dem unsinnigen Gerede über magische Schüsseln abzulenken, damit sein Sohn Roderick in Führung gehen konnte.«

Mr Pancake stand vom Boden auf und tat einen tiefen Seufzer. »Nun, es sieht so aus, als hätten Sie das Ganze schon allein herausgefunden, und wenn Sie fertig sind, würde ich –«

Er machte Anstalten, sich an Oona vorbei auf die Bühne zu begeben.

»Einen Moment noch«, sagte Oona und stellte sich ihm in den Weg. »Ich habe längst noch nicht alles herausgefunden. Zum Beispiel die Sache mit dem Ring.«

Mr Pancake zog die Brauen hoch und Oona ahnte, dass er ganz genau wusste, um welchen Ring es ging. »Sie meinen den Ring der Schneiderin?«, fragte er. »Sie haben ihn gefunden, nicht wahr? Baltimore sagte schon, Sie seien clever. Nun, da die Katze ohnehin schon aus dem Sack ist, werde ich es Ihnen verraten. Das mit dem Ring war ich, aber es war nicht allein meine Idee.«

»Wie das?«

»Nun ja, die Schneiderin – Madame Iree – kam zu Beginn des Festes in meinen Wohnwagen und wollte sich aus der Hand lesen lassen. Es war nicht das erste Mal, dass ich die Rolle der Madame Romania aus Rumänien gespielt habe, und ich bin ziemlich gut darin, Leuten die Zukunft vorauszusagen.«

Oona verschränkte die Arme vor der Brust. »Die *falsche* Zukunft.«

Mr Pancake zuckte die Achseln und hob entschuldigend die Hände. »Täuschung ist mein Geschäft, Miss Crate. Aber wie dem auch sei, ich bat Madame Iree, die Augen zu schließen … und … nun ja, sagen wir, dass ihr der Ring vom Finger gerutscht ist.« Mr Pancake wackelte mit den Fingern, als wolle er zeigen, wie leicht ein Ring von allein abfallen konnte. Ungläubig schüttelte Oona den Kopf. Mr Pancake hatte den Ring ganz offensichtlich gestohlen. »Nun, wie auch immer«, fuhr er fort und räusperte sich, »sobald sie fort war, ließ ich den Ring durch die Bodenluke des Wohnwagens fallen.«

Oona nickte, und ihre Miene drückte Verstehen und Ärger aus. »Sie haben also den Ring unter den Wagen fallen lassen, um eine falsche Spur zu legen … für den Fall, dass jemand wie ich nach Hinweisen suchen sollte.«

Mr Pancake zog die Schultern hoch. »Das Ganze war Baltimores Idee. Er schlug vor, ein paar Beweismittel zu verstreuen. Ich sollte einem der Gäste etwas stehlen und es an irgendeiner nicht allzu offensichtlichen Stelle hinterlegen. Etwas, das Sie dazu bringen würde, weiter in der falschen Richtung zu suchen. Meiner Meinung nach ging das ein bisschen zu weit, aber er sagte, Sie seien neugierig genug, um den Ring zu finden. Wenn Sie Ihrem Vater auch nur ein kleines bisschen ähnlich seien, würden Sie sich durch nichts davon abhalten lassen, ein solches Mysterium aufzuklären. Darauf hat er gebaut.«

»Und er hat recht gehabt«, erklärte Oona nicht ohne ein Quäntchen Stolz.

»Wenn Sie mich jetzt bitte entschuldigen würden«, sagte Mr Pancake ziemlich ungeduldig. »Mein Publikum erwartet mich.« Damit schob der Mann Oona beiseite und schlenderte zwischen den Stoffbahnen des Vorhangs hindurch auf die Bühne. Im Saal ertönte Applaus. Mit breitem Grinsen winkte er dem Publikum zu und begann mit der Begrüßung. »Meine sehr verehrten Damen und Herren, ich möchte Sie ganz herzlich willkommen …«

Oona starrte ihm nach, ohne zuzuhören. Stattdessen dachte sie über all das nach, was sie gerade erfahren hatte. Es klang alles sehr logisch … und dennoch …

»Und dennoch erklärt das noch immer nicht, wie Isadora an die Lösungen gekommen ist«, stellte sie fest und verspürte eine gewisse Enttäuschung darüber, ein Geheimnis entschlüsselt zu haben, nur um mit einem weiteren konfrontiert zu werden.

Trübsinnig trottete Oona durch den düsteren Korridor zurück ins Theaterfoyer. Samuligan wartete vor dem Gebäude. Es wurde eine kalte Heimfahrt. Die Außentemperatur war rapide gefallen und beim Blick zum Himmel fragte sich Oona, ob es Regen geben würde.

»Wie passend«, bemerkte sie.

»Wie bitte?«

Oona schüttelte nur bedrückt den Kopf, während die Kutsche am Oswald Park vorbeifuhr. Feuchtigkeit hing in der Luft und der Park wirkte düster und verlassen. Die schattenhaften Umrisse des Turms ragten wie ein krummer Finger empor, der auf eine versteckte Himmelsbotschaft zu deuten schien. Doch der Himmel war schwarz und wenn es eine Botschaft gab, wurde sie von bedrohlichen Wolkentürmen verdeckt.

Als der Turm aus ihrem Blickfeld verschwand, lehnte sich Oona seufzend an die Fensterscheibe. Das Mysterium war ein verschwommener Wirrwarr und das ärgerte sie ohne Ende. Wie sehr sie sich auch anstrengte, sie kam einfach nicht dahinter, wie Isadora sich die richtigen Lösungen verschaffte.

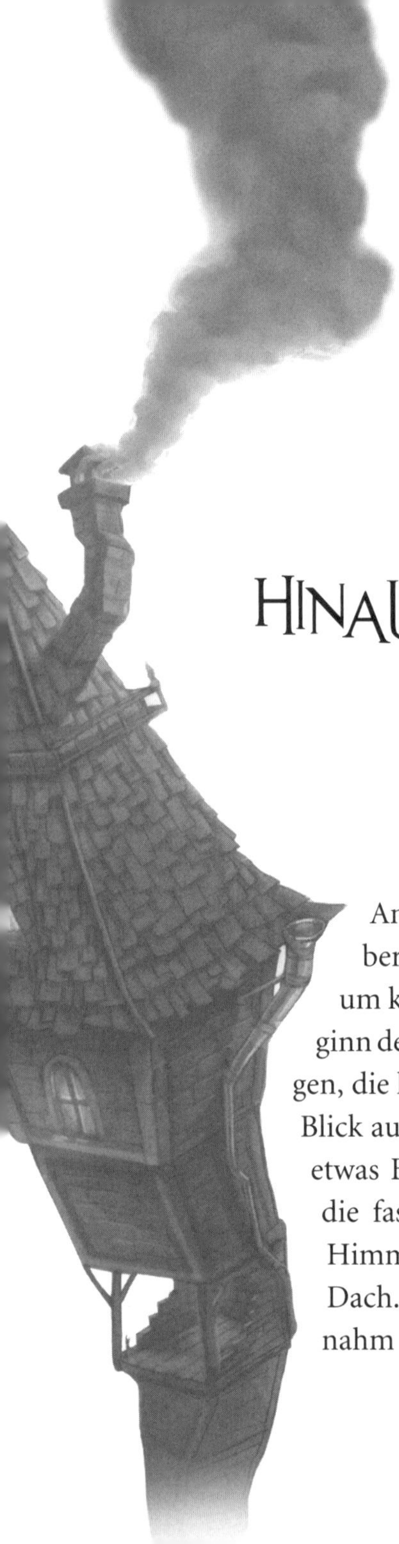

Kapitel 16

Hinauf in die Spitze

Am darauffolgenden Tag begleitete der Zauberer Oona in den Park. »Das Finale will ich um keinen Preis versäumen«, sagte er. »Seit Beginn des Wettstreits ist es noch niemandem gelungen, die letzte Aufgabe zu lösen.« Oona nickte, den Blick aus dem Kutschenfenster gerichtet, ohne auf etwas Bestimmtes zu achten, während sie durch die fast verlassene Straße rollten. Vom grauen Himmel prasselte ein heftiger Regenschauer aufs Dach. Die Luft war feucht und kühl, doch Oona nahm die ungemütliche Witterung kaum wahr.

Es gab einen Gedanken, der sie piesackte, eine enervierende Frage, die wie ein schwerer Vorhang den Blick auf alles andere verhüllte. Wie kam Isadora Iree vorzeitig an die Lösungen der Rätsel? Es war zum Haare raufen. Die halbe Nacht hatte sie sich den Kopf über die Frage zerbrochen und keine befriedigende Antwort gefunden.

»Ich habe einfach nicht genug Informationen«, bedauerte Oona.

»Wie bitte?«, hakte der Zauberer nach.

»Hmm? Ach nichts.«

»Bedrückt dich etwas, Liebes?«, fragte der Zauberer. »Ich kann mir denken, dass du ziemlich aufgeregt bist, es bis zum Finale geschafft zu haben. Aber du siehst aus, als hättest du deinen besten Freund verloren.«

Oona nickte, sagte jedoch nichts. Sie hatte tatsächlich etwas verloren. Etwas sehr Wertvolles. Sie hatte die Hoffnung verloren, dass ihre Mutter und Schwester aus einem anderen Grund ums Leben gekommen waren, als durch ihre eigene magische Unfähigkeit.

Sie dachte an Sir Baltimore, wie er die ganze Sache ausgeklügelt hatte, wie gerissen es von ihm war, die Wahrsagerin andeuten zu lassen, dass Oona die Bürde, die sie trug, nicht zu verantworten habe. Jetzt, wo sie darüber nachdachte, wurde ihr klar, dass die Worte für fast jede Person und jedes Problem passend waren. Sir Baltimore wusste von dem Unglücksfall in Oonas Vergangenheit – die ganze Straße wusste davon – und so hatte er den perfekten Satz erdacht, um ihre Aufmerksamkeit zu wecken: »Ihr seid nicht verantwortlich für die Bürde, die Ihr tragt!«

Wie vage und verführerisch dieses Versprechen gewesen war! Und dann die Behauptung, nur die Kristallschale könne die wahren Gründe des Unfalls ans Licht bringen. Obwohl ihr Onkel ihr unzählige Male versichert hatte, sie dürfe sich nicht die Schuld geben für das, was geschehen war, hatte sie immer gewusst, dass er nur versuchte, sie zu trösten. Sie war es gewesen, die die Wunderlichter heraufbeschworen hatte, und durch ihre alleinige Schuld waren sie außer Kontrolle geraten.

Doch dann kam die Voraussage der Roma-Frau, und sie hatte riesige Hoffnung darauf gesetzt, die Kristallschale könne ihr die Wahrheit verraten und sie mit eigenen Augen sehen lassen, was passiert war. Jetzt war diese Möglichkeit verloren.

Die Kutsche kam mit kreischenden Rädern zum Stehen. Samuligan sprang vom Bock und öffnete die Tür der Passagierkabine. Oona stieg aus und merkte, dass sie trotz des strömenden Regens vollkommen trocken blieb, als würden sie und Deacon von einem unsichtbaren Schirm geschützt. Der Zauberer stieg ebenfalls aus der Kabine und bedachte den magischen Baldachin mit einem lobenden Kopfnicken.

»Eine hervorragende Idee«, sagte er zu Samuligan. »Wieso sollten wir uns nass regnen lassen, wenn es auch anders geht?«

»Ich dachte mir schon, dass es Euch recht sein würde«, erwiderte Samuligan, und zu viert machten sie sich auf den Weg in die Mitte des Parks, wo der Regen gegen die schiefen Wände des Turms peitschte und ihn noch zerbrechlicher wirken ließ als je zuvor. Die Turmspitze schwankte wie ein lebendiges Wesen hin und her.

Vor der Bühne stand ein Häufchen Zuschauer, nicht annähernd so viele wie am ersten oder zweiten Tag des Wettstreits.

Wegen des Regens waren die meisten zu Hause geblieben, dennoch sah Oona ein paar bekannte Gesichter. Madame Iree und Rektorin Duvet drängten sich unter einen riesigen Regenschirm.

Ein paar Meter entfernt stand Adler Iree, die Hände in den Taschen vergraben und ohne Schirm, jedoch bestens gelaunt. Wieso er Lust hatte, ohne jeden Schutz im strömenden Regen zu stehen, war Oona ein Rätsel. Jungs konnten so sonderbar sein. Als sie die Bühnentreppe hinaufging, hielt er die Daumen hoch, und sie spürte, wie ihr Herz ins Stolpern geriet. Es war das erste angenehme Gefühl an diesem Morgen. Doch beim Anblick von Roderick Rutherford und seinem Vater war Oonas Freude schnell verflogen.

Am liebsten wäre Oona über die Bühne marschiert und hätte Sir Baltimore eine Ohrfeige verpasst, doch sie tröstete sich damit, dass Roderick es trotz der Machenschaften seines Vaters nicht ins Finale geschafft hatte. Jetzt blieben nur noch Oona und Isadora übrig – Isadora, die in diesem Moment mit einem Regenschirm in der Hand neben einem Schild mit handgemalten Buchstaben stand. Der Architekt war nirgends zu sehen.

Oona trat neben Isadora und las die Botschaft:

BEIDE KANDIDATEN WERDEN MIT DEM
FAHRSTUHL ZUR TURMSPITZE GEBRACHT,
WO IHNEN DIE LETZTE AUFGABE GESTELLT WIRD.

Oona und Isadora warfen einen Blick auf den klapperigen Fahrstuhl und sahen sich an.

»Bereit zu verlieren?«, fragte Isadora.

»Ruhig bleiben«, flüsterte Deacon in Oonas Ohr.

Oona grinste. »Wir sehen uns, wenn ich zurückkomme, Deacon.«

Deacon nickte ihr kurz zu, bevor er seinen Platz auf ihrer Schulter verließ und beim Zauberer und Samuligan zurückblieb. Oona und Isadora traten in den Fahrstuhlkäfig und wurden augenblicklich hochgezogen. Während sie aufstiegen, verschwand Samuligans unsichtbarer Schirm und ließ Oona im Regen stehen.

Isadora lachte schadenfroh, doch einen Moment später fegte eine kräftige Windböe herbei und riss Isadora den Schirm aus der Hand. Der Schirm faltete sich selbst zusammen und fiel durch die Stäbe des Fahrstuhlkäfigs in Richtung Erdboden. Bellendes Gelächter war von unten zu hören, das Oona gleich als Samuligans erkannte.

»Das waren Sie!«, zischte Isadora.

»Ich habe nichts gemacht!«, rief Oona empört.

Isadora schüttelte ungläubig den Kopf. »Ich weiß, Sie können alle möglichen Arten von Magie wirken. Aber trotzdem wird es Ihnen nicht gelingen, mich beim Wettstreit zu schlagen.«

»Ich habe nicht gewonnen, weil Sie gemogelt haben«, entgegnete Oona.

Je höher der Aufzug aufstieg, desto mehr nahm der Wind zu und desto nasser wurden die beiden.

Mit tropfnassen Haarsträhnen im Gesicht klammerte Isadora sich an die Eisenstäbe des Fahrstuhlkäfigs. »Wie ich schon sagte … beweisen Sie es!«

»Ich werde es beweisen, Isadora«, versprach Oona, während

ihr das Regenwasser über die Wangen rann. »Sobald ich das Finale gegen Sie gewonnen habe.«

»Keine Chance«, spottete Isadora.

»Wir werden sehen«, erwiderte Oona, worauf beide eine ganze Weile stumm blieben.

Der Fahrstuhl stieg höher und höher und wurde vom immer stärker werdenden Wind hin- und hergeworfen. Der Regen strömte auf sie nieder, durchtränkte ihre Kleider bis auf die Haut, und als sie die Turmspitze erreichten, zitterten beide Mädchen und klammerten sich verzweifelt an die Eisenstäbe.

Oona schaute nach unten. Durch den Regen konnte sie die Bühne kaum erkennen, während der Turm bedenklich von einer Seite zur anderen wankte, wie ein Schiff auf unruhiger See.

Mit leichtem Schwindelgefühl und einem Anflug von Übelkeit wandte Oona den Blick vom Boden ab und schaute zur pyramidenförmigen Turmspitze hoch, deren höchster Punkt in einer dicken Suppe aus Wolken verschwand.

Ein stählernes Podest mit Geländer ragte wie ein wackeliger Steg etwa zwei Meter weit aus der Pyramidenseite hervor. Wasser ergoss sich wie ein Sturzbach über die Metallfläche, die ziemlich glitschig aussah.

»Wir sollten besser einzeln gehen«, schlug Oona vor.

Isadora nickte, doch ihr Gesichtsausdruck ließ Oona vermuten, dass die feine junge Lady einen Großteil ihres Selbstvertrauens eingebüßt hatte.

»Soll ich den Anfang machen?«, fragte Oona.

Isadora schüttelte den Kopf. »Nein. Ich war gestern als Erste fertig. Deshalb sollte ich die Pyramide auch als Erste betreten.«

Oona zog eine Braue hoch und zuckte die Achseln. Sie blickte auf den glitschigen Steg und dann auf die verschwommenen Umrisse des Parks unzählige Meter unter ihnen.

»Nur zu«, sagte sie.

Doch Isadora regte sich nicht, sondern starrte stattdessen auf den metallenen Steg, als würde es sich um ein bösartiges Ungeheuer handeln, das nur darauf wartete, dass sie in seine Höhle vordrang.

Schließlich meldete Oona sich zu Wort.

»Eine von uns muss als Erste gehen«, entschied sie und trat vorsichtig vom Fahrstuhl auf den Steg, wobei sie sich am linken Geländer festhielt.

Der Steg senkte sich quietschend unter ihrem Gewicht, aber er hielt. Solange sie sich am Geländer festklammern konnte, fühlte sie sich einigermaßen sicher. Langsam schob sie die Füße über die Metallfläche. Der Steg ächzte und stöhnte wie ein verwundetes Tier, doch je näher sie der Pyramide kam, desto zuversichtlicher fühlte sie sich.

Plötzlich kippte der Steg zur Seite, und Oona rutschten die Füße unterm Körper weg. Ihr Schrei gellte durch den Regen. Verzweifelt klammerte sie sich am Geländer fest. Für einen furchterregenden Augenblick schien es, als würde der gesamte Steg vom Gebäude abreißen, doch dann stoppte die Bewegung, und Oona konnte sich wieder hochziehen. Da drang ein zweiter Schrei durch den tosenden Sturm. Als Oona sich umschaute, sah sie, warum die ganze Konstruktion abgesackt war.

Isadora Iree hing am Ende des Stegs. Unter panischem Geheule krallte sie sich an der untersten Geländersprosse fest und strampelte mit den Beinen in der Luft.

»Hilfe! Hilfe! Ich falle runter!«

Ohne nachzudenken, eilte Oona zurück und streckte Isadora die Hand entgegen. Panisch griff diese nach Oonas rettenden Fingern und Oona bot ihre ganze Kraft auf, um sie hochzuziehen, was sich durch das zusätzliche Gewicht des klatschnassen Kleides als äußerst schwierig erwies.

Bald rutschten Oona die Füße weg und eine Schrecksekunde lang war sie sich fast sicher, dass sie beide über die Kante stürzen würden. Unterdessen strampelte Isadora weiter mit den Füßen, als wolle sie zurück auf den Steg schwimmen. Es schien zu funktionieren.

Eine Hand am Geländer, die andere um Isadoras Handgelenk gekrallt, nahm Oona alle Kraft zusammen und zog, so fest sie konnte. Als es ihr endlich gelungen war, Isadora über die Kante des Stegs zu hieven, flutschten ihr Isadoras Handgelenke weg, worauf sie nach hinten taumelte. Im letzten Augenblick bekam sie das Geländer zu fassen. Entsetzt schaute sie sich nach Isadora um, überzeugt, dass ihre Rivalin in die Tiefe gestürzt war.

Aber Isadora war oben geblieben und zog sich hustend und prustend am Geländer hoch. Oona seufzte erleichtert, bevor sie vorsichtig die Tür in der Seitenwand der Pyramide ansteuerte. Wenige Sekunden später gesellte Isadora sich zu ihr und die beiden klapperten vor Kälte mit den Zähnen.

»D-d-danke«, sagte Isadora, aus deren Mund dieses Wort ungewohnt, jedoch aufrichtig klang.

»Gern geschehen«, murmelte Oona und war erleichtert, dass es ihr gelungen war, Isadora das Leben zu retten, während ein anderer Teil von ihr nervös und mit leichtem Unbehagen an die Aufgabe dachte, die sie erwartete.

Schließlich ging es um die Endrunde des Wettstreits – um

den Teil, den bislang noch niemand geschafft hatte. Sie spürte einen dicken Kloß aus Spannung und Beklommenheit im Hals, schluckte ihn entschlossen herunter und sagte: »Gehen wir die Sache an!«

Damit öffnete sie die Tür und die beiden Mädchen traten ins Finale des Magierturm-Wettstreits.

Kapitel 17

DAS FINALE

Der Architekt erwartete sie in der Mitte der leeren Pyramide. In einem großen gemauerten Kamin prasselte ein Feuer und sorgte für eine angenehm warme Raumtemperatur. Abgesehen von dem Kamin gab es nur noch eine Kette, die von der Pyramidenspitze herunterhing. Sie endete etwa drei Meter über dem Boden und an ihrem letzten Glied war eine schwarze Kassette befestigt. Das rätselhafte Objekt von der Größe einer Butterbrotdose baumelte direkt über einem großen, roten X, das auf den Fußboden gemalt war.

Die beiden Mädchen näherten sich dem kleinen Mann mit dem Zylinderhut und Oona beäugte nachdenklich die Kassette. Das war sie also, dachte sie: die berühmt-berüchtigte schwarze Kassette mit dem Rätsel, das noch kein Kandidat hatte lösen können. Sie konnte es kaum erwarten, sie in die Finger zu bekommen.

Plötzlich füllte statische Elektrizität den Raum, und einen Herzschlag später ertönte draußen ein gewaltiger Donnerschlag, als wäre eine riesige Faust auf die Turmspitze niedergefahren.

Oona und Isadora zuckten zusammen.

»Herzlichen Glückwunsch«, sagte der Architekt. »Sie sind die zwei Finalisten. Sie haben viele Hürden überwunden, um an diesen Punkt zu gelangen, wofür Sie einen kräftigen Applaus verdient haben.«

Der Architekt begann laut zu klatschen, als Oona und Isadora ein paar Schritte vor dem Mittelpunkt des Raumes stehen blieben. Sie sahen sich an und fanden es beide peinlich, von einer einzelnen Person beklatscht zu werden, aber der auf das Dach prasselnde Regen erzeugte eine akustische Illusion, als würden sich Tausende von unsichtbaren Menschen im Raum befinden und in stehende Ovationen ausbrechen.

Dies dauerte nach Oonas Geschmack viel zu lange, doch schließlich hörte der kleine Mann auf zu klatschen und legte die Fingerspitzen aneinander, während sein Gesichtsausdruck ziemlich ernst wurde.

»Ich habe nur noch eine einzige Frage für Sie«, sagte er. »Eine letzte mentale Aufgabe. Wenn Sie die korrekte Antwort geben können, rücken Sie weiter bis zur finalen Herausforderung, einer Aufgabe, die in den vergangenen fünf Jahrhunderten noch niemand bewältigt hat. Wenn Sie eine falsche Antwort geben, scheiden Sie aus dem Wettkampf aus.« Er lächelte und machte eine ausladende Geste. »Wir werfen eine Münze, um zu entscheiden, wer von Ihnen als Erste versuchen wird, die Frage zu beantworten.«

Oona runzelte die Stirn. »Aber wenn die erste Kandidatin die Frage korrekt beantwortet, würde die zweite dann nicht den Vorteil haben, dieselbe Antwort zu geben?«

Der Architekt legte den Finger an den Nasenflügel und nickte mit ernstem Gesicht. »So ist es. Wenn das geschieht, werfen wir eine weitere Münze, um zu entscheiden, wer die erste Stunde der letzten Aufgabe bekommt.« Er blickte zur hängenden Kassette. »Miss Iree, da Sie gestern als Erste ins Ziel gegangen sind, ist es Ihnen gestattet zu wählen. Wenn Ihre Seite oben liegt, dürfen Sie beginnen.«

Der Architekt zog eine Münze aus der Tasche und warf sie hoch in die Luft.

»Kopf!«, rief Isadora. Die Münze drehte und drehte sich und wäre fast gegen die hängende Kassette gestoßen, bevor sie herunterfiel und in der Mitte des roten X auf dem Fußboden landete.

»Kopf!«, erklärte der Architekt.

Oona tat einen erleichterten Seufzer, da ihr klar wurde, dass jeglicher Vorteil, den Isadora haben mochte – wie der, die Antwort im Voraus zu wissen – nun zu ihrem eigenen werden würde.

»Treten Sie bitte vor, Miss Iree«, sagte der Architekt und wies sie an, sich mitten auf das rote X zu stellen.

Isadora nahm ihren Platz gegenüber vom Architekten ein

und wirkte ruhig und gefasst. Oona bemerkte ein leichtes Grinsen auf ihrem Gesicht. Das Mädchen war so verflixt selbstsicher!

»Sind Sie so weit?«

»Aber natürlich!«, erwiderte Isadora.

»Also schön. Meine Frage lautet: Um welche Uhrzeit öffnen sich die Eisentore zur Stadt New York hin?«

Oona fiel die Kinnlade runter. Kopfschüttelnd fragte sie sich, ob sie richtig gehört hatte. Das sollte das letzte Rätsel sein? Nach allem, was sie hinter sich hatten? Konnte es so simpel sein? Sie musste sich zusammenreißen, um nicht zu lachen. Es war lächerlich, und dennoch … wenn man Isadora Iree anschaute, konnte man den Eindruck gewinnen, als hätte der Architekt sie aufgefordert, den Abstand zwischen Erde und Mond mithilfe eines einfachen Lineals zu ermitteln.

Zuerst hielt Oona Isadoras entsetzten Gesichtsausdruck für ein Zeichen der Verwunderung über die einfache Frage. Doch bald wurde ihr klar, dass Isadora, aus welchen Gründen auch immer, einfach vollkommen ratlos war. Ihre Augen rundeten sich und blickten nervös von rechts nach links.

Schließlich holte Isadora tief Luft und sagte: *»Steckrübe.«*

Oona schnappte nach Luft und traute ihren Ohren nicht. Hatte Isadora gerade *Steckrübe* gesagt?

Noch sonderbarer war, dass der Architekt nickte, als wäre seine Frage mit dem Namen eines Wurzelgemüses beantwortet. In ihrem ganzen Leben war Oona noch nie so verwirrt gewesen.

»Ich dachte mir schon, dass Sie das sagen könnten«, entgegnete er. »Aber Ihre Antwort ist nicht korrekt, Miss Iree.«

»Oh, ich weiß«, sagte Isadora hastig. »Ich weiß, aber … nun … die richtige Antwort –«

Doch Isadora hatte keine Chance mehr, die richtige Antwort zu nennen. Sie stieß einen schrillen Schrei aus, als sich unter ihren Füßen eine Falltür öffnete, durch die die feine junge Lady von der Bildfläche verschwand. Eine Sekunde später schloss die Falltür sich wieder, das große rote X zierte erneut den Fußboden und Oona und der Architekt blieben allein zurück.

»Oje!«, rief der Architekt. »Jetzt habe ich meine Münze nicht zurückbekommen.«

»Ihr passiert doch wohl nichts?«, fragte Oona.

»Keine Sorge, ihr wird kein Haar gekrümmt«, erwiderte der Architekt. »In der Tat, wahrscheinlich erreicht sie den Fuß des Magierturms« – er schaute auf seine Taschenuhr – »genau … in diesem Moment. Es ist die längste Rutsche, die ich je konstruiert habe … sicher ganz schön spaßig.«

Oona konnte sich kaum vorstellen, dass Isadora auf dem Weg nach unten Spaß haben würde, doch sie behielt ihre Vermutung für sich, als der Architekt ihr ein Zeichen gab, sich ihrerseits auf das X zu stellen, worauf ihre Nerven ein wenig verrückt spielten.

»Jetzt sind Sie an der Reihe, Miss Crate«, sagte der Architekt. »Meine Frage an Sie lautet: Um welche Uhrzeit öffnen sich die Eisentore zur Stadt New York hin?«

Oona zögerte ein wenig, ließ sich die Frage langsam durch den Kopf gehen, vergewisserte sich, dass kein Trick dabei war. Der Architekt zog die Brauen hoch, als würde Oonas Zögern ihn überraschen, und Oona kam sich ziemlich albern vor. Was hatte Isadora sich nur dabei gedacht, *Steckrübe* zu sagen, wo die richtige Antwort doch ohne Zweifel …

»Um Mitternacht?« Sie sprach die Worte wie eine Frage aus,

als sei sie sich nicht sicher, während sie gleichzeitig die Augen schloss und sich darauf gefasst machte, dass ihr der Boden unter den Füßen wegsackte. Aber der Fußboden regte sich nicht. Ein paar Sekunden später schlug Oona die Augen wieder auf und sah, dass der Architekt sich köstlich amüsierte.

»Natürlich ist Mitternacht die korrekte Antwort«, sagte er. »Als wäre es jemals anders gewesen!«

Oona merkte, dass sie die ganze Zeit die Luft angehalten hatte, und atmete erleichtert aus.

»Herzlichen Glückwunsch!«, rief der Architekt. »Sie haben es ins Finale geschafft und zwar auf ehrliche Weise.« Der kleine Mann schüttete sich aus vor Lachen. »Steckrübe! Nicht zu fassen, dass sie es tatsächlich gesagt hat!«

Oona lachte auch, obwohl sie vermutete, dass sie nicht über dasselbe lachten. Schließlich fragte sie: »Woher wussten Sie, dass sie Steckrübe sagen würde?«

Der Architekt erlangte die Fassung wieder, räusperte sich und rückte seinen Hut zurecht. »Es war so geplant«, erklärte er. »Steckrübe war die Antwort auf die letzte Frage, aber es war eine falsche Antwort, dazu gedacht, diejenigen bloßzustellen, die sich möglicherweise Zugang zu den Plänen verschafft hatten, um zu mogeln.«

Oona legte den Finger an die Lippen und dachte nach. Das war also des Rätsels Lösung. Isadora hatte die Pläne in die Finger bekommen und sich mit ihrer Hilfe die Lösungen der Denkaufgaben verschafft. Auf diese Weise hatte sie alle Aufgaben als Erste lösen können – und nicht mithilfe einer allwissenden Kristallschale. »Aber wie ist Isadora an die Pläne gekommen?«, fragte Oona.

»Das weiß ich leider nicht«, erwiderte der Architekt. »Ich habe die Pläne nur ein einziges Mal nicht in den Händen gehabt, und das war bei dem Fest. Doch die Pläne waren nur ein, zwei Minuten verschwunden, bevor sie auf der Erde wiedergefunden wurden.«

Oona nickte. »Wie hat sie sie dann in die Finger bekommen?«

Der Architekt zuckte erneut die Achseln. »Das spielt jetzt keine Rolle mehr. Und Sie müssen jetzt die letzte Prüfung bestehen.« Er deutete auf die über ihren Köpfen baumelnde Kassette. »Ich überreiche Ihnen die Kassette.«

Er zog an einer versteckten Hebelvorrichtung, und die Kassette fiel von der Kette. Oona streckte die Arme aus und fing sie auf. Sie war sehr leicht und äußerst glatt. Die schwarze Farbe schien vom Holz selbst zu kommen, statt durch Farbe oder Beizung. Auch bei näherer Betrachtung fand sie nicht heraus, wie die Kassette zu öffnen war. Kein Schloss, kein Scharnier. Kein Riegel. Nichts als eine stabile Kassette. Es war ein Rätsel und Oona war fasziniert.

Der Architekt tippte die Kassette mit seinem kurzen dicken Zeigefinger an. »Seit über fünfhundert Jahren sind die besten und klügsten Köpfe bis an diese Stelle gelangt und haben die Kassette in den Händen gehalten. Keiner von ihnen hat es geschafft, sie zu öffnen. Aber wer weiß? Vielleicht sind Sie ja diejenige, der es gelingt.« Er schaute auf die Uhr. »Sie haben eine Stunde Zeit.«

Wie immer, wenn sie vor einem Problem stand, hörte Oona kaum auf die Worte, die zu ihr gesagt wurden. Sie steuerte den Kamin an, wo sie besseres Licht hatte und ihre nassen Kleider und Haare trocknen konnte. Sie setzte sich vor dem knisternden Feuer auf den Boden und hielt die Kassette auf dem Schoß.

Zuerst schaute sie sie nur an, als könne sie die Kassette mit ihrem Blick durchdringen und ihren Inhalt allein mit der Kraft ihres Willens ergründen, doch nach einer Minute vollster Konzentration begann sie, die Fingerspitze über die glatte Oberfläche gleiten zu lassen.

Sie fand keinerlei Makel. Keinen Riss. Nicht das geringste Anzeichen dafür, dass sie sich öffnen ließ. Sie hielt sich die Kassette ans Ohr und schüttelte sie, wie ein Kind, das versucht, den Inhalt eines Geburtstagsgeschenks zu erraten.

Sie langte in ihre Rocktasche, um ihre Lupe hervorzuziehen, fand sie jedoch nicht. Sie suchte in allen Taschen, doch sie waren leer. Zu ihrem großen Verdruss erinnerte sie sich daran, wie sie am Tag zuvor ihr feuchtes Kleid abgestreift und den Inhalt ihrer Taschen, darunter auch die Lupe, auf den Frisiertisch gelegt hatte und dann zu Bett gegangen war, ohne die Gegenstände nach dem Aufstehen in die Taschen ihres sauberen Kleides zu stecken.

Sie seufzte. Die Lupe wäre vielleicht hilfreich gewesen, denn sie hätte Oona das Gefühl gegeben, ein Stück von ihrem Vater bei sich zu haben, das ihr half, die Dinge klarer zu sehen.

Systematisch drückte sie die Daumen auf die Kanten der Kassette.

Über eine halbe Stunde war vergangen und die Vorderseite ihres Kleides wurde langsam trocken. Dampf stieg von dem feuchten Stoff auf und entschwebte in verschlungenen Kringeln in den oberen Bereich der Pyramide. Oona platzierte die Kassette vor sich auf dem Boden und stellte sich drauf. Sie hüpfte ein paarmal rauf und runter. Nichts. Sie stieg von der Kassette und sah zu, wie sich die flackernden Flammen auf ihrer makellosen Oberfläche spiegelten, wodurch sie wie ein lebendiges Wesen wirkte, das jeden Moment davonlaufen könnte.

Der Turm schwankte immer noch im Sturm, während der Regen noch heftiger auf das Dach zu prasseln schien und ein Donnerschlag den Turm erbeben ließ, doch Oona nahm ihre Umgebung gar nicht wahr.

Es war, als würde nichts anderes existieren als die rätselhafte Kassette, und als sie die schwarze glänzende Oberfläche fixierte, die im Feuerschein orangefarben aufleuchtete, kam ihr eine Idee. Sie schien so simpel. *Zu* simpel vielleicht, aber dennoch … sie hob die Kassette auf und warf sie, ohne darüber nachzudenken, was sie tat, ins Feuer.

Auf den Protest des Architekten gefasst, blickte sie über die Schulter, doch der kleine Mann mit dem großen Hut, der geduldig an seinem Platz in der Mitte des Raums wartete, blieb so still wie ein verschneiter Wintermorgen.

Mittlerweile war das Feuer zu rot glühender Asche heruntergebrannt. Sicher würde die Kassette sofort in Flammen aufgehen, und hoffentlich, falls ihr Plan aufging, von der Hitze aufplatzen. Als die Kassette in der Glut landete, stoben die Funken, von denen einige zischend auf Oonas Kleid landeten. Sie wischte sie mit dem Handrücken weg und wartete darauf, dass etwas passierte.

Nichts. Die Kassette fing nicht nur *nicht* an zu brennen, sondern rauchte nicht einmal. Wieder starrte Oona sie an und wartete. Eine Minute. Drei Minuten. Nach fünf Minuten streckte Oona die Hand nach der Kassette aus, die sich immer noch kühl anfühlte.

»Bemerkenswert«, sagte sie und zog die Kassette aus der Glut, erstaunt, dass der Gegenstand dieselbe Temperatur gehalten hatte, trotz der heißen Umgebung – doch bei Licht betrachtet, war sie keineswegs erstaunt. War dies nicht eines der Phänomene, die sie in den vergangenen fünf Jahren studiert hatte? In der Tat. Dies war kein logisches Gedankenspiel, kein zu entschlüsselndes Rätsel. Es war nichts, das man allein mit dem Verstand begreifen konnte. Diese Kassette war zweifelsohne …

»Magisch«, sagte sie.

Das Wort klang, als hätte sie es die ganze Zeit wissen müssen, als sei es ein unabwendbares Element ihres Lebens, dem sie nicht entkommen konnte. Sie konnte es so oft verleugnen wie sie wollte – die Magie war und blieb ein Teil ihrer Welt, oder besser gesagt, ein Teil ihrer selbst. Wenn sie ehrlich war, hatte sie von Anfang an gewusst, dass es sich bei der Kassette um ein magisches Objekt handelte.

»Und für eine magische Kassette braucht man einen magischen Schlüssel«, erklärte sie.

Sie dachte an ihren Onkel und an all die Zauber, die sie in ihren Lehrjahren von ihm gelernt hatte. Sie dachte an den Wunderlichter-Zauber, den er sie gelehrt hatte, und wie sie ihre Mutter und ihre kleine Schwester damit erfreuen wollte, und wie der Zauber vollkommen aus dem Ruder gelaufen war und zum Tod der beiden geführt hatte.

Und natürlich dachte sie an die letzten paar Tage, als sie sich Hoffnungen gemacht hatte, dass sie vielleicht doch keine Schuld an ihrem Tod gehabt hatte. Es war eine falsche Hoffnung gewesen. Vollkommen lächerlich, wenn sie darüber nachdachte. Schließlich war Oona dabei gewesen und hatte alles mit angesehen … und dennoch klammerte sich ein Teil von ihr an den Gedanken, dass es vielleicht irgendeinen anderen Auslöser als ihre eigene Unfähigkeit gegeben hatte, der dazu geführt hatte, dass der Zauber derart falsch gelaufen war.

Es gibt Zeiten, in denen wir Menschen uns öffnen wie eine Blume, wenn unsere Blütenblätter sich ausstrecken und nach Antworten auf unsere Fragen suchen. Aber oft befinden sich die Antworten, nach denen wir suchen, im Inneren und es ist gar nicht erforderlich, sich nach außen zu wenden.

Verwirrt schüttelte Oona den Kopf. Das waren die Worte ihres Onkels, die er am Tag zuvor geäußert hatte. Aber wieso kamen sie ihr ausgerechnet jetzt in den Sinn? Sie wusste nicht einmal, was er damit ausdrücken wollte.

Doch dann entwickelte sich ein weiterer Gedanke in ihrem Kopf, einer, der in eine ähnliche Richtung ging. Zuerst hatte sie das Bild vor Augen, als der Zauberer im Vorgarten des Pendulum Hauses stand, in einer Hand die Heckenschere, kurz bevor er die kryptischen Worte geäußert hatte. Und dann folgte die seltsame Verwandlung der Rose. Wie wunderschön sie war. Die Rose hatte sich nach dem Willen des Zauberers geöffnet. Wie herrlich …

Ein Ruck ging durch Oonas Geist. »Die Rose. Der Zauberspruch. Natürlich!«

Beim Gedanken an ihre leeren Taschen, fiel ihr ein, was für ein Glück es war, dass für den einfachen Zauber kein Stab oder Ähnliches notwendig war.

Sie kniete sich hin, stellte die Kassette auf den Boden und hob den Zeigefinger, während sie sich die Geschehnisse im Garten ins Gedächtnis rief. Mit geschlossenen Augen bündelte sie ihre Konzentration und murmelte die Worte, die ihr Onkel ausgesprochen hatte, darauf hoffend, dass ihre Erinnerung sie nicht im Stich ließ.

»Abra-ord-ion-all.«

Die Kassette erzeugte ein klickendes Geräusch.

Oona schlug die Augen auf und war plötzlich ganz aufgeregt. Die Kassette verblieb an ihrem Platz, doch nun war eine Art Spalte um den oberen Teil zu sehen, und die Seitenwände wurden von verschlungenen magischen Symbolen geziert, als wären sie in das glatte Holz geritzt worden. Obwohl ihre Hände von den Nachwirkungen des Zaubers noch ein wenig zitterten, schob Oona behutsam und vorsichtig die Fingernägel in die Spalte und klappte den Deckel auf. Darunter lag ein Gegenstand, den Oona sogleich als Zauberstab erkannte. Auf einem Metallplättchen war zu lesen: *Eigentum Oswalds des Großen.*

Oona schnappte nach Luft. »Ist es das, was ich denke?«

»In der Tat«, verkündete eine Stimme hinter ihr. Sie gehörte nicht zu dem Architekten. Es war eine Stimme, bei deren Klang sich die feinen Härchen an Oonas Unterarmen aufstellten, eine Stimme, die sie in ihrem ganzen Leben niemals vergessen könnte, und wenn sie hundert Jahre alt würde. Bei ihrem Klang schien die Zeit stillzustehen und das Herz sackte ihr in den Magen. Konnte es wahr sein, oder hatte sie sich nur eingebildet, sie zu hören?

Hektisch sprang Oona auf, wirbelte mit fliegenden Röcken herum, und sah Red Martin, den notorischen Meisterverbrecher, heimtückisch grinsend neben dem Architekten stehen.

Kapitel 18

DER PLAN DES SCHURKEN

Mit einem schlichten braunen Anzug bekleidet und einem siegesbewussten Lächeln auf den Lippen streckte Red Martin Oona die Hand entgegen. Oona trat einen Schritt zurück, denn sie konnte die Nähe dieses grauenvollen Mannes nicht ertragen, der nicht nur für die meisten Verbrechen der Dark Street verantwortlich war, sondern darüberhinaus auch hinter dem Mord an ihrem Vater gesteckt hatte.

»Danke, Miss Crate«, sagte er mit geheucheltem Wertschätzung. »Seit über fünfhundert Jahren versuche ich schon vergeblich, diese Kassette aufzubekommen. Danke, dass Sie sie für mich geöffnet haben.«

Zuerst wunderte sich Oona über seine Bemerkung, doch dann kam ihr in den Sinn, was sie drei Monate zuvor herausgefunden hatte: Red Martin nutzte Turlock-Wurzeln, um jahrhundertelang im selben Alter zu bleiben.

»Sie?«, fragte Oona mit bebender Stimme. »Wie sind Sie hier heraufgekommen?«

Red Martin sah sie noch immer lächelnd an, doch seine Augen lächelten nicht.

»Was glauben Sie, wo ich mich in all den Monaten versteckt habe? Abgesehen vom Feenland, natürlich«, sagte er. »Welcher Ort wäre besser geeignet als mein Turm?« Er deutete auf eine unauffällige Tür in der Seitenwand der Pyramide. Sie stand offen und führte offensichtlich in einen versteckten Raum.

»Ihr Turm?«, wiederholte Oona zweifelnd.

Red Martin breitete die Arme aus. »Ja, meiner. Was haben Sie denn geglaubt, wer im letzten halben Jahrtausend den Wettstreit hier ausgerichtet und ersonnen hat?«

Zunehmend verwirrt sah Oona den Architekten fragend an.

Red Martin kicherte. »Sicher nicht dieser lächerlich gekleidete Mann. Genauso wenig wie all die sogenannten Turmarchitekten vor ihm. Sie wurden alle von mir angeheuert, um diese Rolle zu spielen. Mehr nicht. Der Turm war ein Mittel zum Zweck, um jemanden zu finden, der schlau genug ist, um diese Kassette zu öffnen.«

Er deutete mit dem Zeigefinger auf das Kästchen am Boden.

Mit einem Mal erinnerte Oona sich an die furchtbar langweilige Geschichtsstunde im *Museum für magische Geschichte,* und da dämmerte es ihr langsam und alles ergab plötzlich einen bizarren Sinn. Ungläubig starrte sie Red Martin ins Gesicht. »Sie waren das … vor fünfhundert Jahren. Sie waren Bernhard T. Slyhand, der Maler, der Oswalds Zauberstab gestohlen hat.«

Red Martin klatschte applaudierend in die Hände. »Sehr gut kombiniert, Miss Crate. Slyhand war einer meiner zahlreichen Namen. Und ja, ich war derjenige, der Oswalds Zauberstab vor all den Jahrhunderten gestohlen hat. Aber als ich den Stab entwendete, befand er sich in dem schützenden Kästchen, das Oswald selbst für diesen Zweck gefertigt hat – in dieser schwarzen Kassette. Ich wusste nicht, wie ich sie aufbekommen sollte. Nichtsdestotrotz schickte ich Oswald einen Erpresserbrief, zusammen mit einer hastig gemalten Zeichnung des Zauberstabs, in der Hoffnung, ihn glauben zu machen, dass es mir gelungen sei, die Kassette zu öffnen. Doch die Zeichnung beruhte nur auf meinem Gedächtnis. In der Tat verfüge ich über ein eidetisches Gedächtnis, was bedeutet, dass –«

»Ich weiß, was es bedeutet«, unterbrach Oona ihn. »Es bedeutet, dass Sie sich an jedes noch so kleine Detail eines Gegenstands oder Ereignisses erinnern können.«

»Sehr gut«, sagte Red Martin. »Ich bin noch nie jemandem begegnet, dessen Gedächtnis dem meinen gleichkommt. In der Beziehung bin ich wohl etwas ganz Besonderes, nehme ich an.«

»Hören Sie auf, sich selbst zu loben«, schimpfte Oona. »Sir Baltimore hat ebenfalls ein eidetisches Gedächtnis.«

Red Martin grinste. »Zumindest glaubt er das.«

Oona runzelte die Stirn und schaute nervös zum Ausgang. Sie erwog, einfach loszulaufen. Vielleicht schaffte sie es, die Tür vor Red Martin oder dem Architekten zu erreichen, aber wohin sollte sie von dort aus fliehen? Mit mulmigem Gefühl im Bauch wurde ihr klar, dass sie in der Falle saß.

Red Martin deutete auf die Kassette. »Wie dem auch sei, ich habe diesen Wettstreit ins Leben gerufen, um jemanden zu finden, der clever genug ist, das vermaledeite Ding aufzubekommen. Und hier sind Sie! Ich wusste, dass Sie diejenige welche sein würden, Miss Crate. Nachdem ich über fünfhundert Jahre lang gewartet habe, wusste ich es einfach.«

Oona wandte sich dem Architekten zu, der gar kein Architekt war. »Dann haben Sie also die ganze Zeit mit Red Martin unter einer Decke gesteckt?«

Der Mann zuckte entschuldigend die Achseln. »Es ist gutes Geld. Und mehr Arbeit als Sie denken. Red Martin mag den Turm zwar entworfen haben, aber ich sorgte für seine Errichtung. Ich habe die Teppiche aus dem Museum beschafft und die Affen aus der Welt der Menschen herbringen lassen. Ganz zu schweigen vom Nachbau eines kompletten Flussdampfers.«

»Es sind Schimpansen und keine gewöhnlichen Affen«, korrigierte Oona ihn.

»Was auch immer«, sagte der falsche Architekt abwinkend.

Red Martin rieb sich die Hände und grinste wie ein Schuljunge. »Die fliegenden Schlangen habe ich selbst hergeschmuggelt – aus dem Feenland. Ich habe sie direkt im Turm gezüchtet.«

Oona schüttelte den Kopf darüber, wie dumm sie gewesen war, es nicht gleich zu erraten. Adler Iree hatte das Thema sogar angesprochen, nach ihrem wilden Ritt auf den fliegenden Schlangen, aber sie war so versessen gewesen, den Wettstreit zu gewinnen, dass sie nicht über die Sache nachgedacht hatte. Und dann war ihr das Ganze entfallen.

»Ich hätte es wissen müssen«, sagte sie resigniert.

Red Martin nickte zustimmend. »Ehrlich gesagt, habe ich gedacht, dass Sie zumindest einige Wettkampfetappen als Siegerin abgeschlossen hätten. In der Beziehung haben Sie mich enttäuscht. Und dann haben Sie noch alles aufs Spiel gesetzt, um die dumme Iree-Göre zu retten. Ich habe euch zwei dort draußen auf dem Steg beobachtet. Sie war kurz davor, in die Tiefe zu stürzen und Sie haben Ihr Leben riskiert, um ihr zu helfen. So etwas Törichtes habe ich in meinem ganzen Leben noch nicht gesehen. Warum haben Sie das getan? Sie war doch Ihre Konkurrentin.«

»Das werden Sie niemals verstehen«, erwiderte Oona kopfschüttelnd.

Er zog die Schultern hoch. »Da haben Sie wahrscheinlich recht. Aber es spielt keine Rolle. Denn jetzt gehört der Schlüssel der gläsernen Tore endlich mir.«

Er wollte an ihr vorbeigehen, um zu der Kassette zu gelangen.

Oona versperrte ihm den Weg. »Sie haben vor, den Zauberstab zum Öffnen der Glastore zu benutzen?«

Red Martin blieb dicht vor ihr stehen und schaute auf sie herunter, als wäre er tatsächlich überrascht. »Warum sollte ich ihn wohl sonst haben wollen? Auf der anderen Seite der Tore ist das Feenland. Und obwohl ich, wie Sie herausgefunden haben, einen geheimen Weg durch die Tore kenne, ist es eine mühselige Angelegenheit und es dauert Wochen, bis ich meine Waren durchgeschleust habe.«

»Waren?«, fragte Oona verächtlich. »Sie sind garantiert für den Schmuggel der gefährlichsten Objekte, die es jemals gegeben hat, verantwortlich: Objekte, die nichts als Unheil anrichten, wie Feenholz-Gift und Würgeseide. Dinge, die niemals aus dem Feenland gelangen dürften.«

Red Martin ließ seine Fingerknöchel knacken. »Ich bin Geschäftsmann. Wenn es Nachfrage nach einem Produkt gibt, schaffe ich es herbei.«

»Oh, aber nur Verbrecher und kranke Persönlichkeiten wollen derart schreckliche Sachen haben«, sagte Oona. »Ich weiß, dass Sie die Seide an Mr und Mrs Dodger geliefert haben. Nur weil sie Ihnen Geld schuldeten? Sie hätten sterben können.«

»Nun, es ist nicht alles schlecht, was von dort kommt«, behauptete Red Martin. »Noch im vergangenen Monat bin ich an eine ganze Kiste mit Feen-Streuselkuchen gekommen: eine unsagbar saftige Gebäckspezialität, die man am besten bei Zimmertemperatur mit Rübenkraut und warmer Milch serviert. Ein Bissen davon und Sie hören die Engel singen.«

Red Martin huschte nach rechts, um an Oona vorbeizukommen, aber flink wie ein Wiesel schnappte sie den Zauberstab aus der Kassette.

»Ihr Feen-Streuselkuchen interessiert mich nicht!«, rief sie. »Mich interessiert nur, dass Sie diesen Zauberstab als bequemes Mittel nutzen wollen, um nach Belieben die gläsernen Tore zu öffnen und zu schließen, damit Sie unsere Welt weiterhin mit Ihren sogenannten Waren überschwemmen können. Und Sie haben nicht einen Gedanken daran verschwendet, dass die Feenkönigin persönlich bei der letzten Öffnung der Tore damit gedroht hat, alle menschlichen Wesen zu vernichten. Diese Tore sind der einzige Schutzwall, der sie daran hindert, in die Dark Street vorzudringen und dann weiter nach New York City in die

Welt der Menschen! Beantworten Sie mir eine Frage, Red Martin. Wenn all Ihre Kunden tot sind, wer soll dann Ihre Waren kaufen?«

Red Martin senkte die Lider. »Seien Sie doch nicht so naiv. Glauben Sie etwa, ich hätte seit über fünfhundert Jahren Dinge über die Grenze schmuggeln können, wenn ich nicht vorsichtig gewesen wäre? Ich weiß, wo es langgeht, Miss Crate, und ich lasse mir nicht von einem dahergelaufenen kleinen Mädchen ins Handwerk pfuschen.« Er musterte sie von oben bis unten. »In der Tat, gerade fällt mir ein ganz bestimmter Gegenstand ein, der von größtem Interesse für Sie wäre. Mit ein bisschen Glück könnte ich ihn für Sie beschaffen. Mit diesem Schlüssel«, er deutete auf den Zauberstab, »könnte ich in null Komma nichts unbemerkt ins Feenland gelangen und diesen Gegenstand für Sie beschaffen, als kleines Dankeschön, sozusagen. Ich nehme an, Sie haben vom Kristallschalen-Orakel gehört?«

Oona kniff die Augen zusammen. »Das ist doch nichts weiter als ein Märchen.«

Red Martin grinste. »Ja, ich weiß. Und ich weiß auch von Sir Baltimores kleinem Plan, Sie vom Wettstreit abzulenken. Ich habe geahnt, dass Sie sich von so einer haarsträubenden Fehlinformation nicht aufhalten lassen würden. Und natürlich hatte ich recht. Aber was würden Sie sagen, wenn ich Ihnen verrate, dass es einen Gegenstand gibt, der tatsächlich über die angebliche Funktion der Kristallschale verfügt und Ihnen jede Ihrer Fragen wahrheitsgemäß beantworten kann? Es handelt sich um eine *Cathesis-Kugel.* Vielleicht haben Sie davon gehört. Sie sind sehr selten, selbst im Feenland soll es insgesamt nur zehn Exemplare gegeben haben. Sie funktionieren nur einmal, danach ist ihre Kraft ausgelöscht. Zufällig weiß ich, wo ich eine dieser Kugeln finden kann. Überlassen Sie mir den Zauberstab, dann hole ich sie für Sie her. Was auch immer Sie unbedingt wissen wollen – jene Frage, die an Ihnen nagt –, innerhalb weniger Stunden könnten Sie die Antwort erfahren. Sie müssen mir nur den Zauberstab reichen. Wenn das kein guter Handel ist, dann weiß ich auch nicht. Was sagen Sie dazu, Miss Crate?«

Oona zuckte zusammen, als hätte Red Martin ihr einen körperlichen Schlag versetzt. Wenn seine Behauptungen stimmten, könnte sie ein für alle Mal in Erfahrung bringen, was an jenem tragischen Tag vor fast drei Jahren tatsächlich im Park geschehen war. Überrascht spürte sie, wie ein Teil von ihr ihm den Stab aushändigen wollte, verzweifelt darauf hoffte, von der *Cathesis-Kugel* zu erfahren, dass sie keine Schuld an dem Unfall hatte, und endlich all die Verwirrung hinter sich lassen und frei sein könnte.

Doch ein anderer Teil von ihr – der viel stärkere, rationale Teil ihrer Persönlichkeit – hatte längst begriffen, dass die Antwort der Kugel, wie auch immer sie lauten mochte, ihre Familie nicht zurückholen würde. Die Kugel würde die Tatsache, dass sie alle fort waren, nicht verändern. Außerdem konnte die Kugel ihr genauso gut verraten, dass es sehr wohl ihr Fehler gewesen war. Ihr besessener Wunsch, die Wahrheit zu erfahren, war ohnehin nur dadurch ausgelöst worden, dass irgendein dahergelaufener Schauspieler sich als Wahrsagerin verkleidet und gesagt hatte: »Ihr seid nicht verantwortlich für die Bürde, die Ihr tragt«.

Zum zweiten Mal in einer knappen Stunde kamen ihr die Worte ihres Onkels wieder in den Sinn, erfüllten ihre Gedanken wie ein magischer Zauber, aus dem hintersten Winkel ihres

Geistes heraufbeschworen … nur dass sie diesmal besser verstehen konnte, was die Worte bedeuteten.

Es gibt Zeiten, in denen wir Menschen uns öffnen wie eine Blume, wenn unsere Blütenblätter sich ausstrecken und nach Antworten auf unsere Fragen suchen. Aber oft befinden sich die Antworten, nach denen wir suchen, im Inneren und es ist gar nicht erforderlich, sich nach außen zu wenden.

Sie schluckte den Kloß in ihrem Hals herunter, ihr Herzschlag beschleunigte sich, als die Bedeutung der Worte sie wie ein Keulenschlag traf. Unabhängig davon, was sich tatsächlich zugetragen hatte, war es niemals Oonas Absicht gewesen, die schrecklichen Geschehnisse herbeizuführen. Sie hatte ihre Mutter und ihre Schwester geliebt und ihnen nur eine Freude machen wollen. Dessen war sie sich ganz sicher. Es war eine unumstößliche Tatsache, die schwerer wog als irgendein von außen kommender Beweis. Einerlei ob sie für den Unfall verantwortlich war oder nicht, es änderte nichts an der Tatsache, dass sie die beiden geliebt hatte und sie immer noch liebte.

Die Vorstellung, dass sie, Oona, den Zauberstab des größten Magiers aller Zeiten diesem hinterhältigen, durchtriebenen, gierigen Schurken aushändigen würde, schien ihr mit einem Mal völlig absurd. Seine Behauptung, dass er den Zauberstab nur an sich bringen wollte, um ab und an durch die gläsernen Tore zu schlüpfen, war lächerlich. Noch lächerlicher war die Vorstellung, ihm zu glauben, dass er überhaupt jemals ein Versprechen halten könnte.

»Ich fürchte, Sie haben bei Ihrem Plan, diesen Zauberstab an sich zu bringen, ein winziges Detail nicht berücksichtigt«, sagte Oona.

»Und das wäre?«, fragte Red Martin.

Oona funkelte ihn triumphierend an. »Dass ich, wenn ich herausfinde, wie die Kassette sich öffnen lässt … dann ebenfalls in der Lage bin, sie wieder zu verschließen.«

Oona bückte sich.

Red Martin schrie: »*Nein!*«

Er wollte sich auf sie stürzen, doch es war zu spät. Oona warf den Stab zurück in die Kassette und knallte den Deckel zu. Währenddessen sprach sie den Gegenzauber aus, den ihr Onkel für die Rose gemurmelt hatte.

»*Orx-ord-ion-ah.*«

Die Kassette versiegelte sich selbst und verwandelte sich wieder in einen undurchdringlichen Holzblock. Red Martin wollte danach greifen, doch Oona hielt die Kassette fest umklammert und wich zurück. Red Martin stand da wie eine sprungbereite Katze.

»Ich habe alle alten Akten meines Vaters über Sie gelesen, Red Martin«, sagte Oona und blieb in sicherer Distanz. »Kenne jedes Detail, das er zusammengefügt hat. Und wenn es eines gibt, das mich nachts besser schlafen lässt, dann ist es die Tatsache, dass Sie nicht in der Lage sind, Magie zu wirken. Offensichtlich sind Sie bei der Ausübung Ihrer magischen Missetaten immer auf die Hilfe verzauberter Objekte angewiesen.«

Damit schien sie einen wunden Punkt getroffen zu haben. »Was wollen Sie damit sagen?«, blaffte er sie an.

»Nun, wenn sie die gläsernen Tore öffnen wollen, brauchen Sie diesen Zauberstab. Wenn Sie jemandem durch Magie Verletzungen zufügen wollen, müssen Sie ihm verzauberte Seide schicken. Aber Sie, Red Martin, sind alleine nicht imstande,

Magie auszuüben. In über fünfhundert Jahren haben Sie es nie geschafft. Und deshalb können Sie diese Kassette, selbst wenn Sie sie an sich bringen, niemals öffnen, auch wenn Sie den Zauber gerade mit eigenen Ohren gehört haben. Sie könnten ihn hundertmal aussprechen, trotzdem bliebe die Kassette verschlossen.«

Er schnitt eine Grimasse. »Sie haben recht. Aber es gibt eine Sache, die Sie vergessen haben.«

Oona spürte einen Anflug von Panik. »Und was sollte das sein?«

»Ich kann immer jemanden zwingen, Magie für mich zu wirken. Jemanden, der dazu in der Lage ist. Ich zeige Ihnen gleich, was ich meine.«

Er schob die Hand in die Jackentasche und zog einen kunstvoll gearbeiteten Kettenhandschuh heraus. Geschwind streifte er ihn über seine Hand und spreizte die Finger.

Oona warf einen misstrauischen Blick auf den Handschuh. Sie wusste nicht, was es damit auf sich hatte, doch angesichts Red Martins erfreuter Miene, konnte es nichts Gutes für sie bedeuten.

»Wie ich sehe, bewundern Sie meinen neuen Handschuh, Miss Crate!«, sagte er. »Er wurde von Feen gearbeitet. Ein Kettenhandschuh, der nicht von Magie durchdrungen werden kann. Wie Sie sehen, lerne ich im Gegensatz zu anderen Leuten aus meinen Fehlern. Also sollten Sie sich lieber zweimal überlegen, ob Sie diesmal wieder Ihren kleinen *Tausch*-Zauber anwenden wollen, denn er wird nicht funktionieren.«

Oona schüttelte verständnislos den Kopf. Warum sollte sie den *Tausch*-Zauber verwenden wollen? Red Martin besaß nichts, was sie gern gehabt hätte. Doch einen Moment später verstand sie nur zu gut, was Red Martin gemeint hatte, als er seine behandschuhte Hand erneut in die Jackentasche schob und einen Revolver herauszog.

Oonas Herz geriet ins Stolpern. Viele Verbrecher trugen eine Schusswaffe bei sich, das wusste sie – schließlich war ihr Vater durch eine Kugel ins Herz ums Leben gekommen –, doch sie hatte noch nie einer Pistole gegenübergestanden und war starr vor Angst. Ihr wurde klar, dass es ein Fehler war, den Zauberstab in die Kassette zu verbannen. Hätte sie das nicht getan, hätte sie ihn vielleicht zu ihrer Verteidigung nutzen können. Jetzt war es zu spät. Red Martin richtete den Lauf des Revolvers auf sie. Oona zögerte und fragte sich, ob seine Aussagen über den Handschuh der Wahrheit entsprachen.

Als hätte er ihre Gedanken gelesen, fing Red Martin an zu grinsen. »Nur zu, versuchen Sie es!«

Sie umklammerte die Zauberstabkassette noch ein wenig fester und wusste nicht recht, was sie tun sollte. Das letzte Mal, als sie in einer solchen Situation gewesen war, hatte sie mithilfe von Samuligans *Tausch*-Zauber Red Martins Dolch gegen die Kerze in ihrer Hand ausgetauscht, aber wenn es stimmte, was er sagte, dann würde der Zauber bei seiner behandschuhten Revolverhand nicht wirken.

Sie überlegte kurz, ob sie es dennoch versuchen sollte, doch ihr Verstand hielt sie davon ab. Selbst wenn sein Gerede über den Feenhandschuh gelogen war und sie den Zauber ausprobierte, würde sie damit nur Red Martin genau das geben, was er wollte: die Kassette. Und sie hätte natürlich die Waffe. Aber wenn es stimmte, was er sagte, und der Zauber tatsächlich durch den Handschuh blockiert würde, dann bestand die Möglichkeit, dass die Kassette in ihrer Hand durch den Zauber beeinflusst wurde und der Revolver in seiner Hand nicht. Wenn das der Fall wäre, würde sie durch den magischen Befehl, die Kassette in Red Martins Hände bringen, ohne selbst etwas zu bekommen. Dann hätte er die Kassette und die Schusswaffe und sie gar nichts.

Oder vielleicht gibt es noch eine andere Möglichkeit, von der ich nichts ahne, dachte sie. Es war alles so schrecklich kompliziert, und das war einer der Gründe, aus denen Oona die Unberechenbarkeit der Magie nicht ausstehen konnte. Es gab immer so viele Möglichkeiten, die man abwägen musste.

»Genug!«, rief Red Martin. »Sagen Sie den Zauberspruch und übergeben Sie mir die Kassette, Miss Crate, sonst werde ich Sie erschießen. Und versuchen Sie bloß nicht, den Zauberstab aus der Kassette zu holen. Sie mögen vielleicht schnell sein, aber nicht schnell genug.«

Oona musste schlucken. Es schien keine andere Möglichkeit zu geben. Obwohl er scheinbar davor zurückschreckte, sie einfach zu erschießen und der Sache ein Ende zu bereiten, wusste Oona, dass Red Martin beim geringsten Anlass keine Sekunde zögern würde, den Abzug zu betätigen.

Drei Monate zuvor hatte er zwei seiner Muskelmänner mit Baseballschlägern auf sie und Deacon angesetzt. Oona machte sie unschädlich, indem sie den *Lux-lucis-admiratio*-Zauber verwendete, die Wunderlichter … doch für diesen schwierigen Zauber war ein Kurskonduktor vonnöten, um die Energie in eine bestimmte Richtung zu lenken, eine Art Zauberstab – oder, wie im Fall der beiden Banditen, ein abgebrochenes Stuhlbein.

Ihre Taschen waren leer und das einzige mögliche Hilfsmittel, das sie zur Verfügung hatte, war die Kassette in ihren Händen, obwohl ihre Form alles andere als optimal war. Der Zauber war höchst unvorhersehbar, und ohne einen anständigen Kurskonduktor, der die Energie bündelte, konnte er fast in jede Richtung schießen. Vielleicht richtete er sich sogar auf sie selbst, oder brachte Red Martin dazu, den Revolver abzufeuern.

Nein, was sie jetzt brauchte, war der Zauberstab aus der Kassette – oder einen Zauber, der keinen Richtungslenker benötigte.

Wieder schien Red Martin ihre Gedanken zu lesen. »Haben Sie keine Magie zur Hand, die Ihnen helfen könnte, Miss Crate?«

Oona schaute zu Boden, und plötzlich schoss ihr eine Idee durch den Kopf. Wenn es nicht funktionierte, war alles verloren, aber in diesem Augenblick sah sie keine andere Alternative. Sie musste schnell sein. »Sie haben recht, Red Martin«, sagte sie um einen verzagten Tonfall bemüht. »Sie haben gewonnen.«

Red Martin verzog das Gesicht zu einem grausamen Grinsen. »Ich weiß. Und jetzt öffnen Sie bitte die Kassette und bringen sie zu mir.«

Oona tippte mit dem Finger gegen die Seitenwand der Kassette. *»Abra-ord-ion-all.«*

Wieder erschien der Falz und ließ den Umriss eines Deckels erkennen.

»Hier.« Sie stellte die Kassette auf den Boden und trat beiseite. »Kommen Sie her und holen Sie sie.«

Der Augenblick der Wahrheit war gekommen. Oonas Magen krampfte sich zusammen, als Red Martin den Revolver senkte, auf die Kassette starrte und darauf zuging. Eine Sache sah er jedoch nicht, während er den Raum durchquerte, und das war das große auf den Boden gemalte X zu seinen Füßen. Sobald er einen Fuß daraufsetzte, ließ sich Oona auf die Knie fallen und schlug auf den Boden.

»*Abra-ord-ion-all!*«

Die Falltür sprang auf. Aus Red Martins Kehle drang ein Schrei, der ihm nachhallte, als er durch das Loch im Boden verschwunden war. Geschwind zog Oona den Zauberstab aus der Kassette und richtete ihn auf den Architekten, dessen Augen nervös hin und her schauten.

»Sie sind der Nächste«, verkündete sie und deutete auf die Falltür.

Der falsche Architekt runzelte die Stirn. »Muss das sein?«

Oona fuchtelte ihm mit dem Stab vor der Nase herum. »Na los! Sonst verwandle ich Sie in einen Wurm!«

Oona war sich zwar bewusst, dass sie keine solche Macht besaß, doch der Architekt ahnte das natürlich nicht. Leise wimmernd fügte er sich seinem Schicksal und stürzte durch die Falltür. Oona spähte über die Kante und sah ihm nach, wie er auf der Rutsche in die Tiefe sauste.

Sie brauchte einen Moment, um sich zu sammeln, inspizierte den machtvollen magischen Gegenstand in ihrer Hand und mit einem Mal wurde ihr klar, dass die letzte Person, die den Stab in Händen gehalten hatte, Oswald der Große gewesen war. Die Vorstellung, welch große Macht damit heraufbeschworen werden konnte, machte sie ganz nervös.

Mit zittrigen Fingern hob Oona die Kassette auf, schob sie sich unter den Arm und stieß einen erleichterten Seufzer aus. Sie lebte, und Red Martins Pläne waren durchkreuzt worden. Sie konnte nur hoffen, dass die am Fuße des Turms wartenden

Zuschauer gleich sahen, wie er von der Rutsche ins Freie katapultiert wurde. Bei dem Gedanken, dass der Mann noch immer eine Waffe bei sich trug und denjenigen, der sich ihm in den Weg stellte erschießen könnte, sank ihr der Mut.

Nach einem Blick durch die offene Falltür erklärte sie: »Nun, auf diesem Weg werde ich ganz bestimmt nicht nach unten reisen.«

Sie hatte eine bessere Idee.

Kapitel 19

DER KUSS

»Deorsum tardus!«

Mit der Spitze von Oswalds Zauberstab tippte Oona an das Seil, an dem der Fahrstuhlkäfig hing, worauf sie und der Käfig sich abwärts bewegten. Die Fahrt nach unten war recht gemächlich, doch Oona mochte die Geschwindigkeit des klapprigen Gefährts nicht erhöhen, da sie fürchtete, das Seil könne sich lösen oder reißen.

Der Regen war in ein leichtes Nieseln übergegangen, was Oona dankbar zur Kenntnis nahm; doch als der Park näher kam und die Zuschauer wieder größer wurden, fühlte sich Oona ziemlich unbehaglich. Was würde sie dort unten vorfinden? Hatte jemand versucht, Red Martin festzunehmen? War es gelungen? Sie hatte keinen Schuss gehört, aber vielleicht war sie nur zu hoch oben gewesen, um einen Knall wahrzunehmen.

Deacon erblickte sie als Erster, als sie die Baumkronen erreichte. Er flog auf den Fahrstuhlkäfig und schaute von dem Zauberstab in ihrer rechten zur schwarzen Kassette in ihrer linken Hand.

Aufgeregt schüttelte er sich das Wasser aus dem Gefieder. »Ihr habt es geschafft! Ihr habt die Rätselkassette geknackt! Ihr habt gewonnen!«

Oona schaute sich angstvoll um. »Wo ist Red Martin? Wo ist der Architekt?«

»Red Martin?«, fragte Deacon.

»Ja. Hast du ihn nicht aus der Rutsche kommen sehen? Der Architekt ist ebenfalls runtergerutscht.«

Deacon schüttelte den Kopf. »Ich verstehe nicht, wovon Ihr sprecht, aber wir haben weder den einen noch den anderen gesehen.«

Oona warf einen Blick auf die Zuschauer am Boden. Deacon hatte recht. Von dem Architekten oder Red Martin war weit und breit nichts zu sehen. Sie hatte zwar erwartet, dass sie nach der Landung versuchen würden, sich aus dem Staub zu machen, konnte jedoch nicht verstehen, wieso sie von niemandem gesehen wurden.

Ein paar Minuten später kam der Käfig auf der Bühne zum Stehen. Die wenigen verstreuten Zuschauer klatschten, doch Oona nahm den Applaus gar nicht wahr. Sie entdeckte Isadora

Iree, die neben ihrer Mutter vor der Bühne stand. Sie hatte demonstrativ die Arme vor der Brust verschränkt und weigerte sich, mit den anderen zu applaudieren. Mit schnellen Schritten eilte Oona über die Bühne auf sie zu.

»Wollen Sie sich an meiner Niederlage weiden?«

Oona schüttelte den Kopf. »Wo sind Sie aus dem Turm gekommen, Isadora?«

Mit dieser Frage hatte Isadora offensichtlich nicht gerechnet. »Wie bitte?«

»Die Rutsche«, sagte Oona. »An welcher Stelle führt sie nach draußen?«

Isadora verzog das Gesicht bei der Erinnerung. »Ach, die Rutsche! Es war grauenvoll. Ich dachte, ich würde sterben. Ich wurde hin und her geschleudert! Ganz schwindelig ist mir geworden und ich dachte, ich müsste mich übergeben.«

Oona schaute sich ungeduldig um. »Aber wo ist sie herausgekommen?«

Isadora deutete vage in Richtung Turm. »Durch ein Loch auf der Rückseite.«

Oona wandte sich zu ihrem Onkel und Samuligan um, die bei der Bühnentreppe standen. Sie schnippte mit den Fingern. »Schnell! Zur Rückseite des Turms!«

Sie eilte die Treppe hinunter und lief um das Bauwerk herum.

»Was ist los, Oona-Schatz?«, fragte der Zauberer, der Mühe hatte mit ihr Schritt zu halten.

Deacon landete auf ihrer Schulter. »Wohin laufen wir?«

Oona blickte sich kurz um und war froh, dass Samuligan ihnen dicht auf den Fersen war.

»Red Martin«, sagte sie. »Er hatte sich in der Turmspitze versteckt. Er ist nach unten gerutscht … und er hat einen Revolver.«

Bevor sie die hintere Seite des Turms erreichte, packte eine Hand sie am Arm und hielt sie auf. Es war ihr Onkel.

»Ein Revolver?«, fragte er. »Bist du sicher?«

Sie warf ihm einen pikierten Blick zu. »Natürlich bin ich sicher. Red Martin hat von Anfang an hinter dem Turmwettstreit gesteckt. Der Architekt war gar kein Architekt. Er ist nichts als ein Schwindler, der von Red Martin bezahlt wurde, damit er uns den Architekten vorspielt. Sie haben mich dazu benutzt, die Kassette zu öffnen und dies herauszuholen.« Oona hielt den Stab in die Höhe. »Oswalds Zauberstab!«

Der Zauberer riss verwundert die Augen auf. »Sein eigener, persönlicher Zauberstab?«

»Ja«, antwortete Oona. Sie schaute auf die Kassette unter ihrem Arm. »Er war in der Rätselkassette. Aber wir haben keine Zeit für Erklärungen. Wir dürfen Red Martin nicht entkommen lassen.«

Sie drehte sich herum, entschlossen, um die Ecke zu stürmen, doch der Zauberer hielt sie fest.

»Halt, Oona«, sagte er. »Denk nach. Wenn er eine Schusswaffe hat …«

»Aber wir können ihn nicht laufen lassen«, sagte sie mit aufgewühlter Stimme. »Er hat meinen Vater getötet!«

»Aber er hat eine Schusswaffe«, wiederholte der Zauberer.

Sie hatte das Gefühl, als würde ihr vor Verdrossenheit der Kopf platzen, und musste sich auf die Lippe beißen, um sich eine freche Antwort zu verkneifen. Sie wusste, dass ihr Onkel recht hatte. Schließlich besaß Red Martin nicht nur eine Schusswaffe, sondern auch einen Handschuh, der Magie abwehren konnte. Oona konnte sich keinen gefährlicheren Menschen vorstellen.

»Vielleicht sollte ich mich ein bisschen umschauen«, schlug Deacon vor. »Ich kann dort drüben auf den Baum fliegen.«

»Eine hervorragende Idee«, sagte der Zauberer.

»Sei vorsichtig«, mahnte Oona.

»Aber natürlich«, erwiderte er und schwang sich in die Lüfte.

Sie sahen, wie er über ihren Köpfen kreiste und sich auf dem Baum niederließ. Sein Kopf wandte sich ruckartig in alle Richtungen. Schließlich rief er ihnen zu: »Ich kann sie nirgends entdecken. Weder den Architekten noch Red Martin.«

Samuligan schob seinen Hut zurück, bevor er seinen Feenkopf um die Ecke streckte. »Die Luft scheint rein zu sein!«, erklärte er.

Oona und der Zauberer traten um die Ecke. Das Rutschenende ragte aus einem Mauerloch hervor wie eine lange Zunge. Red Martin und sein Vasall waren nirgends zu sehen.

»Wohin könnten sie gegangen sein?«, fragte Oona.

Der Park war riesig, fast eine Meile lang und eine Viertelmeile breit. Dennoch mussten sie doch von irgendwem gesehen worden sein.

»Es sei denn …«, sagte Oona und rannte zum Rutschenende. »Seht mal.«

Ein paar Schritte vom Ende der Rutsche entfernt ragte ein grüner Gaslaternenpfahl verloren in den grauen Himmel. Viele Straßenlaternen waren noch nicht mit den nie verlöschenden Lampenlichtern des Zauberers ausgestattet, und so ein Exemplar hatten sie vor sich. Sie steuerte den Pfahl an, blieb jedoch kurz davor stehen und schaute zu Boden. Zu ihren Füßen erblickte sie ein dickes, rundes, in den Rasen eingelassenes Eisenstück, mit einem Durchmesser von einem knappen Meter. In der Mitte prangten die Buchstaben UH.

»Ein Gullideckel«, sagte Deacon.

»Ja, er führt zu den unterirdischen Tunneln, wo die Wartungskräfte an den Gasleitungen arbeiten können. Ich kenne sie aus den Akten meines Vaters. Ich habe immer geahnt, dass alle möglichen kriminellen Aktivitäten in den Tunneln abgewickelt werden.« Sie ging in die Knie. »Und seht mal hier. Das Gras ist auf dieser Seite des Gullis ganz platt. Hier wurde der Deckel vor Kurzem zur Seite geschoben, um jemanden ins Loch steigen zu lassen, bevor der Deckel wieder zugeschoben wurde.«

»Oder zwei Leute sind runtergestiegen«, mutmaßte Deacon.

»Ja«, stimmte Oona zu und richtete sich wieder auf. »Der falsche Architekt … und Red Martin. Er hat es wieder geschafft zu entkommen.«

Oona ließ die Schultern hängen. Es war einfach unerträglich, dass der Mörder ihres Vaters noch immer frei herumlief.

»Aber überleg mal, was du geschafft hast, Oona«, sagte der Zauberer mit einem Anflug von Ehrerbietung in der Stimme. »Du hast den Zauberstab Oswalds des Großen, und Red Martin hat ihn nicht.«

Samuligan beugte sich herab, um sich den Zauberstab genauer anzuschauen. Oona konnte seinen Gesichtsausdruck nicht deuten und plötzlich kam ihr etwas in den Sinn.

»Ist dies nicht der Zauberstab, der dich zu einem lebenslangen Diener des Pendulum Hauses gemacht hat, Samuligan?«

Er nickte und seine Miene blieb genauso verschlossen wie zuvor. »Es ist einer davon. Oswald hat nicht allein gehandelt.«

Doch Oona fragte sich trotzdem, ob dieser Zauberstab der Schlüssel für Samuligans Befreiung sein könnte. Schließlich sollte er angeblich der Schlüssel zu den gläsernen Toren sein. Möglicherweise konnte man den Feenmann mit seiner Hilfe nach Hause schicken.

Sie dachte daran, wie traurig sie das machen würde. Samuligan gehörte zur Familie. Das Haus würde schrecklich leer ohne ihn sein.

Der Feendiener, der manchmal den Eindruck erweckte, er könne Gedanken lesen, stellte sich wieder gerade hin und sagte: »Es handelt sich in der Tat um einen interessanten Fund.«

Der Zauberer räusperte sich. »Und jetzt, liebe Oona, musst du uns alles berichten, was du erfahren hast.«

Als die vier den Rückweg zur Vorderseite des Turms antraten, erzählte Oona alles, was in der Pyramide vorgefallen war. Sie war gerade dabei zu schildern, wie hochnäsig und arrogant Red Martin sich verhalten hatte – wie er sich gebrüstet hatte, dass es ihm vor fünfhundert Jahren gelungen war, die Kassette mit dem Zauberstab zu stehlen und den Zauberstab im Inneren dank seines eidetischen Gedächtnisses aufzeichnen zu können –, als Oona plötzlich innehielt.

Sie hatten gerade wieder die Vorderseite des Turms erreicht, wo die wenigen Besucher noch vor der Bühne versammelt waren. Vielleicht warteten sie darauf zu erfahren, was geschehen war. Doch dann hatte Oona einen Geistesblitz und fragte sich, wieso sie nicht schon eher darauf gekommen war.

Entschlossen marschierte sie über die nasse Rasenfläche

und deutete mit dem Finger auf Sir Baltimore. »Sie, Sir, sind der Grund, aus dem Isadora Iree in der Lage war, beim Wettstreit zu mogeln!«

»Ich?«, sagte Sir Baltimore. »Ich habe nicht die geringste Ahnung, wovon Sie – «

»Sie haben nicht nur die falsche Wahrsagerin angeheuert, um mich mit dieser Märchengeschichte abzulenken, sondern waren auch derjenige, der auf dem Fest die Pläne des Architekten entwendet hat. Und so ist es passiert.« Oona wandte sich an Madame Iree. »Sie, Madame Iree, haben den Zusammenstoß mit dem Architekten absichtlich herbeigeführt, damit er Ihnen seine Suppe aufs Kleid gießen sollte.«

»Warum hätte sie das tun sollen?«, fragte Deacon.

Oona durchbohrte Madame Iree mit ihrem Blick. »Sie hat es getan, weil Mrs White, die Frau unseres hochgeschätzten Inspektor White, ein Kleid trug, das starke Ähnlichkeit mit ihrem eigenen hatte.«

Madame Iree machte den Mund ein paarmal auf und zu, bevor sie schließlich sagte: »Es war grauenhaft. Als bekannteste Schneiderin der Straße konnte ich die Demütigung nicht ertragen, dass eine andere Festbesucherin praktisch dasselbe Kleid anhatte wie ich.«

»Stattdessen ertrugen Sie lieber die Demütigung«, fuhr Oona fort, »ihr eigenes Kleid mit Suppe zu beschmutzen, damit Sie eine Entschuldigung hatten, in Ihren Kleiderladen zu laufen und sich ein frisches Kleid anzuziehen.«

Madame Iree sah ihre Tochter an, und die beiden nickten, als sei dies die vernünftigste Sache, die in so einem Fall zu tun war.

»Originalität ist sehr wichtig«, betonte Madame Iree.

»Aber was hat das mit Sir Baltimore zu tun?«, fragte Deacon.

»Das wollte ich gerade erklären«, sagte Oona und richtete ihre Aufmerksamkeit auf Rodericks Vater. »Sir, Sie waren unter den Leuten, die dem Architekten nach seinem Zusammenstoß mit Madame Iree wieder auf die Füße halfen, und in all dem Durcheinander erkannten Sie Ihre Chance. Sie sahen die Aktentasche des Architekten am Boden liegen, lösten die Verschlussschnallen und entnahmen die Papiere. Dann schossen Sie mithilfe Ihres eidetischen Gedächtnisses ein mentales Foto der Pläne und prägten sich innerhalb kürzester Zeit sämtliche Rätsel und deren Auflösung ein. In dem durch den Zusammenstoß entstandenen Chaos, bemerkte Sie keiner, und um auch für diesen Fall gewappnet zu sein, haben Sie die Pläne zur Tarnung in Penelopes Märchenbuch gelegt. Sobald Sie sie im Kopf hatten, ließen Sie die Pläne zu Boden fallen, wo sie kurz darauf von Deacon gefunden wurden. Später verrieten Sie Roderick die Lösungen und schlossen hohe Wetten auf seinen Sieg ab. Doch leider wussten Sie nicht, dass die letzte Lösung falsch war.«

Isadora Iree stand zwischen ihrer Mutter und ihrem Kavalier. Haare und Kleidung waren noch pitschnass. Jetzt gab sie Roderick einen Klaps auf die Schulter. »Du hast mir gesagt, die Antwort sei ›Steckrübe‹!«

»Sei still, Isadora«, befahl Roderick, während sein Gesicht genauso rot wurde wie das seines Vaters.

»Isadora?«, sagte Madame Iree. »Du hast die ganze Zeit gemogelt? Ich fasse es einfach nicht!«

Isadora presste die Lippen zusammen und schaute mit großen unschuldigen Augen zu ihrer Mutter auf.

Adler, der sich an einen nahe gelegenen Baumstamm gelehnt hatte, lachte ungläubig auf. »Ha! Diese Botschaften, die Roderick dir geschickt hat … Das waren gar keine Liebesgedichte, nicht wahr, Schwesterlein? Es waren die Lösungen der Wettstreiträtsel!«

Isadora funkelte Adler böse an.

»Stimmt das, Roderick?«, zischte Sir Baltimore mit zusammengebissenen Zähnen. Drohend zeigte er mit dem Finger auf seinen Sohn. »Du hast all die Lösungen, die ich dir beschafft habe, deiner Freundin gegeben? Und ich dachte, du seist nur unfähig, aber offensichtlich bist du schlicht und einfach dumm.«

Roderick nahm die Schultern zurück. »Ritterlichkeit! Ritterlichkeit! Ritterlichkeit!«

»Papperlapapp!«, rief Sir Baltimore. »Ist dir klar, wie viel Geld ich durch dich verloren habe?«

Roderick grinste hämisch. »Nun, vielleicht hätte ich doch noch gewinnen können, wenn dein *angeblich* perfektes Gedächtnis nicht so fehlerhaft wäre. Du konntest dich nicht mal erinnern, was in den Plänen über die fliegenden Teppiche stand und wie man sie in Gang bringt. Und all diese Uhren gestern. Du hast vergessen, welche richtig gingen. Das musste ich ganz allein herausfinden!«

»Unvorstellbar!«, sagte Oona.

»Wir gehen nach Hause!«, erklärte Sir Baltimore, indem er sich umdrehte und den Parkausgang ansteuerte. »Roderick! Penelope!«

»Ich will eine Geschichte!«, schrie Penelope, während sie ihrem Vater nacheilte. »Die mit dem Kristallschalen-Orakel!«

Sir Baltimore zuckte bei der Erwähnung der Schale zusammen und beschleunigte seine Schritte. Roderick verbeugte sich und wollte Isadoras Hand küssen, doch sie drehte ihm brüsk den Rücken zu und stolzierte durch den Park davon, worauf Roderick wie ein unterwürfiges Hündchen hinter ihr hertänzelte.

»Aber, Mylady«, versuchte er, sie zu beschwichtigen, »ich wusste nichts über die letzte Frage. Es war mir einfach nicht möglich …«

Als er außer Hörweite war, zerstreute sich die Gruppe der Zuschauer.

Der Zauberer streckte Oona die Hand entgegen. »Darf ich den Zauberstab sehen, Oona?«

Sie händigte ihm Stab und Schachtel aus, und der Zauberer drehte den Zauberstab zwischen seinen langen faltigen Fingern. »Komm, wir bringen ihn ins Pendulum-Haus zur sicheren Verwahrung und natürlich um zu feiern.«

»Feiern? Was denn?«, fragte Oona, für die Red Martins Flucht kein Grund zur Freude war.

»Ihren Sieg!«, verkündete Adler. Der Junge trat vor und schob seinen Zylinder zurück. »Schließlich sind Sie die Erste, die sämtliche Aufgaben und Rätsel des Magierturms bezwungen hat.«

»Das ist wirklich ein Anlass zum Feiern!«, sagte der Zauberer, und sah plötzlich nicht mehr aus wie ein alter Mann, sondern wie ein kleiner Junge, dessen größter Geburtstagswunsch gerade erfüllt wurde. »Samuligan, wir haben Vorbereitungen zu treffen.«

Samuligan nickte und die beiden machten sich auf den Weg zum Parkausgang. Oona sah, dass der Zauberer unterwegs einen kleinen Hüpfer machte, während Samuligan eine derart liebliche Melodie flötete, dass mehrere Krähen ihre Nester verließen und um seinen Cowboyhut flatterten.

Als Oona sich an Adler wandte, um ihn zu fragen, ob er sie zurück zum Pendulum Haus begleiten wolle, beugte der Junge sich plötzlich vor und küsste sie. Ein elektrisch aufgeladener Blitz durchzuckte sie. Es war ihr allererster Kuss gewesen.

Krächzend flog Deacon von ihrer Schulter und landete auf einem hohen Ast.

»Oh«, sagte sie, während Adler wieder Haltung annahm. »Sie haben Deacon erschreckt.« Sie fügte nicht hinzu, dass er sie ebenfalls erschreckt hatte, wenn auch auf angenehme Weise. Kokett legte sie den Kopf auf die Seite. »Wofür war das denn?«

Adler zuckte die Achseln und schenkte ihr ein breites Grinsen. »Weil ich es wollte.«

Hastig sah sich Oona nach allen Seiten um und vergewisserte sich, dass niemand hinschaute. Deacon hockte noch immer auf dem Baum und wandte ihnen demonstrativ den Rücken zu, als wäre auf der anderen Straßenseite etwas ungeheuer Interessantes zu beobachten.

Die Tatsache, dass der Kuss hier stattgefunden hatte, an derselben Stelle, wo drei Jahre zuvor der schreckliche Unfall passiert war, wurde von Oona trotz aller Aufregung registriert. Einen kurzen Moment lang fühlte sie, wie sich die kalten Finger der Schuld um ihr Herz krallten, um sie in die Tiefe zu reißen und den Augenblick zu verderben. Doch bevor die Schuld sie wieder im Griff hatte, kam ihr ein Gedanke in den Sinn und das unbehagliche Gefühl löste sich in Luft auf.

Abra-ord-ion-all, dachte sie.

Oona ergriff Adlers Hand und drückte sie. Ihr Herz raste

und mit einem Mal fühlte sie sich ungeheuer verwegen. Bevor sie sich zur Vernunft rufen konnte, hatte sie sich schon mutig auf die Zehenspitzen gestellt und Adler auf die Wange geküsst. Adler errötete und ein weiterer elektrischer Blitz durchzuckte Oona. Es war ein vertrautes Gefühl, wurde ihr klar, eines, das sie schon ihr Leben lang kannte.

Es war Magie.

Thienemann Newsletter
Lesetipps und vieles mehr kostenlos unter
www.thienemann.de

Odyssey, Shawn Thomas:
Oona Crate – Das dunkle Geheimnis des Orakels
ISBN 978 3 522 18371 0

Aus dem Amerikanischen von Inge Wehrmann

Einbandgestaltung und -typografie: Maximilian Meinzold
Innentypografie: Eva Mokhlis
Schrift: Minion LT / CaslonAntique-Headline / An Unfortunate Event
Satz: KCS GmbH, Stelle/Hamburg
Reproduktion: Medienfabrik GmbH, Stuttgart
Druck und Bindung: GGP Media GmbH, Pößneck

Die Originalausgabe erschien unter dem Titel
*The magician's tower: a sequel to The Wizard of
Dark Street* bei Egmont USA, New York.

5 4 3 2 1° 14 15 16 17

Kapitel 1

Oona und Deacon

Montag, 14. Mai 1877

»Magie ist eine unbeständige Sache«, sagte die zwölfjährige Oona Crate. »Ich ziehe Dinge vor, die funktionieren.«

Deacon saß schweigend und ahnungsvoll auf ihrer Schulter. Argwöhnisch sträubte der verzauberte Vogel seine glänzenden, nachtschwarzen Federn, während die beiden durch das Fenster des Dark-Street-Zauberladens spähten, wo Oonas Onkel die neuesten magischen Wunderdinge verkaufte: gefiederte Zauberwedel, die beim Staubwischen kicherten, und Schwämme, die eine Melodie gurgelten. Nie verlöschende Lampen und unschmelzbares Eis – zwei Verkaufsschlager des Zauberers – lagen in den Regalen bereit, um verkauft oder als Geschenke verpackt zu werden. Doch Oona hatte heute wenig Lust, den Laden zu betreten. Genauso wenig wie alle anderen, wie es schien.

Der Geschäftsführer, Mr Alpert, ein grauhaariger alter Mann mit gewaltigem Überbiss und Brillengläsern so groß und rund wie Untertassen, saß müßig hinter dem Tresen. Seine vergrößerten Augenlider waren fast geschlossen, als würde er jeden Augenblick einnicken. Der Anblick des leeren Geschäfts konnte den Eindruck vermitteln, dass Magie genauso aufregend war, wie Apfelscheiben beim Trocknen zuzuschauen. Also kein bisschen spannend. Und der Laden selbst sah offen gestanden aus, als müsste er dringend renoviert werden.

Direkt nebenan erstreckte sich dagegen eine frisch gestrichene Ladenfront zwischen dem Zauberladen auf der einen und dem Schuhmacher auf der anderen Seite. Hinter den weit geöffneten Türen herrschte umtriebige Geschäftigkeit. Ein großes Schild über dem glänzenden Schaufenster verkündete: MR WILBER'S WELT MODERNER WUNDER. Einkäufer und Neugierige drängten sich durch die Türen von Mr Wilbers fantastischem Laden, wo von modernsten Zahnbürsten und Fahrrädern bis zu Fotozubehör und neumodischen Waffeleisen beinahe sämtliche technische Gerätschaften, die im Jahr 1877 auf den Markt gekommen waren, feilgeboten wurden.

Mr Wilber, ein schlaksiger Bindfaden von einem Mann, mit flachem Gesicht und überproportionalem Adamsapfel, wirkte nie gelangweilt, wie das bei Mr Alpert so oft der Fall war, was nach Oonas Vermutung darauf zurückzuführen war, dass Mr Wilber viel zu beschäftigt war, die Erwartungen seiner nach technischen Neuerungen schreienden Kundschaft zu erfüllen.

Oona seufzte. Der Tag war strahlend hell, und die Luft war sauber. Der Geruch nach frischem Frühlingsgrün und staubigem Kopfsteinpflaster drang in jeden noch so schattigen Winkel der Straße vor. Nach einem Blick auf ihr Spiegelbild in der Fensterscheibe des Zauberladens strich Oona über ihre spitzenbesetzte Haube und ihr Haar. Seit dem gestrigen Zwischenfall mit der Guillotine war es keinen Millimeter gewachsen, und jetzt zupfte sie ständig daran herum, um es zu glätten – ein schier aussichtsloses Unterfangen.

»Du musst vorsichtiger sein!«, lautete der Rat ihres Onkels bezüglich des Zwischenfalls, bei dem ihr fast der Kopf abgehackt worden war. Seine Worte waren sehr direkt und sein Tonfall ungewöhnlich streng. »Ich gebe nur meine Zustimmung zu deiner Detektivgeschichte, wenn du mir versprichst, dass du dich nie wieder in so eine gefährliche Situation bringst. Ich meine es ernst, Oona! Igregious Goodfellow ist Schurke, Dieb und mordlustiger Irrer in einer Person. Du hattest riesengroßes Glück, dass nur deine Haare in die grässliche Guillotine dieses Halunken geraten sind. Du hättest ihm niemals in sein geheimes Versteck folgen dürfen. Als du herausgefunden hast, dass er das Schmuckgeschäft der Horton Familie ausgeraubt hat, hättest du die Sache der Polizei überlassen sollen.«

Oona hatte bei diesem Vorschlag die Augen verdreht. Ihr Onkel musste doch wissen, dass man der Polizei nicht trauen durfte. Seit fast drei Jahren, als Oberinspektor White die Leitung übernommen hatte, betrachteten sowohl gesetzestreue Bürger als auch Kriminelle das Polizeikommissariat der Dark Street als einen Witz. Noch nie zuvor hatte das Verbrechen in der Straße derart floriert.

»Du hast Glück gehabt, dass du dich von den Fesseln befreien konntest, bevor dieser Wahnsinnige die Klinge gelöst hat«, fuhr ihr Onkel in strengem Ton fort, »und dass Deacon so schnell zur Polizei geflogen ist … sonst … sonst …« Der Zauberer seufzte und schüttelte den Kopf. »Du bist doch noch ein Kind, Oona. Und du bist nicht dein Vater.«

Diese Worte hatten wehgetan. Oona musste sich auf die Zunge beißen, um den Zauberer nicht darauf hinzuweisen, dass auch er nicht ihr Vater war, und dass ihr Vater tot war und sechs Fuß tief unter der Erde des Dark-Street-Friedhofs begraben lag. Aber warum sollte sie das zur Sprache bringen? Es hätte ihn nur traurig gemacht.

Ihr Onkel mochte nicht der großartigste Magier sein, der jemals das Amt des Dark-Street-Zauberers innehatte – einige schätzten seine magischen Fähigkeiten sogar nur als mittelmäßig ein – aber er war mit Sicherheit der großartigste Onkel und Vormund, den ein Mädchen wie Oona sich erhoffen konnte. Und außerdem hatte er schließlich eingelenkt und sie ihrer magischen Verpflichtungen entbunden, damit sie ihr Interesse an der Detektivarbeit besser verfolgen konnte. Was hätte sie mehr von ihm verlangen können? Also hatte Oona versprochen, keinen lebensgefährlichen Verbrechern hinterherzuschnüffeln … wenn es sich vermeiden ließ.

In diesem Augenblick schaute sie in Richtung Norden, und blickte die Dark Street hinab, die letzte der Feenstraßen, die die Welt der Menschen mit der sagenumwobenen Welt der Feen verband. Die breite Kopfsteinpflasterstraße erstreckte sich ohne Unterbrechungen durch Kreuzungen oder Stichstraßen über gut dreizehn Meilen und bildete eine Welt für sich. Die Gebäude erhoben sich am Gehsteigrand wie schiefe Zähne, die in einen zu kleinen Mund gequetscht worden waren. Sie schienen sich gegenseitig zu stützen und es sah aus, als würde der Einsturz eines Hauses eine Kettenreaktion auslösen, bei der die anderen wie eine Reihe von Dominosteinen, eins nach dem anderen, ebenfalls umfallen würden.

Oona dachte einen Moment lang über die Straße nach, diese uralte Welt zwischen den Welten, mit ihren gewaltigen Glastoren am einen Ende und den riesigen Eisentoren am anderen. Von diesen beiden Zugängen öffnete sich nur das Eisentor, und das nur einmal in jeder Nacht, um Mitternacht, dann schwangen die gewaltigen Türen nach innen auf, an Angeln, so groß wie Häuser, um sich eine Minute lang der ständig wachsenden, aufstrebenden Stadt New York zu öffnen. So lange, wie der Sekundenzeiger für seine Reise um die Uhr brauchte, blieben die Eisentore offen für jeden, der sich entschloss, über die verzauberte Schwelle zu treten. Dies geschah jedoch so gut wie nie. Kaum jemand bemerkte das Tor überhaupt.

In einer Stadt wie New York waren die Leute selbst um Mitternacht zu sehr damit beschäftigt, von einem Platz zum anderen zu gelangen, um irgendetwas Außergewöhnliches zu registrieren. Und wenn doch einmal jemand die Straße plötzlich aus dem Nichts auftauchen sah, tat er oft so, als sei sie nicht da. Manche Leute mochten verwundert hinschauen, doch wenn sie sich noch einmal umdrehten, war die Straße wieder verschwunden, und sie redeten sich ein, dass es eine Sinnestäuschung gewesen sein musste. Nichts weiter. Die Kinder von New York wären sicher eher in der Lage gewesen, die Straße zu sehen als die Erwachsenen, aber um Mitternacht lagen die meisten braven

Kinder natürlich sicher in ihren Betten und träumten von noch geheimnisvolleren Orten.

Doch wenn ein Außenseiter sich tatsächlich durch das Tor getraut hätte, wäre ihm der Ort nicht so viel anders erschienen als die Stadt, aus der er gerade gekommen war. Ein Ort voller alltäglicher Leute, die ihr alltägliches Leben lebten – ein Leben mit einfachen Freuden und Betrügereien. Als Erstes würde ihm vielleicht auffallen, dass die Mehrheit der Dark-Street-Bewohner ihre Gespräche in unterschiedlichen britischen Dialekten führten, statt amerikanisch zu sprechen, und dass einige der Einheimischen die Straße als *Little London Town* bezeichneten. Dann würde ein Besucher bemerken, dass einerlei, welche Jahreszeit in New York herrschte, ob klirrende Kälte oder sengende Sommerhitze, die Temperaturen in der Dark Street luftig und mild waren, und man meist mit einer leichten Jacke oder einem Umschlagtuch auskam. Oder es goss in Strömen, während es in New York vor Trockenheit nur so staubte. Und das waren längst nicht alle Eigentümlichkeiten, denn bei näherer Betrachtung stellten Außenstehende fest, dass hier die Schatten ein wenig dunkler wirkten und man es vermied, auf sie zu treten, damit man nicht hineingezogen wurde. Sie würden eine Welt entdecken, in der das Blau des Himmels tagsüber fast violett schien, und die Sterne nachts so hell leuchteten, dass man bei ihrem Licht lesen konnte. Es war ein Ort, so alt wie der Wind, wo Kerzenbäume als Straßenlaternen dienten, und wo die Straßenuhren nicht nur die Uhrzeit anzeigten, sondern auch Witze erzählten.

Doch noch eindrucksvoller als die Entdeckung neuer verzauberter Dinge war für den einfühlsamen Besucher der unterschwellige Eindruck verloren gegangener Magie – eine Straße, die mehr Magie vergessen hatte als Regentropfen auf die Erde gefallen waren. Es war eine uralte Straße aus einer Zeit vor der Zeit. Vor der Errichtung der eisernen und gläsernen Tore, vor dem Bau des Pendulum Hauses, vor der Ernennung des ersten Zauberers, und sogar noch vor dem Kampf der Magier des Altertums gegen die Armeen der mächtigen Feenkönigin hatte es die Dark Street schon gegeben. In irgendeiner Form war sie immer da gewesen, eine Brücke zwischen der fantastischen und der gewöhnlichen Welt, zwischen Magie und Vernunft, zwischen dem Land der Feen und der Stadt, die niemals schläft.

Oona richtete ihre Aufmerksamkeit wieder auf das Schaufenster des Zauberladens und studierte ihr Spiegelbild auf der unebenen Glasfläche. Der Blick ihrer großen grünen Augen mit den dichten, geschwungenen Wimpern fiel auf ihr herzförmiges Gesicht und das graue, in der Taille gekrauste Kleid mit dem weiten Tellerrock. Ihr Onkel hatte recht. Was hatte sie, ein zierliches, ein Meter dreißig großes Mädchen, sich nur dabei gedacht, einen heimtückischen Irren wie Igregious Goodfellow, der den Schmuckladen der Horton Familie ausgeraubt hatte, zu verfolgen? Mit ihren zwölf Jahren war sie für die Dark-Street-Gesellschaft noch ein Kind, obwohl sie schon in drei Monaten Geburtstag hatte. Dreizehn war ein besonderes Alter für ein Mädchen, das in der Dark Street wohnte. In diesem Alter wurde sie eine junge Dame und viele Mädchen besuchten dann die *Akademie für feine junge Ladys*, eine Aussicht, die für Oona nichts Verlockendes hatte. Sie zog es vor, ihre unabhängigen Studien mit Deacon fortzuführen. In ihren Augen gab es in der Dark Street keinen besseren Lehrer als ihn.

Wie immer bekam sie beim Gedanken an ihren Geburtstag

Schuldgefühle, eine Welle der Traurigkeit schien das Tageslicht zu trüben und die sanfte Brise in einen kühlen Windstoß zu verwandeln. Wie ein Geist schwebte die Erinnerung an das wunderschöne Gesicht ihrer Mutter durch ihre Gedanken – an jene großen grünen Augen, die Oonas Augen so ähnlich waren, an das fröhliche, strahlende Lächeln, das wie ein Sonnenstrahl war. Und ein anderes Gesicht tauchte vor Oonas innerem Auge auf, das von ihrer kleinen Schwester, die noch nicht einmal laufen konnte und auf dem Arm ihrer Mutter die kleinen Händchen zusammenklatschte. Das Bild hatte sich in Oonas Gedächtnis eingebrannt wie eine klaffende Narbe: ihre Mutter und das Baby unter einem riesigen Feigenbaum, dessen Blätter im Wind raschelten, während Zauberlichter um sie herumtanzten, schneller und schneller, und dann …

Hastig schob Oona den Gedanken beiseite. Sie schluckte den Kloß im Hals herunter und warf die Hände hoch. »Ich ziehe Wissenschaft vor, Deacon! Keine Zaubersprüche und Zauberstäbe oder magische Ringe. Ich will Fakten. Logik. Her mit verzwickten Rätseln … komplizierten Fragestellungen. Das ist etwas für mich.«

Ihr Tonfall war sehr ernst und ihr *London-Town*-Akzent wirkte gebildet und vornehm.

Deacon krallte sich an ihrer Schulter fest und spreizte seine kräftigen schwarzen Federn, als die beiden sich die Dark Street hinauf, in Richtung Pendulum Haus in Bewegung setzten. Pferdekutschen rumpelten die breite Straße hinauf und hinunter, und auf den Gehsteigen drängten sich Fußgänger, die allesamt in Eile schienen und kaum Notiz nahmen von dem kleinen Mädchen mit den abgehackten Haaren und dem Raben auf der

Schulter. Natürlich wussten die meisten, wer sie war. Schließlich war sie die Nichte des Zauberers. Sein Lehrmädchen. Vor allem jedoch war sie bekannt als sogenannte natürliche Magierin: eine Laune der Natur, so selten, wie sie vielleicht nur einmal in jedem Jahrhundert vorkam.

»Du bist etwas ganz Besonderes, Oona«, hatte der Zauberer ihr vor fast fünf Jahren, am ersten Tag ihrer Ausbildung, gesagt. Ein paar Monate nach ihrem achten Geburtstag hatte sie dem graubärtigen Mann, dem älteren Bruder ihres Vaters, den sie so sehr verehrte, gebannt zugehört. »Ich selbst bin ein sogenannter gelernter Magier. Wie fast alle Magier, die es jemals gegeben hat. Ich musste mir die Magie durch jahrzehntelanges hartes Studium und Training aneignen. Jemand wie ich muss die Magie zwingen, seinen Willen auszuführen. Aber ein natürlicher Magier so wie du, Oona, ist ein Mensch, der mit den außergewöhnlichen magischen Kräften der Feen geboren wird. Niemand weiß genau warum. Manche Leute glauben, dass natürliche Magier Feenblut in den Adern haben, aber soweit ich weiß, ist das nur ein Gerücht. Anders als Feen, die mit den Instinkten und dem Wissen geboren werden, ihre atemberaubende Magie zu kontrollieren, müssen natürliche Magier lernen, mit ihren Kräften umzugehen. Sie müssen geschult werden. Du musst sehr viel üben.«

Himmlischer Vater, ich danke dir für deine Gnade.
Deine Vergebung ist so *gut, dass ich es*
manchmal kaum glauben kann.
Danke, dass du mich von mir selbst befreit und mir deinen Heiligen
Geist gegeben hast. Deine Liebe ist besser als Leben.

Genauso Dank gilt …
Lisa, meiner besten Freundin,
weil sie eine so gottesfürchtige, wunderschöne und
großartige Ehefrau und Mutter ist.

Ebenso Dank

… an Danae Yankoski, für alle Herzensmühe,
die du in dieses Buch gesteckt hast,

an Don und Jenni von der Literaturagentur
D.C. Jacobson & Associates und an alle Mitarbeiter,
für eure Ermutigung und Hilfe,

an Todd und Joshua, für eure Dienste in der Gemeinde und
am College, die Gott uns anvertraut hat,

und meiner Assistentin Sandy – sie ist mir
eine große Hilfe und eine coole alte Dame,

den Mitgliedern der Cornerstone-Gemeinde,
weil sie mit mir zusammen
so leidenschaftlich Gott gesucht haben.